目 录

第一章　开端：结尾 …………………………………（1）
　　故事、情节与叙述 ……………………………（2）
　　事件序列 ………………………………………（5）
　　空间 ……………………………………………（8）
　　时间 ……………………………………………（10）
　　种系发生与个体发生 …………………………（13）
第二章　早期叙述 …………………………………（20）
　　叙述与历史 ……………………………………（21）
　　口述、读写能力与叙述 ………………………（21）
　　普遍性与叙述 …………………………………（22）
　　叙述与身份 ……………………………………（25）
　　希腊与希伯来基础 ……………………………（27）
　　杂糅与西方传统 ………………………………（33）
　　通向自我的航行 ………………………………（35）
第三章　小说的兴起与兴盛 ………………………（37）
　　模仿 ……………………………………………（37）
　　亚里士多德之模仿 ……………………………（40）
　　模仿、引用和身份 ……………………………（41）
　　史诗、身份与混合模式 ………………………（43）
　　质询中世纪的声音 ……………………………（45）
　　罗曼司之低态与小说的兴起 …………………（47）
　　三重上升主题与其他 …………………………（50）
　　教导、讲述和叙述模式 ………………………（52）
第四章　现实主义再现 ……………………………（56）
　　19世纪的秘书 …………………………………（56）
　　现实主义之争 …………………………………（58）
　　《米德尔马契》与"古典现实主义" …………（60）

1

全知全能叙述……………………………………………（ 63 ）
现实主义与叙述中的各种声音…………………………（ 66 ）
叙述与指甲下的泥垢……………………………………（ 68 ）

第五章　超越现实主义……………………………………（ 75 ）
身份与《黑暗的心脏》解析……………………………（ 76 ）
帝国主义与压抑…………………………………………（ 78 ）
帝国主义与性……………………………………………（ 81 ）
叙述、帝国主义和西方身份冲突………………………（ 85 ）
读者和叙述………………………………………………（ 86 ）
叙述层次…………………………………………………（ 88 ）

第六章　现代主义与电影…………………………………（ 93 ）
用光写作…………………………………………………（ 97 ）
电影与现代主义…………………………………………（103）
仅是另一种"现实主义"?………………………………（105）

第七章　后现代主义………………………………………（109）
"元"层次…………………………………………………（111）
历史………………………………………………………（113）
"宏大叙述"的衰落………………………………………（116）
新科技……………………………………………………（120）

第八章　结尾：开端………………………………………（127）
当下的叙述娱乐…………………………………………（127）
解读叙述…………………………………………………（130）
多样性与体裁……………………………………………（131）
结尾、逼真性与叙述符号………………………………（138）
叙述符号的未来…………………………………………（143）

第九章　什么是叙述?……………………………………（147）
社会科学中的叙述………………………………………（148）
叙述与认知………………………………………………（153）
叙述与身份重访…………………………………………（159）
叙述模塑…………………………………………………（163）

术语表………………………………………………………（169）
Bibliography………………………………………………（184）
译后记………………………………………………………（210）

第一章 开端：结尾

在名为《遗传》("Heredity")的短篇中，诗人托尼·哈里森（Tony Harrison）对自己的天职给出了答案：

你成为诗人是多么神秘！
你的才能从何而来？
我说：我有两个叔叔，乔（Joe）和哈里（Harrry）——
一个是结巴，另一个是哑巴。（Harrison 2006：111）

哈里森巧妙地打破了人们对遗传和进化的固有观念，不过他也证明了先在的因素如何迫使他不得不追求技巧。人类爱讲故事的习性也如是。我们是从其他主要的生命形式进化而来的。人类的祖先，无论是动物还是植物，并不具备讲故事的能力。这种能力从何而来也很难查明。然而从本书可得知，且最新的研究也表明，人类有叙述的冲动。

特别是在语言能力得到发展后，人类持续不断地讲述故事，描述事件，将世界的各个侧面压缩进叙述形式。

有人类的地方，就有叙述。人们讲述的故事不仅涉及人生经历（Gee 1991），也涉及精神（Shafer 1983；Spence 1987）。人们在消费各种媒介时，也是在获取故事，包括每日新闻（Kunelius 1994）。不同的媒介，例如乐谱，都可能传达故事（McClary 1998）。即使是用科学或是伦理的客观方式来思考世界，也无法避免故事化（Harré 1990；Levine 1997）。然而一旦我们更加仔细地观察这一现象便可发现，听故事与讲故事（或是阅读故事）的自然冲动显然并不简单。断言世界上有关人类经验的某些事件可以构成好的故事，无疑总是认为这些事件可以归纳出某些基本的原则，故事正是思考世界的"基本"方式。

致力探讨与之相反的假设，本书认为：即便是最简单的故事也被嵌入了复杂的关系网，这一关系网的复杂性时常令人震惊。这并非是说哪怕是最具学术性的学术头脑都无法理解这些关系，事实恰恰相反，那些最熟悉、最原始、最

古老以及看起来最直白的故事往往透露了最深的含义，我们至今都可能尚未参透。我们参不透常常是因为我们没有关注故事存在的关系网，但是这绝不是说我们无法分享这些故事的奥妙和它们产生的潜在愉悦。

到目前为止我们都在说"故事"，但是严格来说，在这个关系网中，我们的主要目标是聚焦于"叙述"（narrative）。它是指一种交流关系，常常与什么是故事的基本认识混为一谈。我们会认识到叙述是实现符号再现的一种特殊形式。在接下来的章节中，我们将要讨论叙述与事件序列（sequence）、时间与空间的密切关系。第二章回顾早期的叙述并处理一些在探索这些叙述中所涉及的棘手问题。第三章和第四章聚焦于小说这种可能是最突出的叙述形式。第五章继续关注印刷的虚构性作品，但是讨论由跨文化交流、科技以及现代主义的到来所引起的不同意识形式。随后，第六章讨论叙述的另一种体现——电影，讨论电影与现代主义的关系。第七章探讨被称作"后现代主义"的现象，讨论后现代主义如何影响了叙述的表现形式。第八章纵览近来叙述科技的发展，探讨开放与封闭，预测将来叙述符号的研究走向。最后，第九章提出过去几十年间出现的对叙述的一种新认识，促使人们重新思考"什么是叙述"这个问题。

贯穿全书，我们都将致力把叙述置于再现的一般过程中，这一再现发生在人类话语中。霍尔（Hall 1997）指出有三种一般方法可以用于处理再现所引发的问题。第一种是反映方式（reflective），它认为意义存在于真实世界的人或物中；某种再现，如叙述正是反映了这个意义。第二种是意动性方式（intentional），认为意义是由叙述这样的再现形式的发出者掌控。她/他通过再现来使世界产生意义。第三种是建构方式（constructionist），认为意义既不是受发出者掌控的也不是对事物的再现；反之，建构方式强调意义建构彻底的社会性。事实上是再现系统而不是使用者和对象促使意义发生。以下的各章节将主要从建构论的视角来讨论作为再现方式的叙述，但是同时也会兼顾一些有关反映论和意动论的争论。更具体地说，这些章节将同样会讨论促使叙述再现的构成元素发生变化的可能原因；其中一个时常与叙述混用的概念在这里必须先下定义，那就是"故事"（story）。

故事、情节与叙述

故事与叙述无疑是密切相关的，然而就算是最初步的调研也显示有三个基本概念，即使人们时常混用，但确实是不同的。这三个概念分别是"故事"（story）、"情节"（plot）与"叙述"（narrative）。我们在这里不对每一个概念进行技术性描述，而是采用当代相当熟悉的一种说明方式。1999年，一部四集的英国迷你剧《奥利弗·特维斯特》(Oliver Twist)在商业电视频道播放，即现在英国的ITV1。在文学世界众所周知，《奥利弗·特维斯特冒险记》(The Adventures of Oliver Twist)是查尔斯·狄更斯（Charles Dickens）的一部早期小说，最早于1838年出版。该故事（story）讲述了救济院长大的孤儿奥利弗闯入邪恶的世界并成为费京（Fagin）的猎物的经历。费京是个三流骗子，他主要的经济来源是靠指挥一群顽童小偷小摸。因此人物奥利弗·特维斯特、他的冒险、发生在他身上的事情以及与之相关的一切成了小说的核心。

《奥利弗·特维斯特》的情节（plot），也就是将奥利弗卷入一系列具体事件序列的详细情况却与故事不尽相同。奥利弗之所以被费京及他的同伙欺骗，与其父母的身份有关。他是爱德温·莱福德（Edwin Leeford）与艾格尼丝·弗莱明（Agnes Fleming）非法结合的产物，奥利弗一出生他父母就双双去世了。莱福德在遇到艾格尼丝时正受困于一段不幸的婚姻，他和妻子已育有一子，名唤爱德华（Edward）。这个阴郁的年轻人别名蒙克斯（Monks），后来一直不放过奥利弗；反过来，他也因为这个孤儿的存在而颇受困扰，因为这个孤儿的存在将会妨碍他获得莱福德的巨额遗产。蒙克斯决心要获得他自认为与生俱来的权利。因此他成为情节的主要催化剂，也同时成为故事事件的催化剂。

在狄更斯的小说中，将奥利弗·特维斯特带进这个世界的各种事件，以及他所陷入的事件网络事实上直到结尾才渐渐明晰。尽管这些促成了奥利弗出生的事件必然在时间序列上先于他经历的事件，但是"叙述"却选择先不揭示。简言之，奥利弗的故事的叙述以及推动叙述发展的情节仅仅是在第四十九章围绕叙述与情节宽泛地揭示了相关情况。"蒙克斯与布朗洛先生（Brownlow）终于会面了。他们的谈话和打断这次谈话的信息"，以及第五十一章"要为不止一个谜团提供解释，还要理解甚少提及的一场求婚"，即便提供了这些解释，也可以看到该叙述用了一整个章节来讲述蒙克斯的死亡，从而将这些揭示谜团的章节分隔开。

1999年由艾伦·布利斯戴尔（Alan Bleasdale）改编的电视版本则有不一样的叙述。这个四集迷你剧的第一部分详细讲述了奥利弗的父母莱福德和艾格尼丝的恋爱经过。这个叙述不仅将他们的故事的真相移植到开头，而且还用第一手材料来描述事件。这个叙述中奥利弗的父母是通过对话、他们自己付诸行动的事件来讲述故事，而不是后来由蒙克斯和莱福德的朋友布朗洛来重述他们

的故事。电视版本的叙述还添加了一些附加信息：莱福德被谋杀①，而且在后来的几集中莱福德的妻子一直存在。

我们从这个例子可以大概推断叙述如何不同于故事和情节。简单来说，"故事"包含所有要描述的事件。"情节"是因果链，它决定了这些事件如何相互连接，因此是按这些事件之间的关联性来描述的。"叙述"是对这些事件的展示或讲述，以及展示或讲述所采用的模式。如上所观，狄更斯有关奥利弗的小说叙述中有些关键的事件直到结尾才叙述，电视剧版本的叙述却让这些事件在开头展现。小说叙述倾向于通过蒙克斯、布朗洛和其他人给出口头证词的场景来"讲述"这些事件。然而有人可能会争论说这是"展示"，因为叙述是选择特定的人物来描绘特定的场景。电视版本展示了奥利弗父母之间发生的故事，是对事件描绘的第一手呈现。当然同时也有人可能会争论这是"讲述"，因为仅呈现了恋爱中的一些场景，交代了奥利弗的来历。叙述选择表现这些事件而不是其他事件。

这个例子证明叙述所维系的"展示"与"讲述"的区分是脆弱的，这个问题我们在后面还要多次讨论。然而我们也必须注意到对于要描绘什么的选择行为本身也对叙述过程有决定性作用，它证明了再现的一般事实：再现允许选择对某些事进行描述，而摒弃其他的。为了便于讨论与此有关的论题，请看以下的例子。电影《欢乐谷》（*Pleasantville*，1998）主要讲述了当代美国两兄妹在他们十多岁时发生的故事。在电影的开头，他们发现自己被写入了20世纪50年代末的情景喜剧世界中。这是一个自足的世界，黑与白分明，纯洁无瑕，思想上无异议。顺应他们的命运，他们扮演了虚构父母的儿子和女儿，也跟学校里的同学交朋友。但这并没有解决所有问题：在电影的开头，某个幽默的时刻，妹妹在用餐时想去厕所，她走出门却发现那里并没有厕所设施。这件小事讽刺地讲述了一件我们所有人都知道的事：在电视里，人们从不（或是甚少）上厕所。更精确地说，依据我们现在的讨论，我们可以说叙述选择了某些事件而省略了其他的。

这些评述应该可以提供一些有关叙述的初步见解，可以将它同与之常并置或混淆的概念——"故事"和"情节"区分开来。那么剩下的问题是叙述的基础是什么？它的主要构成是什么？根据上面对事件选择和（重新）组织的讨论，我们可以清楚看到事件序列（sequence）这个概念的重要性。

---

① 本书中斜体是遵从原著所加，后文中此种情况不再另行作注——译者注。

事件序列

用最简化的方式来说，叙述就是被叙述出来的事件序列。举一个例子，我们可以用任何的电视纪录片来举例。自1980年《地球上的生命》（*Life on Earth*）取得成功以来，英国广播公司BBC一套认定其秋季节目单会因大型的"生命"纪录片而熠熠生辉，如《生命之源》（*The Living Planet*，1984），《鸟类的生命》（*The Life of Birds*，1998）或是《冷血生命》（*Life in Cold Blood*，2008）。通常我们会假设这些纪录片包含一系列图片，这些图片我们可以在荧屏上看到，同时还有画外音中的评论员的叙述。在有关野生动物的纪录片中，后者通常被认为是权威，比如大卫·阿滕伯勒阁下（Sir David Attenborough）。因此叙述看似是来自权威的画外音，但是有人可能会问荧屏上实际出现的画面以及这些图片如何被组织成一个序列是否也构成叙述。除了画外音的讲述，这种非语言的展示可能也同样具有一个叙述向度。

这个问题的提出并不是必然意味着语言叙述和视觉叙述是相同的。俄国的符号学家洛特曼（Jurij Lotman 1977）有效地说明了语言艺术，例如文学的特点就是事件序列，它们的单个元素本身就是意义的离散单元（单词或短语）。图像（iconic）或影像（pictorial）艺术则不同，其存在是作为孤立的整体来实现意义，而音乐则是通过其特有的序列，而不是通过单个元素或是孤立地存在。然而电影、电视和录像用另一种方法将这些特点组合起来。因此，如果试图用最简单的定义来涵盖所有媒介，也会随之产生严重的问题。

事实是我们可能甚少承认这些问题，因此我们认为叙述理所当然。或者我们甚至认为这是自然的，是为了我们片刻的满足而发生的。再者，有条理的故事也似乎是日常存在的固有结构（cf. Forster 1962）。另外，一旦我们开始稍微深入一些来思考这个问题，便可能很容易发现整个故事讲述的推动力是虚假的：乘坐公交车、跟朋友约会、工作中完成平凡的任务、观看足球比赛，除非我们赋予这些事件某种形式，否则它们无法实现故事的构成。

这些矛盾见解的耦合可以得出有关叙述构成最根本的观点：叙述是由符号构成的。任何种类的序列都存在于世，序列中包含的意义关系则由人类输入，序列需要被理解为由符号构成。例如，一只猫跳上墙，碰倒一个陶罐，陶罐落到墙另一边的地上，罐中所装之物洒出，罐也被摔得粉碎。这个行为序列存在，但只有当我被告知或亲眼见到破碎的陶罐，我才能将该序列阐释为是关于一只猫笨拙的爬墙活动的符号。

显然一旦我们努力看清事物之间的关系，我们就是在符号领域活动，而且这些完全是人类符号。毫无疑问，动物之间和内部的符号以及植物间的符号构成了这个星球上大量的交流；但是尽管有可能第二只猫经过那个损毁的容器，嗅到了来自第一只猫的气味符号，我们也无从得知这只猫是否能够像我们一样可以只凭破损的瓦罐就能给出解释。因此人类符号，或者说人类所认为的符号代替了世界上的其他事物。换一种说法，它们再现了世界（Hall 1997）。

这个动力（dynamic）如此明显从而易于被忘记，但文学理论家沃夫冈·伊瑟（Wolfgang Iser）却给出了精练的描述。参考再现的运作方式，他简明地提出"任何描写都不可能是它所描写之物"（Iser 1989：251）。从另一个角度哲学家大卫·凯尔（David Carr）如是说："真实的事件并不具有我们在故事内事件中发现的特点，因此我们如果对待这些事件犹如它们真有这些特点，那么我们则没有真实地对待它们。"（1991：160）从第二段引文中我们可以看到识别再现中发生的变形非常关键。然而，"真实"世界不仅不同于再现的世界，也不同于再现系统，比如叙述总是力图将这些现象识别为序列和因果律，这一点即使是反映方式和意图方式也会承认。它们因人类的输入而促成意义关系发生。

再现的一般工作如我们所描述的，也可以由公认的非叙述形式来执行，比如雕塑艺术、摄影甚至音乐。因此这就迫使我们要追问叙述再现有什么特性。简单来说，所有的叙述都是从一个起点移动到一个终点。叙述只是一个序列，它从起点开始不可阻挡地走向其终点。理解这一点就理解了叙述最重要的原则。当然，任何简单的从起点到终点的移动都难免会冗长乏味，然而我们大多数人通过婴孩时期关于童话的早期经历就已经意识到，叙述具有使人完全入迷的潜力。而且，即使是乏味的叙述也不可能是一个自由自在从 A 到 B 的旅程。这种不可能就如无法想象一个对象只有单一维度那般。即使是最不成熟和粗糙的叙述在开始和结尾之间也必然包含其他存在。

要解释叙述的主体是由什么构成，或开端与结尾之间存在什么，最好的方式就是举例子。我们将从当代流行叙述文化中可能最著名的作家史蒂芬·金（Stephen King）（b 1947）说起。在他 1922 年的小说《杰罗德游戏》（*Gerald's Game*）中，杰罗德和杰西（Jessie）这对中年夫妇，有一个乡村小屋，远离尘器，用于周末度假。当他们在那里度假时，他们养成了玩施虐和受虐游戏的习惯。杰西总是被绑在床上，或是被铐在床上作为性交的前戏。然而在小说叙述的某一个场景中，杰西满身是汗，非常生气，要求杰罗德打开手铐。杰罗德认为她还在玩游戏，于是没有放开她，而是光着身子向床走去。这让杰西更加生气，因此当杰罗德走到攻击范围内时，杰西一阵乱踢，踢中了杰罗德的腹股沟。

不幸的是杰罗德由于被踢中，引发心脏病而当场死亡，这造成杰西衣不蔽体地被绑在床上，而丈夫就死在旁边的地上。小说紧接着叙述了下面的序列，一只流浪狗进了小屋：

> 那只流浪狗开始慢慢进入房间，步伐小心翼翼，尾巴耷拉着，眼睛大张，黑亮黑亮的，嘴唇向后撇，显出了整口牙。关于"荒诞"这类的概念，它一无所知。
>
> 这只狗可算是之前的王子，八岁的凯瑟琳·萨特林曾经欢快地与其一起嬉戏（至少直到她过生日得到一个名叫玛妮的碎布娃娃为止，才对狗暂时失去了些许兴趣）。王子半是猎犬，半是牧羊犬，是混种狗，但是远非杂种狗。八月末萨特林在莱恩湾将它赶走时，它体重八十磅，皮毛光滑油亮，体格健壮。它的毛发夹杂着棕色和黑色（胸部及颈下有一圈明显的白毛，像是个围嘴），煞是招人喜爱。现在它的体重不到四十磅，用手摸其体侧，会摸到突出的肋骨，更别提它极速狂跳的心脏了。它的毛皮暗淡无光，湿漉漉的，还沾满了牛蒡。它的一边腰腿上，有条弯弯曲曲的部分愈合的粉红色伤痕，这是它在一处装有尖刺的篱笆下面爬行时所得到的痛苦纪念。它的嘴边插着几根豪猪刺，像是弯弯的胡须。大约十天前，它发现死豪猪躺在一段木头下，它一开始啃了满嘴的刺，便放弃了。那时它一直感到饥饿，但还不至于绝望。
>
> 现在，它又饿又绝望。它的最后一餐是一些长满了蛆的残羹剩饭，那是它在117国道旁边的一条沟里从一个人丢弃的垃圾袋里拱出来的，而这已经是两天前。这条狗曾经很快学会为凯瑟琳·萨特林捡球。萨特林把一只红皮球顺着起居室地板滚过去，或者让球滚进客厅，它会为她捡回来。但现在它真的快要饿死了。
>
> 是的，可是这儿——就在这儿，地板上，可以看见！有着成磅成磅的鲜肉，肉肥，骨头里满是甜美的骨髓。这就像是野狗之神馈赠的礼物。
>
> 这个凯瑟琳·萨特林一度拥有的宝贝继续朝杰罗德·伯林格姆的尸体迈进。[①] (King 1992: 77)

很显然这个无疑非常可怕的场景无须如此精确地呈现。采用最简化的方式

[①] 译文参考斯蒂芬·金：《杰罗德游戏》，梁山等译，珠海：珠海出版社，2000年。

来叙述这个场景可以这样写:"一只狗走进来开始吃那具尸体。"略微更令人满意的叙述可以是:"一只饥饿的狗犹豫不决地走进房间,见此处安全,便靠近尸体,被激起了食欲。"这个附加的词"饥饿"引入了一点理据性。

然而上文对叙述主体偏离得更远,对狗的近况给出了大量细节,所有细节都密切相关,很多听起来非常有趣。可能比仅提供信息更为重要的是,给出这些必要的细节,小说的读者将非常有可能在看到这条恶狗和地上这堆肉时,便可以确定将会发生什么事。尽管如此,微妙的平衡还是必要的:金本人承认他常常被诟病叙述过于啰嗦(King 1991:ix)。这些又都是选择的问题,但是有着进一步的重要性。

虚构叙述的进程必须也有必要被妨碍,而这就是关键。叙述必然需要某种延滞甚至是偏离、迂回和闲笔。它们能够让读者产生一定的愉悦感。然而至关重要的是,这些延滞和闲笔不仅是能够保证愉悦的简单机制,且读者正是在叙述的开头与结尾之间展开阅读工作。而在这个简单的定义中,进一步产生了两个有关叙述的元素值得调研。它们是指叙述被认为在从开端到结尾的移动中存在"空间"问题,同时这些叙述在移动中体现了与"时间"的关系。

空间

叙述进程的整个概念或是叙述从 A 到 B 的运动暗示了"叙述空间"的存在。一个叙述必须向它的终点行进,同时又推迟其进程,在这个拖延的过程中就好像是叙述占据了一个"空间"。对于这个动力(dynamic)法国批评家和文化理论家罗兰·巴尔特(Roland Barthes)有非常贴切的表述:在其作品 S/Z(1974)中他分析了巴尔扎克的一个短篇故事《萨拉金》(*Sarrasine*)。他详细阐述了文本经过的五符码矩阵。第一个是行为符码,即动作(Proairetic)语码,是关于叙述事件的线性关系。第二个是人物特性符码,即"型符"(Semic)。第三个是二元对立符码,即根据某些潜在和对立的,无论是存在、意义还是"象征的",得出特定的意义。所有这些符码都与叙述研究密切相关,从而有助于巴尔特对巴尔扎克的故事进行充分分析。但是第五个符码,阐释符(hermeneutic),对当前的讨论特别有益,因为阐释符在叙述空间的建立方面具有双重功能:推动叙述向前,去揭秘,但同时又通过含糊其辞、设置陷阱或给出错误的回复来延缓叙述进程。

彼得·布鲁克斯(Peter Brooks 1982)提出走向叙述结尾过程中发生的个体延迟(individual retardation)也可以被理解为迂回(detours)。巴尔特在

《萨拉金》的讨论中识别这种延迟，并通过阐释符来确认。迂回潜移默化地被编织进叙述，它们不会即刻明显地呈现为纯粹的拖延，而是通过断断续续的对话或是对事件序列的描写。比如在惊悚小说这种流行叙述类型中，迂回在叙述进程中是构成人们熟知的悬疑现象的成分。主人公是否能揭开所有阴谋？她/他是否能在受到威胁的情况下存活？这些都是关于不愉悦（displeasure）的根本问题，而造成不愉悦的则是叙述的中断、故事事件中的问题以及对愉悦的放弃。那么很明显，迂回在叙述中至关重要，它能够产生潜在的愉悦。

然而这一点并不总是容易理解。请看以下美国一位白描式作家米基·斯皮兰（Mickey Spillane）所作的陈述：

> 虚构故事就如笑话。你听笑话的原因是获得笑点。故事的节奏则像性行为：你开始是挑逗，然后逐步发展到粗野的行为，随后突然之间你真正进入了高潮节奏咚—哒—咚—哒—咚—哒—砰！大爆炸，然后你结束了。你能越接近最后一个词达到高潮越好。没有人读书是为了读一半，你读书是为了读到结尾，而且你也希望结尾足够好，这样才不枉你花费这所有的时间。（Miller 1989：36）

一方面，斯皮兰想要反驳这些我们目前为止证明的论点，即迂回的必要性及其潜在愉悦。但是另一方面，通过与性交的类比，他又不知不觉地证明了我们的观点，因为他强调在任何叙述中组建（build-up）的必要性。对上面引文的另一种理解显示斯皮兰对性行为有非常有用的理解。

同样，延迟也不仅仅是简单地为了拖延走向高潮的过程。布鲁克斯注意到叙述中的揭秘过程，它的线性动态等同于转喻的诗性效果，各项之间是根据它们与部分或整体的共同联系来构成序列链的，比如电影里议会大厦和大本钟的镜头代表了"伦敦"，或者短语"五角大楼"可能被用来指涉美国的军事基地而不仅是其总部。在这里一物通过线性关联唤起另一物，从而将叙述进程连成序列。不过除此之外，布鲁克斯提出叙述也有隐喻性的一面，在这里期待项被不同之物取代。比如爱可能被呈现为一朵红玫瑰。因此，一方面通向结尾的过程被再现影响，这个再现用相对普遍的方式来进行文化编码；另一方面，通过转义，再现又被进行更具体的文化编码。

值得注意的是，为了继续这个讨论，布鲁克斯采用了形式主义者特有的两个概念（形式主义者是第一次世界大战后活动在俄国的一群文学理论家）。对他们来说，法布拉（fabula）指事件发生的时间顺序，构成故事的素材；休热特（sjuzet）是故事的组织方式。这里重要的是要承认这些颇有影响的术语通常分别被翻译成"故事"和"话语",期间也被翻译成"情节"和"叙述"(参见 Chatman 1978),尽管他们有时也被译作"故事"与"情节"(Shklovsky 1965;Hawthorn 1997)。无论是哪种,我们从上文知道它们陷入了困境。然而法布拉和休热特在叙述分析中是至关重要的术语,特别是对布鲁克斯来说。法布拉这个概念有用的原因是它指明了叙述的优先事件;然而同时,这些事件又总是通过某种方式组织起来,这种方法就像事件真实发生"一样"来呈现故事,当然,事实上非常"不同"。也就是说它们总是被重组,强调某些事件,而对另一些则轻描淡写,这是术语休热特指定的活动。为了叙述优先事件序列,布鲁克斯提出叙述因此是一种变形:就像隐喻,叙述是"同且不同"(the same-but-different),而这个方式引起的陌生化程度也会导致揭秘过程暂时停顿。

叙述中的某些再现建立在颇为熟悉或是预期的原则之上:转喻、序列;而另一些方面则创造新的联系:隐喻。尽管这种按照法布拉和休热特的二元公式构成的再现与我们将"故事""情节""叙述"确定为三个独立实体的划分方法不一致,但是当我们将它与前文所讨论的叙述是一整套符号集合的观点联系起来时,就会发现其颇有益处。我们所举之例表明符号指称世界的真实事物,这实际是可以观察到的。此外符号通过不同方式再现其指涉之物。同样,尽管符号指称之物并非能轻易获得(例如,乌托邦、夏洛克·福尔摩斯、联邦星舰企业号),即使如此符号仍然再现它们所指称之物。对法不拉和休热特来说情况就是如此。根据布鲁克斯的观点,法不拉与休热特结合的基本原理在于叙述的完成。但是,与斯皮兰轻率地将其看作一场心急通向高潮的性之旅的观点不同,布鲁克斯意识到在整个叙述过程中期待的"结尾具有构造力量"(1982:283),由此推断,迂回,所有那些在通向叙述结尾的过程中的迟延因素都必定会与终点密切相关。迂回因约束力而产生。因此"约束力"(binding effect)产生了那些叙述在走向结尾过程中的所有阻滞,即巴尔特在讨论术语阐释符码中提出的:"陷阱""含糊其辞"以及"错误回复"。我们可以附加一条,故事事件将会陷入此困局,常常被情节限制在某个空间中。但是我们也必须明白与约束力相关的具体方式取决于叙述。

时间

叙述运动意指与空间有关,叙述当然也总是卷入时间。将一个足球从球场的一端踢到另一端,将打碎的陶罐从地上移到垃圾箱,以及在叙述中的运动都是必须在特定的时间框架内进行的活动。如我们在第九章将要看到,我们早期对叙述时间的理解与身体的活动分不开。如果超越了日常的逻辑范围,时间的变迁则非常难以理解,特别是当人们倾向于通过离散的度量来理解时间:日、周、年以及我们被强加的方式——工作时间表的规定、火车时刻表、许可时数(licensing hours)等等。关于时间特点最具影响力的讨论来自法国思想家保罗·利科(Paul Ricoeur),特别是他的三卷本《时间与叙述》(*Time and Narrative*,1984—1986)。对利科来说,时间不只是叙述机制的一部分;事实上,他认为时间与叙述是密切相关的术语,因为叙述就是人与时间的联系。

这一点显然需要一些说明,因此我们要注意到有两种类型的时间(temporality):客观时间与主观时间。"客观时间"与宇宙共存,它是天体运动固有的。它总是存在于那里,我们对其无所作为。对大多数人来说,这是一个很难掌握的概念,尽管它是现代物理的一部分(参见 Hawking 1988,Davies 1996 和 Gribbin 1999 的介绍)。"主观时间"是人类日常生活中经历的时间变化。这里一个很明显的问题出现了,客观时间离开了主观的人类度量则无法测量,或者甚至是无法概念化。同样,主观时间如果不能指称客观时间的某些可能性,则无法存在。这两者对于人类来说是相互联系,无法分开的,也正是因为这一点叙述得以产生。

史蒂文斯(Stevens,1995)对利科的评论提供了一个例子来说明叙述在两种时间形式中的中介作用,即人类发明的日历。日历与天体的运动相对应,但是它同样是线性的叙述序列:星期二、星期三、星期四、三月、四月、五月,1886、1887、1888。这为弄清楚利科的推论开了个好头,但是本书接下来的部分要说清楚的一点是,从最开始,如日历所信奉的那种严格的线性序列在叙述中就一直不断被推翻。

利科有关时间与叙述的观点也属于阐释学,也就是说它建立的基础是理解现象解释所涉及的必要因素。关于时间,弗里曼(Freeman)如是说:

> 我们上班之前都力图重温清晨时光,或是重温头一天或是前一个月或是前一年;我们立足在当前,刚发生的过去帮助我们认识现在;我们专注于将来,不管是最近的还是遥远的未来。要与过去达成和解,我只能立足于现在,通过解释行为来实现。(Freeman 1998:41)

对于利科来说,这种理解至关重要,特别是对时间与叙述关系的追问。

对于利科的三卷本著作,有两位哲学家可能对他的分析最为重要,他们是马丁·海德格尔(Martin Heidegger,1889—1976)和圣·奥古斯丁(St

Augustine,354—430)。圣·奥古斯丁的《忏悔录》(*Confessions*)的其中一篇通过介绍"三重性呈现"(three-fold present)概念,畅谈了该问题的阐释性特点:

> 我要唱一支我所娴熟的歌曲,在开始前,我的期望集中于整个歌曲;开始唱后,凡我从期望抛进过去的,记忆都加以接受。因此我的活动向两面展开:对已经唱出的来讲是属于记忆,对未唱的来讲是属于期望;当前则有我的注意力,通过注意力把将来引入过去。这活动越在进行,则期望越是缩短,记忆越是延长,直至活动完毕,期望结束,全部转入记忆中。(St Augustine cited in Ricoeur 1984—1986:20)[①]

必须要记住的是,奥古斯丁是生活在公元5世纪的基督徒,他想谈论一些静思中的永恒存在以及宇宙的起源问题。但是值得注意的是他选择用一个文本(text)来让人联想起阐释的三元素——"期待-记忆-注意力"。

利科坚持认为叙述中涉及的时间问题与奥古斯丁评论中所设想的解释模式关系更为密切,而并非是那种将其看成是按时间线来组织的一系列瞬间的陈腐观念。与布鲁克斯相同,他强调叙述终点的重要性,认为对叙述中的连续行为、思想和感觉的理解是由对结论的预测决定的。而且得出结论也可以让我们再去回顾导致这个结论的一系列行为(Ricoeur 1981:170)。因此叙述不只是关注时间轴上的个体事件问题,它更重要的是关于"期待"和"记忆":从开头读取结尾,也从结尾解读开头。

承认上述观点可以得出以下结论:叙述结构的基础是情节,或者大概是利科为了避免"情节、休热特、话语"困境而从亚里士多德那里借来的术语,叫作"情节"(muthos)或是"情节化"(emplotment)。情节化明确从整体上来控制故事事件的次序,从而"将我们置于时间和叙述的交叉点"(Ricoeur 1981:167)。此外,对于利科来说这一点无论对虚构性叙述还是历史叙述都同样适用,有三点原因如下:第一,人类对世界的认识主要由叙述来建构。尽管如我们前面所说乘坐公交车、与朋友约会、完成工作中的平凡任务以及观看足球比赛本身不具有故事性,但是利科敏锐地指出"我们并非出生于一个满是孩子的世界……当我们还是未开口说话的婴孩,我们进入的世界早就充满了前人的各种叙述"(1981:181-182)。"事实上我们获得世上大部分的事件信息都归功于道听途说"(1985:156),而"这一行为已得到象征性的传达:文学在

[①] 译文参考奥古斯丁:《忏悔录》,周士良译,上海:商务印书馆,1963年。

最大意义上来说,包括历史和虚构,倾向于强化象征化过程"(1991:182)。第二,情节化贯穿虚构作品也贯穿历史,它是基于将时间视作"期待-注意力-记忆"的概念,而不是简单的线性序列。第三,历史叙述如虚构叙述一般似乎是强烈邀请读者采用"叙述-时间"观念来进行阅读,其阅读叙述的过程由预测、聚焦(focus)和回顾引导。

最后一点值得我们联系前文对叙述中的空间与时间问题的讨论来扩展些许。利科、巴尔特及布鲁克斯的分析从某种程度来说都暗示他们发现一些叙述作为经验实体的客观事实。然而他们三个都主张解释叙述的地位和功能要卷入读者的互动。利科的方案在这里特别值得再给一个简短的评论:贯穿《时间与叙述》,利科都在记述他反对的立场——叙述的"符号学"。他概述了不同的叙述理论家,如普罗普、格雷马斯和列维-斯特劳斯以及后来的一些叙述学家,都对叙述"去时序化"(dechronologize),将其简化为一系列支配性(dominating)的"聚合功能",认为时序主要靠常识对时间的线性阐释来支配。我相信在此观点背后是对文本中心说的批评(这些方式反对在对叙述的理解中承认读者在意义产生中起作用)。

根据他当前的著作,利科所指出的"去时序化"倾向更为令人遗憾。尽管"符号学"自1969年就成为符号研究的专门术语(参见 Sebeok 2001),包含查尔斯·桑德斯·皮尔斯(Charles Sanders Peirce)的"症状学"以及费尔迪南·德·索绪尔(Ferdinand de Saussure)符号学(semiology)传统,但利科所批评的叙述学研究除了俄国形式主义者普罗普,事实上都属于索绪尔符号学方阵。不同的是,在本章中支持我们前面论述的符号理论以及接下来各章节中暗含的符号理论都将来自皮尔斯传统。我们将讨论的构成叙述的符号是有对象的符号(存在于世或者不存在)。当情况相宜时,这些符号会变化为其他符号,尤其是解释主体的符号。在叙述中,这个解释者必须是人类。

种系发生与个体发生

叙述包含人类符号的事实可能会引出有关叙述的最常见的问题:叙述怎么来的?叙述为何会产生?叙述来自哪里?关于叙述来自哪里明显有两种回答。第一种定然是考虑到讲述故事的心理:为何人类有如此强烈的倾向用叙述的形式来思考事件而反对其他组织方式?这是一种根深蒂固的心理冲动还是文化习惯?这些问题里暗含着这样的一种确信:事件并不总是按照叙述那般有条不紊地发生。在这个领域进行尝试性的回答或思索可能促成热烈的争论,且持续不休。直到最近，叙述方面的书籍倾向于掩盖心理根源从而直接进入叙述的历史进程（参见，例如，Scholes and Kellogg 1966：3—16；Bettelheim 1976：3—6；Ong 1982：5—12；Rimmon-Kenan 1983：1—5；Brooks 1984：3—7；Chatman 1990：6—11；Berger 1997：1—7；cf. Bell 1990）。

另一种回答该问题的方式是聚焦于人类进化背景下的叙述形式演化。不用说，这样的研究要么是人类学研究，要么是严重受到人类学影响的研究。它将涉及人类最早知道的叙述，这些叙述被认为包含现代叙述中尚未进化完的特点，从而试图去追踪叙述从开始到现在的历史发展（以及不同叙述的发展）。

第一种方法是在人类的心理和生理构成中寻找叙述的起源，为叙述提供了一种个体发生（Ontogeny）的视角。第二种依靠人类文化遗产的多样性发展来提供证据，是一种种系发生学（Phylogeny）方式。偶尔，个体发生与种系发生可以被认为相互重叠。在其他情况下，个体发生与种系发生对人类现象的解释被视作完全相反相成，这样一来大家便认为个体发生能够概要说明种系生（参考 Gould 1977）。

布莱恩·萨顿·史密斯（Brian Sutton-Smith 1997）从个体发生学的视角来讨论叙述的起源。他具体主要聚焦于孩子的游戏活动。对他来说，故事本身不是游戏，但是学前儿童的叙述中出现的很多主题是源于他们的游戏：被追赶、打架和撞车（160）。比较复杂的叙述构成由此发展而来。比如到了 7 岁时，他发现小孩开始在故事中创造中心、主角和各种人物（164），用一个胜利者来反映游戏的轨迹。更为复杂的叙述比如荒谬、戏仿和讽刺故事也是发展自游戏情境。的确，有力的证据显示这些故事广义上通过语言的基础构成与类似的游戏相关联（参考 Crystal 1998）。然而萨顿·史密斯并没有坚持死守一种个体发生学的观点：对写作喜剧和恶作剧故事，他加入了种系发生学的补充，他提出可以假设这些童年故事正是基础的，也可能是普遍的人类心灵的叙述。（1997：163）。

另一种个体发生学的观点来自安德森（Anderson），我们之所以觉得有趣，在一定程度上是因为它将会在第二章以不同的伪装再次出现，但是也因为这个观点是来自一位人类学家。她指出：

> 其他生物的交流系统不允许有否定，不允许有建构性的幻想（constructive fantasy），也不允许操纵其他的时空。其他动物不能"召回"指示"恐惧"的信息素，并将其替换成另外的说法："不惧"或是"饥饿"。……人类，由于语言，则很容易说谎和否认，将发出者和接收者转换到其他真实和想象的情境，建构精心制作的共同叙述，又同时修正、

否定这些故事。(Anderson 1998：31)

对于安德森，人与人之间的具体交流能力不仅允许各种叙述而且实际上是让叙述成为组织人类经验的必然方式。

可能关于叙述起源最具种系发生性的观点来自朱利安·杰恩斯（Julian Jaynes，1990），尽管其观点的某些部分也暗含个体发生论。关于人类意识的起源问题，他认为人类意识产生于某个时期，在这个时期人类大脑停止了两半同时发展（bicameral），变得更注重大脑半球的一边或另一边以及与它们相关的心理功能（mental function）。在他有关此主题的一篇长而迷人的论文中，他评论了叙述化现象，认为它与我们所知的人类意识关系密切。简要来说，他的论点是人类发展了自我意识，一个"模拟之我"（analog I），这个模拟之我在世界上扮演角色。他们将这个"我"的行为视作叙述的一部分："小偷叙述化其行为是出于贫穷、诗人则是出于美，而科学家则是出于真理，目的与原因不可避免地相互交织构成意识行为的特殊性。"（Jaynes 1990：64）但是他也提出大脑"二分心智"（"bicameral"-minded）的倾向使人类不善于复杂的内省性思维；反之，他们听到脑海中的声音，古神话或史诗中的"众神"。公元前3000年随着美索不达米亚中的城市建设，写作的发展，以及由于对往事的思考和记录往事的欲望而引起的叙述冲动，事情发生了变化。尽管此观点听起来古怪，有时又是猜测性的，但我们将会在下一章看到，它并非完全没有道理。

杰恩斯有关人类有通过叙述化过去来产生有意义的存在的冲动以及人类要保持自我意识的观点，得到了芝加哥心理学家米哈赖·契克森米哈伊（Mihaly Csikszentmihalyi）（1992，1994，1996；Bettie and Csikszentmihayi 1981）的研究发现的响应。通过一系列受试人在不同情境下的心理实验，契克森米哈伊发现并发展了"心流"（flow）概念。他发现不同的人具有能力感知巨大的满足、付出（commitment）、恢复活力（rejuvenation）甚至是特定职业和娱乐中的快乐，这种能力提升了他们的生活以及他们"自身"（selves）。然而具体来说，他发现这种"心流"能力与连贯的生命主题发展相连。早期将叙述作为工具来使世界产生意义的行为常常激发心流产生。相比之下，"从不关注任何目标或盲目接受周围社会赋予其目标的个体，容易记不住父母在他们小时候读过或者讲过的故事"（Csikszentmihalyi 1992：236），叙述在这个意义上明显是人类的意义互动，而不是简单的由连续的符号构成的目标过程。

叙述的这一"人性"起源可以通过两种主要的方式来思考，这两种方式引起了种系发生论与个体发生论。在一项非常著名的神话研究中，约瑟夫·坎贝尔（Joseph Campbell，1975）讨论了全世界范围内讲述的古代和现代故事中

的英雄人物。他的论点属于种系发生论：人类分享一个共同的故事，其中大概包含类似的主角和事件，它们是对人生谜题的相同回应。然而，坎贝尔的论点同时也有很强的个体发生论成分。如果从一个颇为受到心理分析影响的视角（弗洛伊德与荣格）来看，人们试图将世界的神话原则植根于假设性的婴孩时期的共同经历：

> 很显然，人类心灵最永恒的性情源自这样一个事实，在所有的动物中，我们人类是母乳喂养时间最长的。人类出生太快，他们还尚未长成，没有准备好面对世界。因此，他们整个抵御宇宙危险的堡垒就是其母亲，她的保护延长了子宫内时期。(Campbell 1975：15)

这一延长的状态引起了"育婴室的悲喜剧三角"(15)：母亲－婴儿－父亲。本质上来讲，按坎贝尔所说，这种基本关系的流动效应在所有神话中都是重复出现的。

坎贝尔的观点并非与符号学的分析方法不同，或更确切地说是说并非与利科所批判的叙述的结构性分析完全不同。不同文化和不同的时代可能会引起看似不同的叙述组织方式，因此他们也可能产生相差甚远的主角和情境。但是坎贝尔提出，深层分析显示这些看似不同的神话大同小异，因为它们都源于或是反映相同的人类原初关系。概括来说这种推理与人类学家列维－斯特劳斯和民俗学家普罗普这些支持结构主义分析的理论家的推理方式如出一辙。这是一个普遍化的趋势，将一个复杂的现象归纳为一套有限的普遍规律；这也可能被称作功能主义者（functionalist），因为它避开了存在于复杂现象中的可能矛盾，转而关注根源和统一特点。

最近，叙述进化理论的专家解释了种系发生在个体发生中的重演。例如斯卡利斯·杉山（Scalise Sugiyama）认为"故事讲述出现于几千年前，也就是出现在人类以狩猎采集为生的那个时期"（2012：321）。她坚持认为"有关叙述功能的所有进化论假设都假定故事传递信息"（2008：254）。她对狩猎采集社群（forager communities）的调研发现，叙述使用源自信息交换和合作动机的知识基础来装备各种文化。在狩猎采集社群的世界里，危机四伏，叙述有助于获得安全的二手信息（例如关于捕食者或是猛兽）。听叙述无须消耗体力而且还压缩时间（也就是说支出少但信息多）。叙述对拟定未来计划、规范文化都有重要作用，它为此或是与之相关的目的提供了记忆（Scalise Sugiyama 2001a，2001b，2011，2012）。因此她提出叙述的摇篮并非发现于一万年前农业发展时期，而是源于更新世（Pleistocene）时期人类的日常觅食生活，这个时期回溯到160万年前（Scalise Sugiyama 2001a）。大家一致认为最古老的书面叙述，史诗《吉尔伽美什》（*Gilgamesh*），仅有5000年的历史，而人类的语言交流可追溯到5000至25万年前（Scalise Sugiyama 2001b），因此其间有很长的狩猎采集社群时期，叙述在此期间可能得到发展。同样，斯卡利斯·杉山提出，当生存之旅是为必要时，叙述有一个普遍功能，它对应于相对统一的一套主题如亲情、婚姻、性、社会地位、道德、人际矛盾、欺骗和地理。

斯卡利斯·杉山关注口述社群，将其视作叙述的起源，这一观点与本书第二章所概述的有关这些社群文化的观点相互对应。不过她的研究更偏向一种生物学上的叙述种系发生，而不是严格的以文化为基础。她也是那些认为从个体发生论上来讲，叙述与心智推测的发展或心智解读密切相关的诸多研究叙述起源的理论家之一。心智解读是依据他人所相信的以及个人推理来认识他们的一种能力，无论是符合的还是错误的。借鉴当代认知科学的发现，她认为这种能力是决定心智功能的诸多"模块"（modules）之一（2009：95），同时这种能力与环境的迫切需求一致，又反过来赋予叙述特殊品质。博伊德（Boyd 2009）关于故事的起源有类似的观点。他提出"心智存在是为了预测将要发生什么"（134），同时也指向心理学实验，其中人类的婴孩显示出对映入他们视界的新异元素感兴趣。他指出这一点源自动物辨明行动主体性的共同需要（无论是在捕食者还是被捕食者身上）。借鉴过去几十年对"镜像神经元"（mirror neurons）的研究，他认为叙述是由进化决定的，这使得人类出于生存目的，对探测行动主体性过于敏感，使人类发展目标，建立心智推测能力。这一切都可以被看作与故事讲述的内驱力有重要关联。他注意到"实验显示在理解故事的过程中，我们的大脑特别留心行动主体，特别是主要的行动主体，尤其是他或她的积极目标"（157-158）。与斯卡利斯·杉山不同，博伊德不认为叙述的根本目的是信息共享（161）。他提出叙述对信息进行进一步处理，就像是一种让我们的大脑"即使是在没有直接信息的情况下也可以帮助我们做出更好决定的训练"（166）。在诸如斯卡利斯·杉山和博伊德的研究中，他们建议叙述究其根源，是一种生物性驱动现象，因它是为了生存目的而存在。这些有关叙述起源的观点可能等同于重申到底什么是叙述。出于此原因，我们将特别在本书最后一章再次回到它们。

社会语言学家和社会符号学家提出了相反的观点。社会符号学家不考虑进化论的决定因素，而是在社会特定媒介或符号资源中追溯大脑与身体的语境联系。这些就是考利（Cowley）等人（2004）所认为的"文化基础符号"。叙述研究的社会语言学传统将其根源追溯到拉波夫（Labov）和沃莱斯基

(Waletzky)(1967)当时的经典研究。这使过去几十年社会科学方面的叙述研究激增,这点在第九章将会更详细地讨论。尤其引人注目的一点是,如果从与叙述学相关但更为广泛的社会符号学视角去研究叙述,则会考虑到交流语境中所产生的深远的地方性冲突。比如巩特尔·克雷斯(Gunther Kress)所做的关于儿童拼写的研究,主要是关注伦敦北部小学中儿童所犯的错误。如克雷斯所示,儿童拼写某些单词时所倾向的方式与老师或英语要求他们应该采用的拼写方式之间存在大量差异。但是同时,儿童的拼写也富于创造力,特别是他们在学校外无孔不入的当地环境中可以非常精确地模仿单词的发音(Kress 1999a, 1999b)。关于叙述,人类学家和社会语言学家戴尔·海姆斯(Dell Hymes)表明了相同的看法。通过对一些印第安人神话和叙述的分析,特别是那些对儿童叙述的分析,他识别了一个非常复杂的模式,这一模式被置于印刷的散文中时,是以诗行和诗篇为基础的。然而这种特有的形式效果非常微妙,除了受过最好训练的人,其他人均听不出。而且,印第安人的语言中实际上没有提供方法来列出、范畴化或讨论这些微妙的叙述模式的构成方式。但这个事实并没有妨碍人们在讲给孩子们听的故事中坚定地使用它们,这是一些非常具有影响力的故事。为什么?

海姆斯相信非美国印第安人无法理解美国印第安人叙述模式的地方化创造。例如在美国的学校里,支配性的叙述模式与美国印第安叙述模式之间的矛盾可能源自后者建立在对儿童交流能力的特定文化的理解之上。海姆斯写道:

> 在切努克族印第安人和一些其他族人和孩童中,当第一次开口时,他们被认为不是牙牙学语而是在说一种他们与灵魂共享的特殊语言。萨满会指定谁有解释这种语言的力量。他们所关心的是如果孩子不喜欢这里,他可以回到他之前来的地方。养育孩子无比重要。每一个孩子被赋予了无比重要的价值,因此,从某种意义上来说,孩子被央求进入成人生活。(Hymes 1996: 136-137)

对海姆斯来说,这种对待孩子的态度不同于现代社会。现代社会通过其统治及其叙述模具(patterning paraphernalia),确实贬低了地方传统和创造,但是却并未将其成功根除(140)。然而比此社会符号学原则更惊人的是海姆斯所支持的那种可能性,他认为"语言学家在每一个普通孩子身上所发现的句型丰富性伴随着叙述结构(narrative organization)的丰富性"。

心理学家杰罗姆·布鲁纳(Jerome Bruner)像海姆斯一样,热衷于讨论人类对叙述有一种固有的倾向。在承认叙述是通过时间和传统来建构的前提下，他追问，"假设对于那些负责阐述和保存这种传统的相关叙述，人类本来先天就有所准备，这种想法是不是不合理"？（Bruner 1990：45）有关孩子在接受句法或语法形式方面有先天的准备这种观点，在美国语言学家诺姆·乔姆斯基（Noam Chomsky）的研究中早已确立（参见 Pinker 1994；Salkie 2001）。但是布鲁纳所建议的是在建构叙述中有一种推动力，它决定了幼儿掌握语法形式的优先顺序（1990：77）。这一推动力由以下部分构成：a）一种强调人类行动主体性或行为的方式；b）某种序列；c）对什么是规范的感知，也就是传统的或人类交往允许的，还有什么是非规范的；以及 d）一个叙述者的视角。这些叙述的特征代表布伦纳的关键点，对后面探究叙述启发甚多（参见第九章）。我们将在后面的章节中看到它们出现的频率之高。

　　下面几章将从更宽泛的意义上来探讨叙述的历史：叙述被认为是如何发展的以及如何使用。然而不仅有必要说明叙述如何体现了布伦纳的推动力说（push）的四大特征，同时也必须说明叙述特别是对它的使用者来说不仅仅只有这些根本特征。因为正如布鲁纳补充的："文化很快就通过新的叙述力量来装备我们。这种新的叙述力量来自一整套文化，以及我们很快便参与的讲述与解释传统。"（1990：80）除此之外，正如我们所发现的，概述各种叙述形式的计划存在很多方法论上的问题，而且有些问题非常严重。但是我们也同样看到，要将任何未来的、期望的、希望的以及明确的叙述记录建构成一个整体，那么对叙述发展轨迹的解释是必不可少的。

第二章　早期叙述

叙述研究比纯粹的小说或电影研究显然范围更广。如果分析只关注一种特定的叙述类型，则不得不忽略不同文本间方法的共性而偏向于研究所讨论的这种类型的表述（enunciation）特性。广义叙述分析的优势在于它可以辨识以语言或视觉为基础的叙述类型的重要原理，同时它又可以避免被卷入一些狭隘的问题，比如有关特定模式的"有效性"或是不同类型的相对"价值"。这同样也允许叙述分析去追踪一个特定进程的发展以及叙述在一系列一般形式和技术形式中的体现。

然而，叙述分析本身并非不存在问题，其中一个主要问题来源于叙述不仅用于记录虚构事件也用于记录真实发生的事件。乍一看，这个事实好似不会造成困难：识别非虚构和虚构叙述的差别常常显得非常容易。话语对当代事件的叙述记录，如新闻，被当下相对简单地确定为"纪实性"的（factual），它与戏剧中包含的"虚构性"（fictional）事件相反。在其印刷的或是播报的版本中，新闻早已发展了一整套方法，从特定的句型到其再现的权威性，这使得新闻很快被认定为一种不同于虚构的话语（参见 Hartley 1982；McNair 1996；Conboy and Johnson 2010）。此外，在当今，非虚构性叙述中描述的事件是否发生，很多时候通过特定的方式是可能证实的。

然而，如果叙述所记录的是发生在遥远的过去的事，则是另外一码事。对遥远的过去事件的重述让人很难确定所描述之事是真实发生的，抑或是经过修饰、润色或者是完全虚构的。

显然，这给历史实践带来了困难，它力图将真相从明显的不真实中清理出来。但是它也同样会对研究本书所涉及的虚构叙述的早期变体造成影响。将"叙述"与"虚构"等同视之的诱惑遭到两种观点的反驳：一种观点是承认历史话语中叙述的作用，另一种观点考虑到早期文化实现叙述形式的可能目的。让我们简要扩展一下这两点。

叙述与历史

从根本上来讲，历史被认为既是"文本外真实"（extra-textual），又是由一系列符号构成的话语（Bennet 1990：53）。也就是说，历史作为文本外真实是指文本不管记录了事件的哪些方面，都必须要是真正发生的实事。除此之外，尽管历史写作时间不是依靠客观的已知真理，但是必须依据对历史记录或是档案的再现（Bennet 1990：49）。历史记录本身是由符号构成的话语实体，意味着它对实际发生事件的再现是完全选择性的记录。

海登·怀特（Hayden White）的研究（1973，1987）已经变得与这些问题同义。对他来说，问题的关键是虚构性。尽管叙述性的各种手法如情节、故事、序列以及空间通常被认为是适合用于记录非真实的，但是历史学家们在解释真实发生的事件过程及其因果律的实践中故意灌输了叙述性。在虚构和历史非虚构中总是存在对一些优先事件的再现，即法布拉，俄国形式主义者在它与虚构叙述的关系中来描述它。因此，怀特提出：

> 所有书面话语在目标上是认知的，而在方法上是模仿的。这即便是对于最游戏的（ludic）和表面看来属表达派的话语也适用，对诗歌和散文同样如此，甚至是对那些看似仅是说明"写作本身"的诗歌形式也正确。就这一点来说，历史不过是一种虚构形式，而小说则是一种历史再现形式，它们差别不大。（White 1987：122）

那么对于怀特来说，虚构性和纪实性再现都包含相同的修辞手法或转义（trope），从而可以得知叙述方式在促进人类对世界的理解中发挥了重要作用。

怀特由此被引导去追问：世界上的事件总是仅以序列的形式，一件接着另一件出现在我们面前，还是作为叙述，有开头、中间和结尾（White 1981：23）。对他来说，叙述冲动，无论是在虚构性还是历史性的记录中，都可能包含关于道德再现的更深层人类欲望，一个有结局的序列。然而即使这只是推测，它也为解释叙述为何对早期文化如此重要提供了线索。

口述、读写能力与叙述

提到上文中叙述的模仿特性时，怀特强调书面话语在记录历史中的作用，这一点并非是无关紧要的。与考古记录不同，历史记录主要以语言形式存在，在该种形式中书面记录大大超过口头记录。书面记录多于口头记录明显是因为书写更有能力以其物理表现形式存活下来,并一代又代地传递下去,既可以作为非叙述性的人工制品,如账簿,官方对诸如出生、婚姻或是死亡的登记,或是年鉴,也可以作为叙述性人工制品如当代史、传记、实事的非虚构性记录,甚至是明显的半虚构性记录,如神话或民谣。

书面话语可以储存,可以保持其原有形式的完好和安全,因此可以被一次又一地细察,这个优点是口头话语不具备的。口头话语依赖传送者和接收者的忠实和记忆,然而两者都不可能比书面记录事件的方法更完美。人类记忆和忠实度的不完美明显使任何口头话语要尝试描述事件整体都必然借助高度的浓缩和省略。

初看之下,这似乎是认为口头话语自然略逊一筹,或者甚至是直接授予书写符号以荣誉。然而不该忘记的是书写话语也同样必须要压缩,呈现某些事件而排除其他事件,在记录中描写适合特定书写形式的事件,而省略或减少那些本身不容易用于再现的事物。确实,历史中书面话语的优越性并不总是容易被接受。翁(Ong)(1982:96-101)认为过去口头文化在每一个阶段的影响都非常大,以至于现在虽然人们普遍认定书面文字是记录事件的权威方法,但是在接受的早期阶段也还一直对此存疑(cf. Lord 2000:124)。

本书在此处为何会短暂离题去讨论口述与读写能力之间的一些区别,以及为什么口头叙述在某个时期被认为解除了书面记录的永久性,原因关乎叙述形式的不同目的。对那些没有书写但是又希望保存其历史、风俗以及生活之道的文化来说,叙述被认为有助于记忆,非常珍贵。翁写道,"尽管在所有的文化中都能够发现,叙述从某些方面来看在原始的口头文化中比在其他文化中更能发挥作用,具备书写的文化可能可以记录或形成抽象或科学范畴,但是口述文化却不行。因此口述文化很大程度上更加依赖人类行为的故事去储存、组织和交流所知之事"(1982:141)。书写可以连接思想与其物质性,可写于石头或纸张上等,然而在口头文化中叙述用其结构和程序来连接思想并使其永恒。

普遍性与叙述

这些讨论必然与任何早期叙述的研究密切相关。翁提出叙述的起源问题部分原因是出于必要性,而怀特推测可能是出于人类对道德的欲望。还有一种方法也回应了这个问题,叫作神话的结构主义叙述形式研究。特别是在克洛德·列维-斯特劳斯的研究中,神话的内在结构为有关特定社会中叙述的语言学起源问题提供了一些答案。列维－斯特劳斯并不将每一个神话都视为一个单独的故事，而是主张透过神话的表面来识别表面不同的叙述的结构同源。这种方法并非完全是新颖的：其他结构主义者，如克劳德·布雷蒙（Claude Bremond）和 A.J. 格雷马斯（A.J.Greimas），以及"原型－结构主义者"（Proto-structuralists），如 弗拉基米尔·普洛普（Vladimir Propp），还有原型批评家如诺思洛普·弗莱（Northrop Frye）都广泛采用类似的方法来研究叙述（关于后者参见 Coupe 1997：172-175）。然而列维－斯特劳斯的研究中值得注意的是他意图通过语言中发现的对立项（oppositions）来识别普遍的心理原则（mental principles），其表现形式是神话的叙述结构。

列维－斯特劳斯将语言分析视作一系列最小的可能元素（音素）之间的对立。他以此作为模型来进行相同的神话研究。他有关俄狄浦斯故事的著名论文可以作为解释此方法的简短例子。他将各种关键事件、行为或关系确定为神话的基础元素，或是"神话素"；这些元素又通过重组来展示他们在叙述中的相同功能。列维－斯特劳斯的类比很好地说明了其方法。他提出以下面的方式呈现一系列数字：

1，2，4，7，8，2，3，4，6，8，1，4，5，7，8，1，2，5，7，3，4，5，6，8

它们可以被重组从而可以明显地展示其中重复的主题，因此：

1	2		4			7	8
	2	3	4		6		8
1			4	5		7	
1	2			5		7	
		3	4	5	6		8

(Lévi-Strauss 1977: 213)

根据俄狄浦斯故事的这个过程（procedure）可以看到神话素，诸如"斯巴达（The Spartoi）武士相互厮杀"，"俄狄浦斯杀死父亲拉伊俄斯（Laius）"以及"厄忒俄克勒斯（Eteocles）杀死其兄弟波吕涅克斯（Polynices）"，将它们放置在一起。它们在这个特定结构中都是与谋杀有关的元素。当叙述从日常的生活序列中被抽离出来后，叙述呈现出的只是重复性关系，而这些关系正是故事的真实目的所在。

最后，这个规则将列维－斯特劳斯导向用数学公式来解释神话（1977：228；也可参见 Marcus 1997）。然而更重要的是，他推断：产生神话的思想特性与产生现代科学的思想特性相同——

> 钢斧优于石斧不是因为第一把比第二把做得好。他们同样制作精良，但是钢与石头大不一样。同样，我们能够说明神话与科学中运行着相同的

逻辑过程，而且人类一直以来同样善于思索。改进不是存在于所谓的人类智力的进步，而是人类发现新的领域可以运用其没有改变也不会改变的力量。(Lévi-Strauss 1977：230)

这里明显是将对叙述结构的冲动（impulse）视作人类的根本，对具体过程、配对、对立和相似的反思使语言成为可能。对列维－斯特劳斯来说这意味着历史中产生的所有叙述之间都存在某种程度的连续性，而且这种连续性非常强，它甚至使产生每一个神话的历史环境显得多余。在这一构想中，神话就像是语法，它产生新的句子，或是一个可以向里面倾倒新内容的容器；句子或内容本身的重要性无法与赋予其形式的语法和容器相比。

关于早期的虚构叙述，这个方法有其优缺点。其中一个优点似乎是解决了历史记录的问题。神话通常最为人知的特点是事件和事件中描绘的人物与现实生活中的事件和人物之间可能存在某种关系（Goody and Watt 1968：34，44-55）。这对于现代的例子，如所谓的"城市神话"（urban myths）也适用，其构成元素也可能是真实的。如果在列维－斯特劳斯手中，"每一个神话原来是所有神话的编码，是影响和限制所有故事讲述的元语言"（Coupe 1997：149），那么分辨真实与虚构的困难将不再是问题。这一困难源自灵活的口头叙述，后来用不太灵活的书面语在古历史记录中进行描述（Goody and Watt 1968：45）。当进行分析时，叙述和历史将会透露更深层的共同的语言真实。特别对于历史学家来说，这是一个有些不确定的优点。

然而列维－斯特劳斯研究叙述的方法也有一些明显的缺点。这些缺点在现在众所周知的批评理论中都有详述。如果叙述根据识别其关键的构成部分来重组，或者如果神话被分解成神话素，那么便生出一个问题，如何保证某个叙述事件比另一个更有效。正如库普（Coupe）在讨论列维－斯特劳斯的研究时所说，"在他的排列中神话素好像不知是从哪里冒出来的"（Coupe1997：146）。对这一问题的扩展可以在列维－斯特劳斯对俄狄浦斯神话的整体定论中看到：它的叙述结构展现了人类对起源的普遍关心，这个问题是由神话叙述的结局来决定的。在这个例子中存在两种神话素的竞争，一个是有关地球上人类起源的神话素，另一个则是关于生殖中血缘关系之作用的神话素。翁（1982：164-165）、哈夫洛克（Havelock 1986：26）和其他学者已经批判过列维－斯特劳斯将神话的叙述结构简化为基本的、很大程度上是二元的原则，从而忽略了这种结构在口头文化中的具体运用。对他们来说，叙述不能被分解成简单的二元对立：口头文化中对记忆和语言运用的苛求意味着叙述必须比列维－斯特劳斯所认可的更灵活、更多变。

然而对这些有关记忆和语言运用的观点还可以更进一步探讨。如果谁要通过筛选所有现存的早期叙述来寻找人类文化中叙述的起源，那么列维-斯特劳斯的方法看起来可能有助于识别重复的主题。在公元前2700年建立的大图书馆中人们发现了一块石碑，上面刻着史诗《吉尔加美什》的苏美尔原型；埃及图书馆的文件中保存着辛巴达故事的最古老的手抄本。同样也有关于辛努亥（Sinuhe）的叙述，他是荷马等笔下的希腊史诗中出现的人物奥德修斯的原型。他逃出埃及，在近东地区四处游荡，饱受思乡之苦，经历重重困难后，终于回到自己的家乡（Durant 1935：131-132，175）。所有这些发现似乎都意味着叙述具有一些基本特点，包括人物和情景，这可能让人试图去识别叙述过程中的普遍性倾向。这种观点未能理解的是世界上的叙述对于不同民族，在不同时期有不同作用。

叙述与身份

叙述的关键作用涉及身份（Brockeier and Carbaugh 2001）。众所周知，在现代世界，社会环境以及存在于其中的自我很大程度上是一种文本及文本中常出现的叙述的社会性建构（Shotter and Gergen 1989）。然而似乎很长时间以来，叙述就在身份形成中发挥着重要作用。如我们所见，口头文化的评论者屡屡发现口头叙述有助于记忆。然而，叙述结构由于其重复性和保存方式促使早期的口头文化能够记住有关它们现在和历史的关键点，不仅如此，叙述结构还有其他促进作用。叙述中包含的记忆对形成和维持民族自我形象做出了巨大贡献，特别是当书写尚未能够记录储存过去的事件，也无法储存人们最珍视的理念细节的时候。因此叙述也与广泛的身份概念有关，如民族。

诚然，一个可持续的民族概念要求有一个民族的历史地域或是家园，共同的公共文化，所有成员共同的合法权利和义务以及共同的经济，但是，如史密斯（Smith）所说，也需要共同的神话和历史记忆（1991：14）。而神话与历史记忆的主要载体常常是叙述，尽管也有其他诸如纪念碑和雕像之类的载体。由于与抽象的原理相比，叙述与人类行为联系更紧密，特别适合纪念主要的民族自决（self-determination）、国家或民族英雄（cf. Lord 2000：7）。

的确，在史诗中叙述促进的不只限于英雄人物的民族地位；一位观点被最频繁引用的民族主义理论家提出，叙述也通过提供一个"同时"（meanwhile）的概念从而凝聚民族的个体。本尼迪克特·安德森（Benedict Anderson）认为人物的生活通过叙述结构被叙述为一些人物彼此之间关系密切，彼此熟悉，而其他

人之间却远非如此,就像是一个国家的"想象共同体"(imagined community)。在现代,所有人物身处同一背景中,甚至到了人物可能不知不觉在街上擦身而过的程度。(Anderson 1991:24-33; cf. Bhabha 1990a:308-310)。

因此,与列维-斯特劳斯的立场不同,叙述并不展现普遍性,而是选择性地保存某些记忆而排除其他的,帮助某些人凝聚至某个特定的社群而不是其他的。事实上,有时叙述有助于维护专制主义的文化差异概念,特别是在维护传统的概念方面发挥了很大的作用。例如,欧洲自文艺复兴时期恢复希腊文明以来,古希腊的叙述就被并入一种"西方传统",而这一传统时常被认为是"最早"和"最好"的。然而,对于这种传统纯洁性的各种认定非常脆弱,致使知识分子必须要筑防御工事来防止其被浸润。

通过诸如马丁·伯纳尔(Martin Bernal)的《黑色雅典娜》(*Black Athena*, 1987)这类著作,现在众所周知的欧洲的历史学家,特别是在19世纪,在编辑历史时系统地将非白人因素从西方的过去中删除。强调西方文化的摇篮是古希腊让西方历史学家能够擦去西方历史中的埃及、犹太和非洲根源。这个过程遗留的结果在当代依然产生作用。根据爱德华·萨义德(Edward Said)所说,"希腊经典无需麻烦实际的希腊人来干预,就能对意大利、法国以及英国的人文主义者发挥作用。逝者的文本被那些想象一个理想共和国的民族阅读、欣赏和挪用"(1994:235)。欧洲的"叙述"合并了一些传统、神话和记忆,因此便有了特定目标。

我们反对将叙述概念视作对人类普遍特点的展现,那么必须要谨慎,不能简单和不假思索地认为叙述保存某一个国家。这里要解决的问题不是叙述如何被用于促进民族之间的绝对差异,而是叙述如何再现文化"差异"和"杂糅"。如萨义德所释,"文化远非单一或完全统一或自主之事,事实上比起有意识地排外,文化呈现了更多异质因素、他异性和差异"(1994:15)。同样,对于巴巴(Bhabha)来说,文化不可能是自足的,相互之间彼此封闭,也不可能通过普遍的主张联合起来。他提出,"没有文化是完整的":

> 显然没有文化是完整的,这不仅是因为其他文化会否认其权威,也因为其象征形成的活动。它在再现、语言、意指和意义产生过程中的质询总是强调一个原始的、整体的、有机的身份。(Bhabha 1990b:210)

叙述在巴巴提到的再现过程中当然极为重要。

那么毫无疑问,在编辑中将某些叙述从传统中删除,这一行为充满了矛盾和不诚实。识别"伟大作品",以及确定叙述起源的工作容易冒还原论

(reductionism）和种族中心主义的危险（ethnocentrism），然而最主要的问题是不能识别杂糅，我们以为相互独立的文化其实无可避免地是相互混合的。只要涉及叙述，就要承认它在概念建构中的作用，比如"国家"，同时也不能忽略它的经验效果。当后者被忽略，偏向于一种对于所有民族来说普遍的、看似民主的叙述观点时，权力仍在起作用。斯尼德（Snead）认为欧洲用普遍的术语来评定非洲叙述，比如通过参考"人性"之类的短语，是一种限制、支配行为，最终将走向帝国主义，尽管他同样也在评定欧洲叙述的欧式方法中发现了这种普遍性趋势。他注意到荷马（Homer）、但丁（Dante）、拉伯雷（Rabelais）、塞万提斯（Cervantes）、莎士比亚（Shakespeare）和歌德（Goethe）通常被视作"完美的天才"或是"创始人"，因为他们的叙述体现了"普遍真理"（1990：233）。如果这些作者代表一种欧洲文化理念，而他们所著的实际文本似乎完全是混合的甚至是融合的，这个事实破坏了这种理念（Snead 1990：233）。叙述与其说是普遍的，毋宁说是杂糅的，它统一了各种散落或分散的方言、俗语和口头传统（234）。

叙述的欧洲传统，包括小说、电影及本书讨论的其他叙述，常常被认为具有其文化特色，也被认为对欧洲文化极为重要。1869年，"社会遭到了所谓现代性、侵略性、商业性的无情破坏"，英国社会理论家马修·阿诺德（Matthew Arnold）极好地促进了将文化用作权宜之计来抚慰创伤（Said 1994：xiii）。阿诺德的"文化"构想依赖于思想和艺术上的完美追求，而且对他来说，达到这种完美的巅峰要融合西方精神中现存的希腊与希伯来基础（Arnold 1980：469—573）。

后来的一个人文学者，埃里希·奥尔巴赫（Erich Auerbach），旨在要做西方叙述最有影响的理论家之一，一定程度上认可了阿诺德的观点。对奥尔巴赫来说，西方的叙述技巧在很大程度上可以在希腊的荷马叙述和《旧约》的希伯来传统中找到（1968）。即使很多人认为西方的叙述传统是多种起源的混合之物，但是仍然有人呼唤寻求一个确定的起源。鉴于出现了口述与书写能力的区别以及文化差异造成杂糅这些问题，现在到了该考虑这些基本原则的时候了。

希腊与希伯来基础

希腊的史诗诗人荷马常常被认为是欧洲叙述的起源，特别是他的两部叙述长诗《伊利亚特》（*The Iliad*）与《奥德赛》（*The Odyssey*）（例如，Havelock

1986：19)。古典主义学者，雅思佩尔·格里芬（Jasper Griffin）认为"《奥德赛》是欧洲小说的最终源头"（1980：46)，这在讨论这个问题的时候也为荷马为何被视作欧洲叙述的起源提供了一些线索。在过去 200 年，小说形式在欧洲叙述领域的影响不容小觑。很多理论家普遍认为小说形式颇为复杂，其手法和重复特征都对有读写能力的人尝试再现世界的方法有深远影响。巴赫金（Bakhtin）（1981）认为小说与史诗形成对比，尽管他注意到了延续性。小说是当代的，未完成的，朝向未来的，它所涉及的知识、实践与经验起源于希腊时代，也就是在那个时代形成了对特洛伊英雄的无上崇敬之情。而史诗则是一种完成的文类，关心"绝对的过去"（Bakhtin 1981：15）的事件和民族英雄。因此荷马的叙述似乎十分远离 21 世纪初以来的小说时代所消费的 3D 电影、高清晰电视、视频网站（YouTube）以及电子书（Kindle）。然而学术界通过细察"罗曼司"、史诗，更多的是"古代小说"来记录小说的命运（Doody 1998）。

既然荷马从某种程度上来说被认为是"小说之父"，那么就值得来扼要概括一下人们所知的荷马史诗中的一些特点。荷马被认为是在人类历史的遥远过去进行创作，公元前 800—前 700 年，《伊利亚特》和《奥德赛》两者都用某种方法在讲述公元前 1184—前 1183 年间特洛伊战争的事件。就这点而论，这些诗则是在说明我们已注意到的虚构性或非虚构性叙述中的真实问题。有人可能会问：从虚构与历史的关系来看，相对于虚构性叙述，荷马的叙述在多大程度上是历史的？

对这个问题初步的答案可能关涉诗人荷马本人。没有人知道荷马是谁，是男人或是女人，有可能荷马是两个人，或者是更多（Finley 1979：31, 34）。也没有人知道，荷马是否是一个人的名字：有人认为它是某种诗歌类型或传统的名字（Sherratt 1992），而对于其他人荷马则是最杰出的诗歌颂者（Lord 2000：150）。尽管试图对荷马有一个稳定定位，这种想象很诱人，或将其视为须眉老者，很多古典主义的雕像都是如此描述他，或将其视作权威声音，但这都是站不住脚的观点（Havelock 1986：14）。除此之外，《伊利亚特》和《奥德赛》必定是出现在"发明"书写之前。然而两者作为书面文本都存在了很久：例如，在现在，两本著作的翻译版本在主流书商那里都能轻易获得。

两首诗最突出的特点，即重复节奏的使用，在一些英诗翻译中保存了下来[比如，拉蒂摩尔（Lattimore）的《奥德赛》译本，1967]。小孩特别喜欢这种韵律，尤其是在给他们读史诗时。但是任何读者都能识别关键词组不断出现的方式。《奥德赛》中并不对奥德修斯天国的保护者直呼其名，而总是将其称作"灰色眼睛的女神雅典娜"；很多的行为发生在海域，被称为"暗酒色的大海"（wine-dark sea）；通常，叙述的主角不是普通的士兵，而是"足智多谋的奥德修斯"；且人物不会草率地快速传递信息，而总是"一语中的"（winged words）。

从这个信息可以得出两个相关的结论。第一，词组的重复是提醒这个故事正在被某个人讲述。事实上，从一开始就鼓励读者假定一个叙述者，正如我们在第一章注意到的，它是叙述的基本特征。细想一下其开篇：

缪斯请告诉我，在众多人中，谁在洗劫了特洛伊圣堡后被迫远行。（Lattimore 1967：I. 1—2）

尽管有这样清楚的叙述开场，但也常常很容易"忘记"叙述者的作用，特别是如果她/他并非下文展开的故事中的一角。重复的节奏是为了提醒正是这个相同的叙述者在讲述故事。

第二，这些重复的节奏暗示了荷马诗歌的口头传统。口述诗歌的收藏家米尔曼·帕里（Milman Parry）于1932年对前南斯拉夫进行了广泛的研究，发现其存在口头创作的本土传统。通过使用重复的节奏，设置情节素和公式，斯拉夫诗人能够创造、记住和重述长度可媲美《伊利亚特》和《奥德赛》的史诗（Lewis 1960：20；Scholes and Kellogg 1966：20—22；Finley 1979：29—31；Ong 1982：17—30；Havelock 1986：12，51；Lord 2000；也可参见 Hainsworth 1992），口头诗歌的节奏和句型的复杂性值得考虑（特别参见 Lord 2000，144—146）；但是，总的来说节奏基本上是为了能够有效记忆诗人或歌者描述的事件（Havelock 1986：29）。简而言之，史诗，如荷马的，是一种"提醒和回忆行为"（Havelock 1963：91）；但不仅仅是回忆虚构的故事事件。如哈夫洛克所释："作为一种诗化的百科全书，荷马通过记录文化的社会习俗来记录和保存了维持文化延续性的方式。"（1986：29）显然，这又一次暗示了历史记录中很难分清事实与虚构。根据这些观点，我们略微深入地来细想一下荷马史诗的第二部。

《奥德赛》是关于奥德修斯的艰难回家之旅的作品。他是特洛伊战争中的一个英雄。由于他所遭遇的各种阻碍及叙述中的迂回，其旅程长达10年。回到家伊萨卡岛后，奥德修斯发现妻子佩内洛普虽一直尽力保持对勇士丈夫的忠贞，但是却不断被众多追求者骚扰。这些追求者不仅希望证实奥德修斯的死讯，这样他们就可以向其妻求婚，而且他们还在等待期间登堂入室。同时，忒勒马科斯，奥德修斯的儿子，已经长大，并外出开启寻父之旅。

自从《奥德赛》演变为书写文本，它就被分成以下24篇：

卷Ⅰ—Ⅳ	忒勒马科斯寻父
卷Ⅴ—Ⅷ	奥德修斯试图回家
卷Ⅸ—Ⅻ	特洛伊之战后奥德修斯漂泊四方（自述）
卷ⅩⅢ（第一部分）	奥德修斯返家
卷ⅩⅢ（第二部分）—ⅩⅩⅣ	奥德修斯在伊萨卡岛

划分本身就有重大意义。正如海姆斯所观察到的美国印第安叙述的微妙模式，划分和分隔常常对故事的读者或讲述者有很重要的作用（参照第一章）。更直接地说，如洛奇（Lodge 1992：163—168）所示，章节的划分给读者喘息的机会，允许场景和时间转换。

从故事和形式结构的复杂性来看，《奥德赛》完全不能被视作简单的初期叙述。它是非常复杂的史诗，包含了很多重要的现代技巧特征，尽管与现代叙述有所区别。然而现在不同技术下弥漫于各类叙述中的很多技巧特征在最初时是必要的，因为荷马的诗歌是口述史诗。洛德和哈夫洛克两位学者共同追溯了从口述文本性到书面文本性这场变迁中发生的变化，或者如后者（2000）所说，在这些变化中"沉思者学会书写"。对洛德来说，口头和书面叙述的一个关键不同是前者依靠"公式化表述"的程度（2000：130）。对哈夫洛克来说，另一个问题是口头叙述中固有的社会规则。"在原始的口述中"，他写道：

> 由语言形式构筑的功能性内容通过赋予愉悦来协助记忆：社会与美学目标相互合作。一旦社会责任被传递给有读写能力的阶级，平衡就会改变并偏向美学。（Havelock 1986：45—46）

对两位学者来说，荷马诗歌的关键特征可能在当代叙述中持续存在；然而随着口述传统由于书面叙述的增长越来越背景化（Lord 2000：138），这些特征的目的也已经消退了。

因此《奥德赛》包含的一些元素是为现代读者所熟知的美学特征，从而使古代的叙述显得不那么遥远。我们已经强调了人类行为在口头叙述中的重要性；然而同样值得一提的是《奥德赛》充满了可辨识的人物，在当代的虚构性叙述中也是如此。确实，《奥德赛》中的人物，从某种程度上来说的确体现了有限的特征而且也并非是充足发展的主体。然而，如果将他们视作不重要的人却是错误的：他们哭泣、哀痛、渴望以及欢愉，这些对于现代读者来说都可能是有趣的。

其他可能对今天的读者产生特定愉悦的特征包括倒叙的使用（特别参见第

九至十二章），这种手法常常是与现代主义相连的，也与电影叙述的发展相关（参见本书第六章）。主叙述中也包含了大量叙述（特别参见第九至十二章），这可能潜在地造成了叙述中不同"声音"之间的张力。这种现象在小说的历史中可窥见，在后现代主义叙述中更为不确定（参见本书第三、四、七章）。荷马叙述中对人物语言的直接再现对后来的史诗、罗曼司和小说至关重要（参见本书第三章）。而《奥德赛》中的多条故事线以及大量人物，似乎是达到了19世纪现实主义的高峰，但却被20世纪的系列电视叙述和21世纪的网络叙述所超越（参见本书第七、八章）。尽管有这些连续性，然而必须记住当下被认为是普遍特征的目标对于文字出现之前的文化则大为不同，因此可能包含在一种叙述的特别"风格"中。

  在有关西方文学的起源最著名的其中一篇文章中，埃里希·奥尔巴赫（1968）识别了《奥德赛》中的一种特定风格，这一风格为西方的叙述传统奠定了一项基础。他挑选出卷19（xix）中的一段情节，奥德修斯伪装成一位老流浪汉从而得以进入他在伊萨卡岛的家。欧律克勒亚（Eurycleia），家中的女仆和奥德修斯的保姆，受命于佩内洛普去为这个陌生人洗脚；当欧律克勒亚着手进行时，她发现这个男人的腿上有一个伤疤。这个伤疤与年轻的奥德修斯在一场野猪狩猎中受伤时的伤疤一样，因此她顿时明白这位新来者是谁。奥尔巴赫关注了这个叙述序列，因为在欧律克勒亚认出奥德修斯的叙述和解决"她是否该放弃这个游戏"的问题之间出现了很长一段偏离来讲述伤疤的来源，解释了对于荷马的叙述来说很重要的事情。

  洛德提出推迟认出奥德修斯是因为这是口述模式中迟延（delay）反复的一部分（2000：170—174），奥尔巴赫则认为用一个长长的叙述序列来讲述造成伤疤的细节目的是充分"具体化"（externalization）。也就是说，荷马叙述的特点是想让每一件事情真相大白，叙述每一件可能与情景有关的事情，不隐藏任何事。在荷马的叙述中，

> 没有任何事物是保持隐藏或不明说的。荷马的角色用最丰富的叙述，用甚至是激情也无法干扰的秩序，通过语言来宣泄其内心深处的想法。他们不对别人说的话，就对自己内心说，这样读者也可以得知。（Auerbach 1968：6）

伤疤的故事作为记忆也并不是在背景中呈现；反之，在将所有细节放入现在并一律渗入"前景"的过程中，故事被当作客观事实。

  对于奥尔巴赫来说，荷马的风格是固定在人物和地点所处的当下的某个时

刻。人物可能复杂，但是他们没有历史、发展或并非深藏不露："奥德修斯归来时与他20年前离开伊萨卡岛时完全一样。"（1968：17）荷马的风格是致力毫无隐藏，不留任何隐秘的意义；如奥尔巴赫所示，荷马的叙述可以被分析但实际上却不易被阐释。在某种意义上，这些作品中渗透了"现实主义"或者是明显忠实表现了现实的表面。事实不仅不会被削弱，反而会不断被加强，这就是叙述的传奇性。根据奥尔巴赫的判断，传奇通过直接的方法来处理事件，使事件不受历史语境的干扰，呈现的人物也按照单一的动机来行事。

奥尔巴赫所确定的西方叙述风格的另一个基础存在于《圣经》各书中，特别是在《旧约》中，这个基础突显了荷马叙述的不同。奥尔巴赫认为这些《圣经》各书总的来说有完全不同的主张，它们的叙述特点是有明显的"背景"特性。在《旧约》的叙述中并不给出全部细节。以亚伯拉罕和以撒的叙述为例，奥尔巴赫说明了在荷马的叙述中发现的对具体化的青睐，这在《圣经》中却不存在。上帝对亚伯拉罕说话，但是他们两个都没有被设置在任何特定的空间。上帝命令亚伯拉罕与其子一起长途跋涉去献祭，但是

> 在这样的情况下很难想象应该描写工具、旅行者经过的风景、仆人或者是驴，或赞美他们的出生、血统、物资、外表或是有用性。（Auerbach 1968：9）

亚伯拉罕仅仅是接受命令开启其旅程，没有任何细节；反之，如奥尔巴赫补充道，"一切都没有说明"（1968：11）。

《圣经》叙述中如此之多的细节没有明说的结果是邀请读者来阐释那些直接叙述出的事件。与之相反，荷马叙述提供了大量信息，从而不鼓励读者、听众进行阐释。同样，奥尔巴赫强调《圣经》叙述中的人物也与荷马叙述中相对应的人物不同。《圣经》叙述中的人物有历史（histories）；例如，亚伯拉罕"记住，或是自始至终都认识到上帝向他承诺了什么，上帝已经为他实现了什么——他的灵魂被绝望的反抗和希望的期待撕扯；他的沉默服从是多层面性的（multilayered），有其背景"（Auerbach 1968：12）。例如，当人们想到雅各（Jacob），《创世纪》中的人物，他年轻时从视力受损的父亲那里骗走了以扫的祝福。当他老时，他不得不痛苦地承受儿子被野兽攻击的死讯。显然很多心理发展都被解释为发生在这两件事之间。

《圣经》中人物的"多层面性"在荷马叙述中却没有呈现，反之它更关注事件。正如奥尔巴赫指出，荷马的风格也许是尽可能提供足够多的细节，但是亚伯拉罕故事的叙述实际上更倾向于一种"历史的真实"（1968：15）。

亚伯拉罕故事的叙述者致力从特定的宗教角度来描写天命，这就导致了对心理发展的描述，因为历史和人物对宗教愿景的追寻会让他们遭受命运的波折。上帝不仅创造了这些个体，"而且他继续影响他们，他让他们屈服，塑造他们。在不改变其本质的情况下，上帝赋予了他们新的形式，而这些新的形式在他们年轻时无论如何也是想象不到的"（18）。

奥尔巴赫还提及另外一个基本叙述领域，关注"日常"和"崇高"（cf. Lewis 1960：27），或者，换一种方式说，高尚的和平凡的。奥德修斯的故事涵盖的事件包含性、食物、清洗以及奇异的生物，如库克罗普斯（Cyclops，独眼巨人）、赛任（Sirens，女海妖）、卡吕普索（Kalypso，海中女神）。《圣经》在这方面并无不同，书中一直讲述上帝与地球上人类之间的对话。然而荷马叙述集中于将家务事当作田园般不复杂的日常存在，这与《圣经》形成了鲜明的对比。此外，荷马中崇高与日常的混合"几乎是绝对清楚地只发生在统治阶级成员身上"（Auerbach 1968：22）。与之相反，《圣经》却呈现了一幅完全不同的日常生活图景，它毫无保留地描述了普通人日常存在中的嫉妒、竞争和冲突。但这些家庭冲突不像荷马叙述中要用战争来解决，而是郁积在心里，正是因为上帝渗透到了日常生活中。神无所不在地制造各种冲突，比如一个在家中受到最多祝福的人，同时也将遭到最多的憎恨。

然而最重要的是，《圣经》继承和传递的叙述传统可以说是源自希伯来文化的"解释"型叙述。与所有重要的宗教叙述相同，《圣经》被构架成需要阐释的文本。奥尔巴赫对《圣经》风格的讨论暗示这类叙述邀请读者来思考所描写之事件的相对意义，甚至是道德价值。此外，普里科特（Prickett，1996：55ff.）认为《圣经》不断反映犹太人认为人类一直与上帝保持对话，寻求解释和答案的那部分心理。他补充说："因此毫不令人惊奇，即使在我们以圣经为基础的文化中，一本书固有的期待不仅包含叙述也包含启示：一种某些隐藏的秘密即将展开并得到解释的感觉。"（1996：6）

杂糅与西方传统

对于西方叙述的发展来说，启示并非是圣经叙述的唯一重要特征，《圣经》与读写技术也密切相关。众所周知，印刷术的发明彻底改变了人类的交流模式。第一本印刷的书籍就是1452—1456年的古登堡版《圣经》，这可能并非巧合（McLuhan 1962；Eisenstein 1979；Havelock 1986：49；Lacy 1996：21-25；Danesi 2002）。此外，尽管哈夫洛克提出在《旧约》中能够发现嵌入了口头叙

述,"文本用其他方式修正它们,概括它们,并将它们并入一个神学的框架"(1986:47),但显然大部分《圣经》源自书面形式。从另一方面来说,荷马的叙述在公元前7世纪的某个时间变成书写形式;洛德甚至认为把诗歌记录下来这一想法源自近东,在那里其他的史诗和一些《旧约》书籍早已经以书写形式出现了(2000:156)。

除了奥尔巴赫的分析,这些观点也可以解释为什么如此频繁地引用荷马和《圣经》作为西方叙述传统的基础。《圣经》的圣书地位使其无论从哪方面来看都无可置疑(参见 Prickett 1996)。《圣经》作为书面文本的具体存在可以用于核实和查阅知识,这一点使它与《伊利亚特》和《奥德赛》早期的口述版本完全不同。《圣经》的叙述风格所推进的*阐释*实际就在这样的语境下发生。任何对《圣经》的阅读都将无法摆脱《圣经》作为基督教书面材料的基础这一语境。

荷马叙述的情况有些不同。毫无疑问荷马无论如何也不是最早的史诗诗人(参见 Lord 2000:158)。但是荷马叙述成为代表性的叙述,这是因为它观照了早期的口头文化,同时它以书面形式出现又使叙述能够"向前看"。关于荷马的史诗,哈夫洛克写道:

> 无论它们最初是在何时成诗……它们是最先成功字母化的作品,这是大约在公元前700年—前650年发生的事件或过程。这似乎确保了它们的经典化,当然这也同时让它们有效地垄断了对文字出现前的情况的呈现。(Havelock 1963:115)

而且,也正是向书写的过渡才拉近了荷马叙述与完全不同风格的《圣经》之间的关系。

正如洛德和哈夫洛克所示,荷马的书面版本确保叙述的口头基础相对不明显甚至是退居幕后。虽然与叙述的社会目的相反,尽管与《圣经》的叙述风格完全不同,审美的支配也会引发阐释或是在它们的文本中寻求"普遍真理"。出于此原因洛德响应了斯尼德,主张:

> 从古至今我们一直被荷马的艺术和伟大的实质所误导。原因是我们试图用我们的术语来阅读他,这些术语被我们打上了"艺术的普遍术语"的标签。(Lord 2000:147-148)

然而这是与杂糅有关的另一个问题,在说到西方叙述的这些基础时必然要提及的。正如马修·阿诺德(Matthew Arnold)和其他学者所认为的那样,产生荷马叙述的希腊文化并非"纯粹"是希腊的。如哈夫洛克所说,它受到迈锡尼文化的严重影响，而迈锡尼文化本身与近东文化有密切关系：苏美尔的（Sumerian）、亚述的（Assyrian）、赫梯的（Hittite）和巴勒斯坦的（Palestinian）（1963：116）。因此，荷马叙述并非产生于一种文化，无论是"读写的"还是"希腊的"。

通向自我的航行

考虑到荷马叙述的杂糅特点，可能很难理解为什么它们对于建立一个明确的"西方"传统如此重要。毫无疑问，可以尝试抹去外国的、非欧洲的元素或是避免评论其多重起源来建构或重新语境化荷马的叙述。然而这将会涉及所有幸存的口头叙述。问题是荷马的叙述中可能存在某些被证明是建构西方传统必不可少的重要元素。

在第一章我们讨论了朱利安·杰恩斯有关叙述和意识的观点，并看到他非常重视史诗归功于"荷马"这一观点。更具体地说，杰恩斯对于《伊利亚特》与《奥德赛》之间的差异感到震惊。他提出《奥德赛》成形比《伊利亚特》只是晚了一个世纪，而且是通过相同的方式产生的，都是经历了匿名的口头传送和演变。然而《奥德赛》对于警觉的读者来说，却展现了一个完全不同于《伊利亚特》的世界。显而易见，杰恩斯是想用《奥德赛》作为证据来证明"二分心智"的崩塌以及一种新意识形式的出现。无论从其本身来看这是否仍是一个有说服力的观点，这都是神经科学家的事，已经超过了现在讨论的范围。然而，杰恩斯收集的证据显示：

> 《奥德赛》描述了一个不同的新世界，居住着新的、不同的生命。……神无事可做，像看不清的鬼魂彼此对话——而那是如此乏味！主动权离开了他们，甚至是与之对立，转向了更具有意识的人类工作。尽管宙斯监管这个世界，但他失去了权力，在司法方面只获得一种李尔式的利益。（Jaynes 1990：273）

除此之外，杰恩斯还在《奥德赛》中发现一些新情况对我们将西方叙述传统视作一个整体有重要作用，而且这些发现与把人类行为作为叙述形式口头起源的中心一致。与《伊利亚特》不同，《奥德赛》不断重复强调社会关系中狡猾、诡计、欺骗的价值。可以看到该作品中抽象术语比具象术语所占的比例更大，更多是关于品质而非简单的现有事实。然而至关重要的是，《奥德赛》中人物在相互交往中的自我意识似乎在逐渐增长，其中一个征兆是奥德修斯的狡猾。

另外比起《伊利亚特》,《奥德赛》中对时空坐标也更加有意识,奥德修斯和其他人守住了奥德修斯的归家旅程的一个时间框架,同时也能够辨识他归家途中经过的所有陆地、大海和岛屿。

简而言之,对于杰恩斯来说,《奥德赛》标志着史诗最重大的转变,因为它是"身份的故事,是通向自我的航行"(1990:276)。旅行本身对于叙述的起源来说十分重要。正如我们前面所知,斯卡莱斯·杉山(Scalise Sugiyama 2001a)注意到对于更新世的狩猎采集社会来说,地理以及叙述能提供的有关地理的安全、二手的经验都是非常重要的。但是如果《奥德赛》确实再现了口述史诗万神殿中的重要时刻,那么对于将其置于西方叙述传统的源头就有了强有力的证据。我们会认为这种传统的中心是:关于人物、身份和意识的思考,描述时空变迁的强烈欲望,以及可能最重要的是对符号、表象和真实的迷恋。

第三章 小说的兴起与兴盛

口头叙述转变到书面叙述的确切时间点几乎不可能确认。然而,哈夫洛克的研究(1963,1986)指出了最值得注意的里程碑。对他来说,古希腊哲学家柏拉图的学说号召致力一种新意识的文字表达形式。哈夫洛克和洛德(2000)提出,口头话语,特别是口头叙述,并没有因为书写的到来就简单地消失殆尽。当然,两者之间的主要区别依然存在:洛德相当详细地说明(2000:30-67),口头叙述在很大程度上依靠固定公式和重复;书面和印刷的叙述则相反,允许更大自由化的表述。无论是书面叙述的讲述者还是读者都无须公式来帮助记忆,这在口述媒介中却是必不可少的:叙述早先阶段的事件通过物质形式始终保存于纸上。然而,口头叙述的残留一直存在于新的书写形式中。

就演变而言,哈夫洛克认为正是柏拉图有关叙述模式的讨论详细地探讨了新旧叙述模式之间的联系,告诉了我们叙述模式背后的必要元素,这些元素存在至今。众所周知,柏拉图学说非常重视再现的变化,特别是在《理想国》中。显而易见,《理想国》是一系列有关建立理想政治国家的必要原则的对话。但是哈夫洛克指出事实上这部作品只有三分之一涉及治国之道(1963:3)。《理想国》最频繁涉及的是"模仿"(mimesis)的概念——柏拉图学说中一个含糊的术语,几个世纪以来一直在学者之间引起争论和困惑(Havelock 1963:24)。

模仿

哈利韦尔(Halliwell)提出柏拉图著作中的术语可能有以下意义。第一,模仿是一种语言的、哲学的或是宇宙的现象。照此,模仿被认为是世界的"永恒模式"(eternal model)分别在语言、哲学家的思想以及物质中的反映。第二,模仿可以是视觉的(visual)、拟态的(mimicry)、行为的(behavioural)或是拟人的(impersonatory)。根据这个解释,画家描绘事物的表象,而声音和身体再现动物和自然界的某些特征,直接的模仿产生或者说行动的产生是出于特定作用。第三,模仿包含了诗歌、音乐和舞蹈模式。这里,模仿是基于诗

歌结构中存在的语言"成像",以音乐作为媒介来表达特定的人类经验,以及用舞蹈动作来再现人类经验。

从这点应该清楚,"模仿"不是简单地包含艺术或是诗歌的模仿模式,而是指代一种非常普遍的描述行为。当然柏拉图在谈及该术语先出现的用法时似乎只与艺术模式有关。而且,自柏拉图以来"模仿"的类似使用便与叙述美学有关。模仿常常被认为是对事件和人物的戏剧性模仿,仅是向读者或观众"展示"叙述中发生的事。这与报道事件和人物不同,报道是"讲述"叙述中发生的事,倾向于说教(特别参见 Lubbock 1926 and Booth 1961)。

然而,哈利韦尔坚持认为在讨论柏拉图的模仿论时需要灵活应对(1998:109,116)。个中原因与叙述及其起源有关。哈夫洛克提醒了我们早期叙述的社会功能,他提出:

> 柏拉图写作时好像他从未听过美学甚至是艺术。然而,他坚持讨论诗人,就好像他们的工作是提供韵律的百科全书。诗人一方面是基本信息的来源,另一方面是基本道德教化的来源。(Havelock 1963:29)

学者们一直特别关注柏拉图对模仿的讨论。柏拉图似乎使诗人、演员和课堂上的学生都感到困惑,特别在他们对模式的使用方面。但是哈夫洛克提出,这样的结合忠实于特定情境中的事实,因为柏拉图是描述信息保存的整个技术(1963:44),在其中信息通过口头传递,同时信息可以嵌入人类行为的叙述中,以助于记忆。

然而,有关柏拉图所说的模仿的社会地位,回顾起来已经趋向于被审美取向掩埋,哈夫洛克认为这一点体现在读写文化。从下面来自《理想国》著名选篇的对话中,非常容易看出如何推断出审美取向或如何集中于具体的描写技巧:

> 让我这样说。任何散文或诗歌中的故事总是一系列事件,过去、现在或将来,不是吗?
>
> 是的。
>
> 要么通过纯叙述来完成,要么用再现的方式,要不同时使用两种方式。
>
> 我依然有些不明白。
>
> 看来我不善于解释;我最好给个特定的说明。你记得《伊利亚特》的开头描述了克律塞斯(Chryses)如何哀求阿加门罗释放自己的女儿,阿加门罗非常生气。因此克律塞斯召唤自己的守护神来向拒绝释放女儿的希腊

人复仇。目前为止,诗人是从自己的角度在说话,但是,后来他从人物克律塞斯的角度来言说,试图让我们感觉话语不是来自荷马而是来自一位年老的牧师。在整部《伊利亚特》和《奥德赛》中事件都被设置成这两种不同形式。他总是在言语中以及叙述的间隔部分讲述他的故事;但是,当他要让人物发表讲话时,他试图让人物的说话方式与他所介绍的说话者的方式相同。任何通过声音和姿态来那样做的诗人都是在用戏剧性的再现方式讲故事;如果他不试图抑制自己的个性,那么事件则只是设置为简单的叙述。

现在我明白了。

那么注意,如果省略插入的叙述,只剩下对话,你会得到相反的形式。(Cornford 1945:81)

照此,模仿似乎是意味着对虚构性人物所说的语词的精确模仿,这正好是戏剧的模式,最卓越的模仿艺术;反之,非模仿之事则与诗人的声音或人称相关。

这一区分现在对于任何 21 世纪书面再现的读者来说都不陌生,它主要是属于一种艺术性术语表达。其隐含之意可能是说柏拉图相信单一的模仿再现具有影响个人的力量。然而事实并非如此,反之,应该强调的是,对于柏拉图,模仿是一种普遍现象,它全面根植于社会文化规则,远远超出了纯艺术范畴。柏拉图的学说产生于一个叙述的社会功能明显无所不在的环境,同时模仿的诗学作用使人联想到,近来有至高无上权威的口头文化在其中叙述起到了如此关键的作用。哈夫洛克写道:

希腊文学是诗性的,因为诗歌履行了一种社会功能,它保存古希腊人赖以生存和起指导作用的传统。这只能是指口头传授和记忆的传统。柏拉图反对的正是这种教化功能及其伴随的权威。除非他意指自己的叙述应该取而代之,不然他的动机本可能是什么?区别在哪里?其中一个明显的原因是他自己的学说在形式上并非是诗性的,而是散文式的。(Havelock 1986:8)

总之,柏拉图对模仿的评论可以被认为是他要求希腊思想放弃诗学传统而支持书面科学话语的句法(Havelock 1963:182)。

如此理解模仿对分析古代和现代叙述都有重要作用。柏拉图的观点说明所有诗歌的再现之下都潜存着一种说教的或教育性的意图。无论模仿(imitative mimesis)是否与诗人以第一人称言说的话语方式混合,无论模仿或者话语是否有哲学倾向,情况都是一样的。然而,如果柏拉图将模仿视作一种成像和哲

学化的方式,而亚里士多德在其《诗学》中(约公元前 330 年)却明白表达了一种新观点,这一观点更为集中于其艺术性探讨,且可以说是更为关注模仿在美学维度上的作用,而进一步掩藏其更为明显的社会功能。

亚里士多德之模仿

柏拉图和亚里士多德都将戏剧视为"模仿"艺术,而将抒情诗如酒神颂(dithyramb)视作由诗人自己的声音叙述的再现性艺术(Cornford 1945:82)。然而,他们两个都提到史诗,《理想国》中认为荷马的作品是这种形式的典范。在其中可以识别这个假定的诗人讲述的声音。但是与之相对,还伴随着柏拉图所说的人物言语的模仿性再现,这在现代叙述中则相当普遍。确实,众所周知,亚里士多德对此在他的《诗学》中有一系列零散的"具有启发性的精要评论"(Halliwell 1998:122)。他认为荷马在史诗的历史中是关键性人物,因为与其他诗人不同,他除采用自己的声音外还运用了模仿〔参见 Aristotle 1996:40(10.4 or Chap. 24,60a);cf. Halliwell 1998:126-128〕。

这对于证明荷马在早期叙述中的重要作用意义重大,然而亚里士多德对模仿的构想总的来说对叙述分析更为重要。哈利韦尔提出,与柏拉图相反,亚里士多德坚持将模仿主要视为艺术问题,而不是社会文化和哲学问题。他写道:

> 亚里士多德赞成艺术不应该简单地从属于事实讲述的衡量标准以及美德标准(这是柏拉图所期待的),应该从中解放出来。他反对柏拉图苛评模仿之不真实性,他设想了一种虚构的概念,允许诗人对待现实的立场有所倾斜。(Halliwell 1998:133)

另外,亚里士多德无视模仿作为哲学假值(philosophical falsehood)和作为艺术模仿之间的区别,而是只关注后者,事实上是通过提出诗人能够对世界有不同的看法将两个概念拼在一起。这一视野并非一定是建立在谬误之上的。对于哈利韦尔来说,亚里士多德对模仿的阐释"可能至少有恢复诗人知识和智慧的可能,希腊传统总是对诗人作如此宣称,但是柏拉图却一再否认"(1998:137)。

照此,模仿(imitative mimesis)与诗人的声音的混合在史诗中非常显著,特别是渗透了荷马的作品,这种混合有着显著的特点。荷马的史诗不仅明确用一种叙述形式叙述了人类行为,它们也通过一种模仿模式传达"诗性真理",这种真理不同于抽象的科学范畴的真理。模仿和诗人的声音混合构成了一种强而有力的表征世界的方式,而毫无疑问,其最重要的表现是叙述。对于亚里士多德来说，模仿最纯粹的形式是戏剧中对人类行为的模仿，而叙述，特别是在荷马之后，应用了模仿的形式记录和再现人类行为。当然，从古至今也存在叙述避免模仿的情况，然而模仿通过直接描述对话能够更有力地再现虚构事件。

模仿、引用和身份

叙述的复合形式成为西方整个小说传统的脊柱，也启发了那些年来有关叙述中"展示"（亚里士多德所设想的模仿）和"讲述"（大约等于"诗人的声音"）的相对功效的论争。如果将小说家戴维·洛奇（David Lodge）（1992）对"概述"（summary）和"场景"（scene）的讨论视作有关模仿的艺术手法的例子，那么就极为清楚了（1992）。他阐明概括是叙述中的一种散文形式，它"讲述"了事件或人物，但不模仿它们。从亚里士多德和柏拉图的观点来看，它是通过"诗人的声音"来实现的。叙述通过概述的形式从一点移动到时间上的后一点，快速越过中间发生的事；或者通过相同的方法，叙述可以从一个地点移动到另一个更远的地点。概括有益于让我们快速略过无趣的事件，或者是太有趣，但是如果仔细欣赏会分散注意力的事件（Lodge 1992：122）。不一样的是，场景则如戏剧或亚里士多德的模仿：它展示事件，而且通常这些事件将包含口头话语，场景能够通过使用引号来模仿。

这些概念偏离了原来多样化的柏拉图式的模仿概念，因为写作中特定标点符号的发展可能加速了洛奇所描述的概念对原来概念的背离。标点符号提供了一种重要的辨别方式来区分和识别书面叙述中模仿式的声音与诗人的声音的不同。对于处在印刷和文字处理时代的读者来说，很难想象古希腊和古罗马的文本是由不断行的字母组成的。直到4世纪，在书面稿本中单词之间空格，新的一段另起一行这些新发明才被引进。后来，16世纪印刷术的传播，特别是在法国，导致采用符号">"来标示引用的文章。英国的印刷商遵循这一惯例，将区别符号提升为单引号"'"（Parkes 1992；Ree 2000：69—70）。模仿与模仿框架之间的差异既然是一个视觉事件，那么则出现了引号内与引号外的话语之间明显的差异。

然而，通过参考"概述"和"场景"来理解模仿和"诗人的声音"也跟叙述中的其他确切因素有关，这些因素我们已经讨论过：空间和时间；场景显然试图模仿事件和人物存在的空间和时间，除非极为慢速或是几近荒唐地快速阅读人物言语，场景呈现的时间与人物说话的时间可以说是近似的，这一点相当明显。然而一些叙述采用场景来唤起空间，这一点却很少考虑到。戏剧是在给

定的场景布置内为之，而文字叙述也可能这样做：例如安伯托·艾科（Umberto Eco）阐明他的小说《玫瑰之名》(*The Name of the Rose*，1980) 场景设置于修道院，其中对话开始和结束于时间框架中，与之相连的空间框架恰好与人物从餐厅走到回廊途中的对话所需时间相等（Eco 1985：25）。与场景的诸方面不同，概述不会直接模仿对时间和空间的理解；反之，它有能力推翻它们。概述可以转换不同的事件地点，也可以来回切换时间。

　　区分"诗人的声音"、对行为的概述和讲述与叙述中通过模仿而产生的其他声音，毫无疑问非常重要，特别是涉及对时间和空间的描写时。然而区别也应慎重对待。例如，从柏拉图的理解来看对人物的描写也是模仿，因为这是语言成像（verbal image-making）。叙述之为叙述严格来说仅仅是因为它有让读者完成阅读的功能。同时，它也是描写，因为它与模仿和场景的一致功能是直接再现虚构世界或真实世界的特征（cf. Ronen 1997：283）。同样，亚里士多德设想的模仿（imitative mimesis）也并非总是清晰明确：在视听叙述中，比如电影、电视或网络，特别难以确定荧屏上所描绘之场景的出现是由于某个不在场之人的控制，如导演，或者甚至是听从了来自更遥远的经济利益个体的吩咐，比如独立广播公司的持有者。

　　澳大利亚电影《无法无天》（*Romper Stomper*，1992）在英国的命运明确说明无法绝对区分叙述中人物的声音和制片方的声音。电影的叙述包含了对墨尔本光头党的功业史录，其领袖（Russell Crome）试图从认知上为他们的种族主义和暴力辩解。这部电影最终被禁播，甚至是其录像播放也被大大延迟，其原因更多的是有关叙述的再现模式而非叙述的内容。电影引起的争议并非是集中于暴力描写本身的特点，而是在其模式：模仿（imitative mimesis）。英国电影分级委员会（British Board of Film Classification）首先是担心电影如此生动地呈现了种族主义暴力攻击，而且是通过如此超然的方式，未明确展示这一犯罪行为的非道德性，那么观众可能无法感知到光头党的行为多么令人反感，或者更糟的是观众可能会认为他们具有吸引力。观众如何对待叙述当然有很大争议；但是显然，这个例子说明英国电影分级委员会，可能还有其他部门，认为模仿式的叙述，比如电影，能够也应该具有"诗人的声音"的说教功能。电影制作人在这里被认为是犯了大错，他们没有能够将模仿组织成一种有说服力、有教育意义和道德上正确的形式。值得注意的是，柏拉图试图将诗人排除在其理想国之外，而《无法无天》的例子说明了原因：即使是诗人致力模仿而不是使用其声音，她/他仍然拥有说服、影响的力量，或更有甚者具有操控力量，从科学原理来看不利于国家运行。

然而，对亚里士多德式模仿的声音（imitative mimesis）和构建模仿的各种声音之间的区分仍然是一种重要的分析区分，尽管它的实施并不能最终解决精确表征的问题。亚里士多德提出模式的混合是通过虚构来理解真理的一种重要方式，而且很显然有必要用不同的声音来描述一个多面的世界。但是在中世纪时期，当亚里士多德被重新发现并成为最重要的哲学家时，叙述的传播者们继续苦苦思索模仿和诗人话语的作用。

对此有两个基本原因可以很清楚地说明。第一，西方叙述传统一直非常关注对定义其身份的要素、重要时刻和事件的记录，因此有助于对身份提供一种稳定描述的叙述方式则非常重要。第二，人们不仅意识到叙述中模仿声音与诗人声音的区分，同时也逐渐意识到要想保持一个统一、稳定的诗人声音有潜在困难。如果叙述与身份的建立密切相关，那么谁是该身份的叙述声音："诗人"、人物甚至是"叙述者"？言语的视觉标记进一步掩盖了叙述的口头遗产，它为人物声音提供了进一步的区分标记，将模仿问题美学化，同时也将叙述中的身份问题前景化。如雷（Rée）所说，标点符号有用，但是：

> 引号的标记也可以是干扰，因为它强迫作者在其故事中要赋予每个单词确定的属性：如果它在引号中，它就属于某个人物，否则就属于叙述者，那么由口头故事叙述者所占据的中间地带则被排除在外。（Rée 2000：170−171）

这些问题都将转入小说，与其他形式相比，它混合使用了各种模式。

史诗、身份与混合模式

尽管术语"小说"在18世纪才开始使用，但不难看出为什么西方的理论家们将小说形式的概念投射到史诗传统。首先，那些现存的经典化的史诗都与荷马叙述一样具有记录其身份的各个关键时刻的功能。例如维吉尔的《埃涅伊德》（*Aeneid*）（约公元前19年），像《奥德赛》一样，讲述了特洛伊巨变后一个战士的故事。主人公埃涅阿斯（Aeneas）从城市的废墟中逃亡，背着自己的父亲、拽着自己的儿子，背负着过去的重担和未来的索求。埃涅阿斯甚至比奥德赛更明确地代表了一个新时代和新身份，因为他有助于建立后来的罗马帝国。学界通常认为仅是对其主题产生共鸣就足以让此诗永存并享有盛名，特别是在中世纪（Lewis 1960；Scott 1984：251）。当然，众所周知，《埃涅伊德》又反过来极大地影响着中世纪主要的史诗，佛罗伦萨诗人但丁·阿利吉耶里

(Dante Alighieri,1265—1321)的《神曲》(*The Divine Comedy*,1321)。

与《埃涅伊德》类似,《神曲》的主要力量存在于它混合了诗人的声音和各种人物强大的声音。《神曲》记述了作者从地狱,经炼狱,最后到天堂的奇幻历险,他描写这段历险是通过一段充满宗教性、政治性幻想的叙述,同时也具有高度的寓言性。但丁的宗教与政治哲学的特性以及他所描绘的人物与当时真实世界中地方政治人物之间的相似性让学者们忙碌了几百年。然而毋庸置疑,但丁的观点是通过叙述人类行为——诗人的叙述和人物的叙述来表达。

从某种意义上来讲,叙述中充满了但丁的声音,他既是故事中行动的人物又承担叙述。的确,即使但丁的声音不够权威化,那么《神曲》利用维吉尔作为带领但丁通过地狱的引导者确实提高了其声音的权威。不仅维吉尔被但丁视作基督前的重要先知,《埃涅伊德》也被认为是关于实现精神满足的灵魂之旅。《神曲》也出现在"欧洲文化伟大传统的开端,它开始将诗人视作智慧和基础知识的储存者"(Scott 1984:252)。

然而,如果《神曲》是政治小册子,那么就需要讨论更多。该叙述极为重要的是但丁和其他中世纪作家们所使用的寓言形式,这与应用于阅读基督教经文以获得精神启示的解释方式相同。然而对于但丁,特别重要的是拟人的方式。任何阅读但丁《神曲》的读者将很快意识到很多剧中人在地狱中都被赋予了非常具体的特点抑或受到相应的惩罚。而且每一个人物和他/她所受的惩罚都代表了一个道德标准。参照这一方式,刘易斯(Lewis)提出当以往的老生常谈被抽象出来,被赋予新的血肉,这些陈词滥调立刻会焕发新的光彩,变得完全不同(1998:138)。

这个道德意图不仅成为人类行为的叙述,而且也被认为允许读者参与人物的人性与身份建构。约斯泊维奇(Josipovici)认为《神曲》以及同时期著作中的世界出于

> 这样一种假设:每一个读者都可以用自己来替换主角,那个人物"我"。这是寓言的基本条件,这是基于中世纪关于人性的类比观点:这个"我"并不那么像一个"圆形人物"(尽管我们会被告知他的一些细节),而是像是一双眼睛,一个情感系统,与我们的无异。如我们一样,他一开始迷失,但是如果我们与他步调保持一致(或代入他),我们也会被引向想象和理解。(Josipovici 1979:78)

确实,对奥尔巴赫(Auerbach)这样的评论家来说,中世纪的读者按惯例不仅"存在于"这些关系中(1984:98),而且她/他也不得不这么做,因为作品

中自始至终都在描写个人内心成长的细节。

但丁和维吉尔显然是《神曲》中支配道德的主要人物，但是除了主要人物，还有其他强大的人物有助于想象和理解。例如诗章 5 中出现了弗朗西斯卡，作为一个女性她成为大量评论的对象，部分原因是因为对她的描绘如此精简，也因为她由于犯了欲望这种人皆共有的罪而悲剧地被罚入地狱。《神曲》中的人物可能会被认为是用于表现特性，但是他们对于文本的阐释者来说也有一定的现实基础。换一种方式来说，宗教或寓言启示为了在任何情况下都能够说服读者，需要具有"现实性"。这些启示通过模仿和诗人的声音来传达，最终达到亚里士多德所构想的诗性的高度。

质询中世纪的声音

然而但丁的观点并非是中世纪唯一描写现实的观点。该时期的文化属折中主义，包含了诸多影响，很多来自于古典世界。一位评论家将中世纪描绘成一个不断"改写"过去著作的时代。其居民好似孤岛上遭船难的人员，"依靠恰巧出现在船上的那些奇怪的藏书"（Lewis 1998：43）。该时期记忆来自过去，在那个时期教堂和牧师们私下在汪达尔人（Vandals）、哥特人（Goths）以及后来的诺尔斯人（Norsemen）入侵时，不得不保存了经典著作。而记忆的碎片化特点可能有助于一些叙述传统的幸存，而另一些则死亡；但是也有可能是依靠书写并将各种身份归于人物，叙述者和作者可使用这一媒介让描写叙述身份的不同方式都得到繁荣。

该时期见证了叙述发展，超越了对"诗人声音"构成的一般认识。在这方面值得注意的代表人物是诗人乔叟（英国，c. 1343—1400）、薄伽丘（意大利，1313—1375）和在中世纪末进入文艺复兴时期的拉伯雷（法国，c. 1494—1553）。他们每位所著之作都似乎是打破了叙述中读者与人物之间那种但丁式的寓言关系。他们都致力表达真理，但也同样认为但丁所使用的那种叙述再现很虚假。这些诗人认为他们找到了一个方法摆脱技巧难题。

就乔叟来说，约斯泊维奇提出"我们发现人物'我'显得幼稚、善意和迟钝，笑话取决于我们是否领悟了人物和智慧的人物创造者之间的差异"（1979：78）。《坎特伯雷故事集》（*The Canterbury Tales*，c. 1386）由一系列故事构成，故事由从伦敦出发去朝拜马斯·贝克特（Thomas a Becket）的朝圣者讲述，其结构非常有助于实现这个目标。它包含一系列故事，每一个故事由一个朝拜者来讲述。该作的主要叙述者，这里等同于乔叟自己，在泰巴，一个萨瑟

克区的客栈，遇到这些故事讲述者。每个故事都可以看出是一个道德故事，教化意图明显。每个朝圣者的故事前都有一个分序，而整部作品开头则有一个总序。总序描写了大家在泰巴相遇，并简要介绍了磨坊主、巴斯夫人、书记员等作品中后来擅长讲故事的人物。

尽管朝圣者讲的故事中包含了引用，但也可以说这些故事本身就是从总序这个框架中引用的，总序明确为不得不使用粗俗的语气道歉：

> 任何人重述别人的故事时，如果他能记住的话，一定要尽自己最大的努力说别人说过的每一个词，无论他说的话有多么粗鲁或不适宜。(Chaucer 1966：74，ll. 733—736)

这构成了一个非常重要的免责申明。因此乔叟的意思、意图和想法不能直接通过阅读叙述来推断或者也不能通过把诗人等同于总序的叙述者来推断。如皮尔索尔（Pearsall）所说，"无论谁在讲述故事，我们可以确定不是乔叟。乔叟获得了叙述的自由，把自己从叙述中脱离出来，这样他可以放心大胆地去进行他的叙述实验"（1970：175）。

薄伽丘《十日谈》（Decameron，1349—1351）中的叙述也以类似的形式运行。书中将100个故事呈现为由7个女性和3个男性在十多天中的叙述。这些故事被包含在一个叙述者叙述的序和"结尾"构成的框架中。叙述者预期故事的粗俗、长度及不可能性会遭到批评。对此他的回应仅仅是声明他对故事没有真正的控制权，它们就是这般被讲述的。如果说乔叟和薄伽丘通过呈现叙述者的叙述框架，从而通过其对故事的评论来问题化"诗人的声音"，那么反讽的是，与他们不同，后来中世纪的拉伯雷却喜欢通过吸引读者去关注作者的虚假行为来拉开作者与人物的距离。拉伯雷的《巨人传》（Gargantua and Pantagruel，1532—1534）是关于两个巨人的壮举和相遇的怪异故事，五卷中的每一卷开头都有一个"作者序"，在序中作者声明他自己是个酒鬼，同时也假定他的读者们同样也为痛风所苦而依赖酒精。作者还宣称他对自己的作品非常粗心，他的书重要而绝对真实。他说他不戴眼镜就无法看到读者，尽管他认为自己的书是印刷的商品。后来，他又宣称印刷商在印刷他最初的五卷本书时做得不好，致使他被严重歪曲了。在第一篇序中，他还告诉读者要警惕寓言，询问读者是否相信普鲁塔克、尤斯坦修斯和其他人从荷马的著作中摘出的寓言：

> 如果你们不相信这些论证，有什么原因让你们用同样保守的态度来对待我的这些新奇而欢乐的记录，认为我在口述它们时没有比你们考虑得更多，你们不是也有可能跟我一样当时也醉了吗？（Rabelais 1955：39）

约斯泊维奇提出,"他一次又一次地向读者展示他坐在桌前,写下我们现在正在读的话语的形象,明显关注其虚构作品的私人和主观的特点"(1979:114)。"诗人的声音"在拉伯雷的序中常常如此荒谬,唯一的选择是想象有一个与作者不同的叙述者存在。

我们已经见证了两种表现真实的普遍方法,它们将成为小说叙述宝库中的重要部分。有一个这样的传统,它在现存的史诗中被高尚化,在模仿中穿插诗人的声音。而在但丁这里则试图通过寓言的方式来拉近读者与人物的距离。后来小说最终选择了这种手法,不过是在相对的小细节上很明显,比如让叙述中充满了各种人物,它们的名字透露其属性:例如奥尔沃西(Allworthy)(菲尔丁的《汤姆·琼斯》,1794)、洛夫莱斯(Lovelace)(理查森的《克拉丽莎》,1747—1748)、葛雷梗(Gradgrind)(狄更斯的《艰难时世》,1854)。还存在一个中世纪传统,通过拉开作者与模仿以及甚至是描述性散文(descriptive prose)之间的距离来关注叙述的"建构性"。模仿和描述性散文以前是用于表征诗人的声音的。由于标点符号和印刷术的帮助,人物开始在叙述中言事,且他们所言之事不必代表作者或诗人的观点。的确,叙述者不靠模仿来描写事件和人物,这点明显能够区分它们的语言和作者的语言。

当然,自荷马的《奥德修斯》开始就肯定叙述者的存在。口述传统中,诗歌吟诵者(poet-singers)所颂之叙述并不总能获悉其来源,这就要求采用某种方法来标示吟诵叙述的开始。通常的方法,如"从前"或是"告诉我,缪斯"不仅假设了该程序的公式,同时也假设故事中的这些语言不一定来自诗人-吟诵者,而是故事的叙述者传递给他的(Lord 2000)。到了中世纪,要识别当时真实世界中书面作品的诗人或作者更为可能;然而一些诗人选择使用与自己和人物的声音区别很大的不同声音来讲述故事。在这种情况下,通常很难判定哪些声音在绝对意义上更有优势,或最重要或读者最为严肃对待。事实上,巴赫金(Bakhtin,1981)认为这种叙述中"复调"的或多声的效果正是小说的典型特点。

罗曼司之低态与小说的兴起

18世纪小说兴起之前,声音的区分不仅是发生在史诗范围内,另一种主要的欧洲叙述传统也采用了相同的混合模式。这就是"罗曼司",一种在12、13世纪发展起来的叙述形式。它与当代众所周知的《泰坦尼克》(1998)这类型的"罗曼司"不同,也与后期的芭芭拉·卡特兰(Barbara Cartland)的作

品不同。罗曼司讲述的故事主要是关于骑士和宫廷生活的规则，而不是像史诗传统那般，崇高因素在其中占很重要的部分。在寻找精神真理的过程中，个人的忠诚、正直和爱在叙述中被前景化。如《嘉文爵士与绿衣骑士》（*Sir Gawain and the Green Knight*）（14世纪晚期）和马洛里（Malory）的《亚瑟王之死》（*La Morte d'Arthur*）（1470）。这两部作品都与亚瑟王传奇有关，这类作品就应该包含在这个主题下。很多的英语罗曼司叙述常常来源于法国和德国模式，如克雷蒂安·德·特罗亚（Chrétien de Troyes）、伯努瓦德圣莫尔（Benoît de Sainte-Maure）以及哥特弗里德·冯·斯特拉斯堡（Gottfried von Strassburg）。后来的罗曼司如菲利普·希德尼爵士的《阿卡狄亚》（*Arcadia*）（1580，1590）和1605年首次出现在西班牙的著名叙述塞万提斯的《堂吉诃德》（*Don Quixote de la Mancha*），开始打破这种模式（Brink 1998：20—45）。另外，有时也可能看到"史诗"和"罗曼司"的混合形式，比如在英国诗人埃德蒙·斯宾塞（Edmund Spenser）的《仙后》（*The Faerie Queene*，1590—1596）这类作品中。

罗曼司的传播原因之一是印刷术。英国最为有名的罗曼司是由马洛里在1469—1470年完成的《亚瑟王之死》，很有可能是改编和翻译自法国作品，但是1485年当威廉·卡克斯顿（William Caxton）将其印刷成册时，得到了广泛传播。罗曼司普及的另一个原因是这种叙述不像史诗和宗教经典是用拉丁文写成的，而是用方言，因此适宜那些识字但是又不懂教会语言的读者阅读。确实，拉丁术语"Romanice"，意为"用方言书写"，不仅衍生出"罗曼司"之名，而且也在"小说"的词源学上起作用。在英语国家，很容易忘记术语"小说"源自古意大利语"短篇故事"（novella），它是指适当长短的叙述，就是今天可能被称作短篇小说（un racconto）的那种。例如构成薄伽丘的《十日谈》的各篇章可能被称作中篇故事（novelle），而不是故事（racconti）。欧洲其他地方那种更长的，与小说篇幅相当的叙述是从罗曼司［法国的罗曼司（le roman）、意大利的罗曼司（il romanzo）］获得其名。

很多评论家强调罗曼司的某些方面幸存于后来的叙述形式，指出"这些叙述技巧从16、17世纪的叙述（希德尼、斯宾赛、塞万提斯）到18、19世纪的小说直到现代依然继续存在"（Keen 1998：180）。当然，方言的使用易于招致人们将罗曼司叙述评为"低等"形式。而且这种情况在后来的罗曼司叙述中日益恶化，因为它放弃了12、13世纪对完美骑士的描写，而去特写那些地位低下的大人物或是那些适应时代理念的人物。比如卡斯蒂廖内（Castiglione）在他的文艺复兴罗曼司《侍臣》（*Cortegiano*，1528）中将主角人物呈现为人文主义学者-侍臣。尽管早期的小说家热衷于将他们的小说作品与史诗和罗曼司区分开来，而且常常因此损害了前面两种形式，但这类叙述的"低下"地位还是传给了小说（参见 Roberts 1993；cf. McKeon 1987）。

主题问题常常是这些区别中的争论点，而且这个问题对于理解小说形式的日常真实倾向有关键作用。比起那些出现在史诗和罗曼司中的传统主题，18世纪早期的小说评论家，如查斯特菲尔德（Chesterfield）和康格里夫人（Congreve），更欢迎一系列更为现实的主题（Hawthorn 1997；Roberts 1993）。小说促进了对日常生活及其苦难的描述，而不是像史诗一样把讲述神的崇高世界作为重要的部分。它促进了描写一个相对稳定的世界，而不是倾向于超自然元素。在罗曼司中这些超自然元素常常侵入宫廷精心设计的仪式中。一些早期的英国小说家如亨利·菲尔丁（1707—1754）希望明确地与罗曼司区分开，从而将他们的作品纳入史诗传统。另外一些小说家则同时避免罗曼司和史诗，众所周知的一个例子是塞缪尔·理查森（Samuel Richardson，1689—1761）。

尽管史诗和罗曼司是两种重要的叙述形式，然而小说并非是史诗和罗曼司的简单结果或是其技术反映。确实，小说的雏形早已存在于一种长而具有高度结构性的虚构叙述中，这种叙述关注多个角色，甚至是在第一个世纪就如此（参见 Doody 1998：15-172）。它的复兴主要与18世纪的背景相一致，在该时期读者们消费各种阅读材料：《圣经》、宗教册子和布道、民谣、纽盖特监狱忏悔录（讲述罪犯的生活）、"流浪汉"故事（首先在皮卡第地区发展起来的叙述，关于流浪者的英勇事迹）、畅销故事书（民谣和罗曼司的合集）、历史和编年史、传记、游记、杂志、期刊①和各种报章（Hunter 1990；Barron and Nokes 1993）。

18世纪的小说如《汤姆·琼斯》（*Tom Jones*，1749）显然包含来自其他形式的某些特征，如史诗、流浪汉小说、传记和民谣。然而也有人着力论证，从最早期英国作家语言的虚构性指称来看，小说可能是处于次要地位，但它确实通过一种特别和复杂的方式与世界的事实相关联（Lodge 1997：25）。例如戴维斯（Davis）（1983：40-42）主张18世纪的小说最常模仿非虚构性话语的存在形式，比如新闻（cf. William 1985）。这似乎是认为小说作为一种叙述形式的兴起不仅是一种"艺术"题材，而且由其社会世界的发展及表征问题来决定。如果新闻在当时如此受到追捧，那么为何还渴望虚构性小说叙述？其中一个答案是因为一直存在亚里士多德式的信仰，相信那种特殊的混合模式可以产生真理。

---

① 原文如此——译者注。

三重上升主题与其他

我们已经指出小说在西方曾是给受过教育的公民阅读的。尽管19世纪的公众朗读会和21世纪的有声读物的确提供了一些例外,但本质上来说,小说是一种书面的叙述形式,而且通常也是如此被消费。然而小说的阅读公众增长的前提是西方文化中读写能力的增长。17、18世纪人口普遍增长,新兴的、非服务型的、资本主义、中产阶级也随之茁壮成长。这个相对富裕的阶级由商人、手工业者、艺术家及其他构成,不同于以前构成社会统治阶层的那些拥有土地的贵族。

然而为了让这个新兴的阶层存活,首先需要再生产允许其萌芽的条件,这不只是简单地维持现有的商业利益,而且还必须帮助其发展壮大。因此对其后代进行适度教育则是必要的,所以18世纪见证了各种教育的增长指数:家庭(home tutoring)、自教育(auto-didacticism)、宗教学校、寄宿学校、持异议院校(Dissenting Academies)、慈善学校以及英国的主要"公"学:伊顿(Eton)、哈罗(Harrow)、拉格比(Rugby)、威斯敏斯特(Westminster)和查特豪斯(Charterhouse)。这一切都有助于资产阶级人口读写能力的增长。教育该阶级的适龄儿童被认为与当代绅士身份相符(而且,某些情况下对于女性也如此)(Stone 1969; Lawson and Silver 1973: 164-225; Porter 1990: 162-169)。

读写能力的获得也同样仰仗科技。1800年之前,印刷术已经运用了300多年。但是在英国,自1695年,随着授权法(Licensing Act)的失效,一个新时代开启了。在此之前授权法严格规范和审查各种印刷出版物。既然允许为潜在市场生产一系列印刷的人工制品,企业家们开始寻求印刷技术(Williams 1965: 203-206; Hunter 1990: 193),书商大量增长。随后杂志、期刊①、报纸和其他印刷物的增长也有助于提高读写能力,无论是用于学校教育,还是私下为那些自学的公民所用。

然而还必须提到印刷品的市场并非是孤立的。事实是"市场经济"在这个时期出现对于语境化小说叙述的增长有关键作用。新兴的资产阶级不只是购买印刷品,他们身处在一个普遍购买消费品的更广阔的语境中,当然这种现象远没有现在的欧洲那么普遍。这些条件使人们了解了有关小说兴起的一个众所周知且确切有力的论点。据伊恩·瓦特(Ian Watt)的作品(1963)分析,中产

---

① 原文如此——译者注。

阶级的迅速增长引起读写能力急速上升，从而直接导致了小说叙述的阅读群体广泛扩散。这样，在瓦特看来，小说是一种典型的中产阶级形式。

以上这一"三重上升"（triple rise）观点（Hunter 1990：66）附带着将"个人主义"嵌入小说形式中。"个人主权"观念是启蒙运动和中产阶级资本主义的核心产物，它接替了封建制的社会分层，是新兴的中产阶级的一部分。他们认为其商业利益将会在这样一个体制中增长，这个体制，至少在理论上崇尚个人努力而非继承财产。个人主义对于法国和美国的革命运动也同样重要，这些革命运动对18世纪后半叶造成了巨大的冲击。然而更广泛地说，个人主义意识是读写文化的重要产物。书写"通过使话语具体化，让话语及其意义可以保存用于更长时间地细看，而口头话语则不可能，这一点鼓励了个人思考"（Goody and Watt 1968：62）。而且书写文本在古代文化中很难再生产，它们通常是公开向群体大声朗读。那么尽管具有书面特性，对于这些文本来说，在当时面对公众朗读也是强烈要求促使大家记住，这也是为什么叙述能够得以保存直到进入读写文化的新科技时期的原因之一。从另外一方面来讲，易于再生产的印刷文本可以被个人仔细研读，通常是在独处时。书写甚至是鼓励以"日记"或"忏悔"作为媒介来进行内在的沉思。这是一种内心对话，个人可以将其记录下来，具体化甚至是叙述化他/她的私人经历。一旦进入流通，这将可能被其他个人阅读，为他们提供反思或是叙述化私人经历的机会，而不是仅仅信奉口头传输共同的公共身份和更大群体的传统（Goody and Watt 1968：42，62）。

评论家们广泛承认早期的小说一心要充分说明个人主义，有时所用的形式也存在问题（参见，例如，Ray 1990：93 - 104，188 - 196 and Lovell 1987：15 - 17；153 - 155）。小说叙述中个体人物所呈现的形式于很大程度上在罗曼司或史诗的题材内无法想象。在某个文本世界中，人物的心理深度和存在由个人意志决定，这成为小说的必要条件。当然人们最初将人类行为的记录载入叙述时，便已经开始促进这一必要条件的发展。因此笛福1719年的小说《鲁滨逊漂流记》记录了人物鲁滨逊的艰苦努力。鲁滨逊在陷入孤立无援时，显然是通过纯粹的个人意志和努力，机智地为自己在孤岛上开创了一片天地（Watt 1963：66 - 103）。然而尽管我们要严肃对待把该小说视为资产阶级经济人（economic man）的寓言这一观点，但是也很有可能会质疑克鲁索（Crusoe）的资源在多大程度上是来源于其个人的付出而不是因为他运气好，失事船只上面的财富完好无损地落入其手中（参照 Macherey 1978：240 - 248）。

无论如何，显然个体在小说叙述的发展中起到了关键作用。我们只需要细想里梅尔·格列佛（Lemuel Gulliver）、罗德里克·兰登（Roderick Random）、克

拉丽莎·哈洛（Clarissa Harlowe）以及在接下来的一个世纪，简·奥斯丁小说中的女主人公，再加上贝基·夏普（Becky Sharpe）、大卫·科波菲尔（David Copperfield）、玛姬·杜黎弗（Maggie Tulliver）、伊莎贝尔·阿切尔（Isabel Archer）以及来自英国小说传统中的其他人物。事实上对于这类具体关注个体人物发展的小说，特别是关注他们年轻时的成长岁月，有一个德语术语：成长小说（Bildungsroman）。而且个体的心理属性在小说形式中得到普遍强调，这从某种意义上引出了奥尔巴赫（1968）关于《旧约》的论点。然而小说叙述不仅仅是个人心理的问题：对个人具有说服力的描写要求适宜的叙述模式。

教导、讲述和叙述模式

除了要精确描写个人心理，该时期要求一种适宜的叙述模式还出于另外一个原因。1731年发行了18世纪主要的期刊之一《绅士杂志》。从一开始该杂志就宣称包含"关于家庭生活的实用资讯，且与改善其娱乐性相结合"（Watt 1963：57）。此宗旨透露了该时期英语阅读大众的大量期待。当大众沉溺于如此之多的娱乐琐事时，就容易对读物不予理会。他们在该时期尚无法使用电子媒介，如电视、收音机、录像机和电影以及数字和网络媒体。然而，显然叙述在教化方面的功能仍然像过去一般活跃，它自柏拉图的模仿论中便得到确定，并在叙述的混合模式中继续发展。

在其小说《克拉丽莎》（1747—1748）的序中，塞缪尔·理查森向读者解释道：叙述是由一批信件构成的。然而这些信件的目的不仅是为读者提供一点消遣。"在这个书信集包含的大量主题中"，他写道：

> 出版物最主要的观点之一是：警告父母不要过度行使其自然权利去干涉子女的婚姻大事，也警告子女不应该爱慕浪荡子而应该倾慕正直的人，同时也让他们警惕那种危险却普遍接受的观点：改过自新的浪子可以成为最好的丈夫。（Richardson 1985：36）

阅读此段几乎让人觉得好像娱乐只是次要问题，因为教导功能是如此明显。但更值得注意的是《克拉丽莎》是一部书信体小说：它是由一系列人物之间的书信构成的，其间没有叙述者声音的干预。作者认为适宜写这样一个序来强调教导的重要性，但是他的模仿论观点与柏拉图相同，他认为人物的声音足以实现他的目的。

如果教导对于小说家如此重要，那么讲述模式就变得非常关键。为了让教导可信，小说家被要求维持一种模式，这种模式不仅能够向读者"讲述"世界而且还要讲得有说服力。被描述的世界必然被认为与小说外人们居住的世界紧密相关。叙述者的声音甚至是作者的声音显然对于小说家很重要：它是告诉公众有关道德律令或是当今问题的方式。但是模仿（imitative mimesis）不可缺少：小说观众越来越要求叙述不只是寓言故事（parable）或讽喻（allegory），它们古怪的特点被解码转换成日常用语。反之，小说在一般意义上来说，是"现实主义的"，其人物应明显模仿人们的言语，小说中的情景明显与世界上的真实场景相似，而事件则倾向于符合生活中的事件逻辑。当然，一个描述永远不可能等同于它所描述的对象，那么它遵循读者对叙述所要求的"现实主义"总是一种近似和折中。

奇怪的是有关这些折中效果的最早告诫来自爱尔兰作家劳伦斯·斯特恩（Laurence Sterne，1713—1768）的小说。《项狄传》(*The Life and Opinions of Tristram Shandy*，1760—1767）的叙述不断地挫败读者的阅读期待，他们认为世界和对世界的描述之间有一种不言而喻的"现实主义"关系。特里斯特拉姆作为叙述者有严重的离题倾向，他希望尽其可能地讲述他生活中的每一个细节，但是这样做，他只能宣布他将在第四章才讲述他出生的情况，他只能在第四卷才讲述他进入这个世界，这差不多是在 250 页之后了。造成这个结果的其中一个原因是他详细讲述了其他人的一些常常是无意义的对话。坦白说，特里斯特拉姆过于受到一种完全的现实主义和典型描述概念的约束：当他的人物尤里克（Yorick）死去，他闭上眼睛从此不再睁开，下一页完全充满了黑色的方框（black rectangle）。第六卷的结尾，特里斯特拉姆开始绘制他在前面几卷中所采用的叙述路径的图表。

最终，特里斯特拉姆要解决的问题是他越多模仿性地书写自己的生活，他需要写得越多。如果他试图将有关自己的每一件事都纳入文本，他将需要无限期地写下去。即便是那样，他也将永远无法追上自己的生活。造成这一困境的原因是"现实主义者"认为要平衡模仿与叙述者声音之间的关系，特别是两者的重叠之处，这一点我们在讨论与"描写"的关系时已经提到。为了能够维持对真实世界的贴切描述，而不只是展示一系列不加修饰的事件，叙述必须要涉及类模仿的描述活动，精确地描写诸如房内场景、次要人物的外表、天气和背景声音，尽管关于环境的细节是虚构的。罗兰·巴尔特（1992：133-141）将此规则的结果称作"现实效果"。但是对细节的描写不能维持太长。例如在理查森的《帕梅拉》（*Pamela*，1740）中，女主角对其婚礼当日的讲述，据称是在新婚之夜所书，现代的读者读来显得无比冗长。她的日记记录时间为早晨 6

点，8 点半后，下午 3 点和晚上 10 点，一页又一页地记录当天的事件(Richardson 1980：370－380)。这一细节量对于一个新娘来说并非不典型，特别是像帕梅拉这样给她的父母写信；然而，一般读者很难有这样的信念和耐心去想象她写日记与事件发生在同一天，很难理解为何要重述如此之多的细节。

这是又一个说明叙述必然要与再现关联的例子。为了让细节描写在叙述中有某种紧凑性，叙述必须要舍弃某一些事件而保留其他的。奥尔巴赫（1968：473－480）概述了法国小说家巴尔扎克作品中选择过程的重要性。巴尔扎克对人物的细节描写主要关注他们与其生活的不同环境特征之间的关联性。选择过程使大量描写成为可能，但这不能仅仅囿于与现实的对应关系。帕梅拉对其婚礼当天的讲述可能并非不真实，但是人们会被导向这样的问题：她是否有时间来写，而且细节会不会太多、太不相干。如果发现细节太不相干，无关联，那么它们之间将会不融贯。这种融贯性很重要，因为它是叙述"逼真性"（verisimilitude）的一个特点，是一种所描写之物间有逻辑、有意义的联系，而不是完全细节化地模仿它们。"纯粹的"的模仿和无叙述的过度细节化描写会产生削弱真实性的风险，实际上会变得太过"现实主义"，对其不利。

然而叙述中也有一种方式基本上保持了模仿的教化意图，这可以在小说复兴早期一个重要人物的著作中发现。应该说简·奥斯丁（Jane Austen）的叙述毫无疑问充满了道德说教。谁是有价值的人物和谁没有价值这个问题通常由叙述者的框架声音（framing voice）来解决。他可能鄙视或尊重该人物，同时也通过人物的话语来邀请读者参与判定。不过，奥斯丁的叙述通常依靠混合模式的进一步发展，这在英语圈中，有时被称为"自由间接话语"（free indirect discourse）(Lubbock 1926：256－257；Friedman 1955：1178；cf. Cohn 1966；Rimmon-Kenan 1983：106－116) 或者被称为自叙述（skaz），这一现象被巴赫金认为是"指向他人的言语"（1984：191）。

在《劝导》（*Persuasion*，1818）中，谢泼德先生（Shepherd）充满激情地向沃尔特阁下（Sir Walter）非常详细地推荐了一群租客，他们可能会租住沃尔特阁下以前的房子：

> 谢泼德先生赶紧向他保证克罗夫特将军（Admiral Croft）健壮、精神饱满又漂亮。诚然有一点历经沧桑，但不要紧，其见解和行为都非常绅士；——一点也不想把关系搞复杂；——只是想要一个舒适的家，能越快入住越好；——知道为了方便必须要付相应的费用；——知道租住如此配备良好的房子的租金是多少；——如果沃尔特阁下提出别的要求，也应该不会感到吃惊；——已经调查过庄园；——当然会为代表团感到高兴，但

不会特别注意它；——说他有时会拿出枪，但从未杀过人；特别绅士。(Austen 1985：51)

严格来说，这段话是"自由间接引语"（free indirect speech）的例子，是"自由间接话语"（free indirect discourse）的一个亚类：人物的言语习惯呈现出来，但是却没有呈现直接的模仿和引号。"自由间接话语"甚至可以表现人物的思维模式，而不用引用或是提到他们。在小说的情节方面，这一时刻是关键，因为在这一群将会与房子产生关联的人中，温特沃斯上尉（Captain Wentworth）进入女主人公安妮·艾略特（Anne Elliot）的生活构成了主要故事。此外，谢泼德先生的热心也加快了情节的转折，可能因为用简练的方式来传达更有说服力。没有将谢泼德先生的话语置于引号内，也没有通过将话语置于其行为的记录中来表现，而是采用过去时间接地重现人物话语的不连贯模式。叙述者通过用这种方式来表现言语，是在展示他认识到了谢泼德先生热切的话语，并向读者表明这一点，因此就无须逐字去复制它，而且也没必要再进一步评论。

"自由间接话语"在各种叙述中被大量采用，从奥斯丁的作品到当今的犯罪小说家埃尔莫·伦纳德（Elmore Leonard）（Cobley 2000：78—98）。很可能，自由间接话语这种技巧模糊了人物与叙述者之间的界限，导致奥斯丁的叙述常常不确定自由间接话语是否应该出现在单引号中（Rée 2000：371）。该种技巧也有恢复口头故事讲述者自由的潜力，让叙述不再受困于非要使用语言标点来标示人物话语。

尽管柏拉图开出了处方，但叙述的口述遗产不可能突然就根除。它也不会因小说这类多层次与复杂的再现方式出现而逐渐消失，它本身也因全面的书写和印刷技术的发展而得到促进。如哈夫洛克和洛德指出，随着社会广泛的关心的再现形式转化为更具地方性的美学形式，口述一直逗留于背景中从未消失。混合模式合并了模仿和作者或叙述者的声音，似乎是一种叙述在文明世界扮演了新角色的艺术体现。然而叙述模式一直坚定拒绝仅仅成为一个美学问题。史诗、罗曼司和小说坚持再现人类行为，它们坚持将对身份的定义进行到底。它们使叙述成为试图了解其过去和现在的那些文化的重要载体和投资基点。反过来，叙述中的描写模式是一种表现和稳定身份的重要方式：从亚里士多德的观点来看，人物、叙述者和作者声音之间的关系可能画出更全面的世界图景，因为它不仅仅依靠统一的科学化或纯粹教化性的话语来讲述。但同时叙述中这些声音之间潜在的不同也可能导致一些难题，比如"谁在控制这些符号"以及"这里谁是权威"。在19世纪，小说试图含纳叙述并通过对现实主义的狂热追求回避这些问题。

第四章　现实主义再现

19世纪，现实主义和小说发展成了主要的叙述形式，常常成为批评家、历史学家和叙述理论家关注的焦点。现实主义小说受到关注，因为它极度关注社会背景（Snow 1978），允许"伟大传统"的发展。该传统对其所处的时代发挥着作用（Leavis 1962），因为它体现了新兴的以及后来占主导地位的资产阶级一展抱负（Lukacs 1969），因为它使时间和空间意识合理化（Ermarth 1998），并且提供了家庭娱乐（Showalter 1978）。对于众多评论家来说，小说努力将社会的复杂性和它当代的变迁植入叙述形式中，这是一种崇高的尝试。例如雷蒙·威廉斯（Raymond Williams）认为19世纪现实主义小说的发展伴随着可知群体（knowable community）的兴起和衰落，他的这一分析得到了安德森（Anderson 1991）的响应：

> 小说家基本上是用可知和可传达的方式来展现人及人与人之间的关系。该方法大部分的可信度依靠一种特别的社会信任和经历。通过最简单的形式，这相当于是说——尽管确实无须明说，那些可知的，从而已知的关系，构成并成为整个已知社会结构的一部分，那么在这些关系中或是通过这些关系能够完全了解这些人本身。（Williams 1970：13）

这一构想直接指向一个根深蒂固的信念：小说拥有一种特别的能力，能够描写导致其产生的那个逐渐变化的社会世界。

19世纪的秘书

尽管19世纪从事现实主义创作的作家苦于难以描述他们在做什么，但似乎他们对自己理解现实的能力却十分有信心。我们前面提到过，法国小说家巴尔扎克（Honoré de Balzac，1799—1850）与司汤达（Stendhal）（Henri Beyle，1788—1842）进行现实主义创作时非常关注背景描写。他们尝试将复杂的历史和个人关系放置到叙述框架中，构成小说"描写"中的一种复杂的技术运用。

然而他们的主要观点与威廉斯一致：有信心能够透过社会结构中的关系网了解普通人。两位小说家进一步探讨了先前的小说并非关注崇高，而是关注普通人物和日常，以大量细节为媒介，通过详尽的细节描述来提供一种丰富感，从而传达一幅特定历史时期的图画（Auerbach 1968：485）。确实，巴尔扎克明白自己作为小说家的作用近似于"19 世纪的秘书"（Balzac 1992：29）。从性质上来说，与巴尔扎克同时代的英美作家沃尔特·司各特（Sir Walter Scott，1771—1832）和詹姆斯·费尼莫尔·库伯（James Fenimore Cooper，1789—1851），以及后来巴尔扎克的同胞埃米尔·左拉（Emile Zola，1840—1902）也是如此。

小说叙述形式从对个人心理的强调开始转向更细节地探索可识别的社会结构中个体间的关系。大量 19 世纪现实主义小说见证了日常存在的危机，从简·奥斯丁的《曼斯菲尔德庄园》（*Mansfield Park*，1814），至夏洛蒂·勃朗特的《简·爱》（*Jane Eyre*，1847）和安东尼·特罗洛普（Anthony Trollope）的《沃尔登》（*The Warden*，1855），再到托马斯·哈代的《无名的裘德》（*Jude the Obscure*，1895）。这些危机变得明显是因为人们对了解社会关系的能力的信心日增。威廉斯补充道，西方工业化早期阶段城市社区中关系的形成有利于让人们更相信个体之间相互了解的能力。然而，社会关系并不提供对人类的全部知识：个性中的某些部分优于其他的并幸存下来——从某种意义上没有受到各种关系的影响；（……）在这个特殊意义上，人并不可知，确实是从根本上严重地不可知（Williams 1970：14）。后一点对叙述中的早期和极端现代主义发展极为重要。然而就现实主义小说而言，它总是非常强调社会关系显示个人与群体知识的可能性。

司各特的《威弗利》（*Waverley*，1814），库伯的《最后的莫西干人》（*The Last of the Mohicans*，1826），迪斯雷利的《西比尔，或两个国家》（*Sybil, or the Two Nations*，1845），伊丽莎白·加斯克尔的《克兰福德》（*Cranford*，1853）以及托尔斯泰的《战争与和平》（*War and Peace*，1869）这些作品中所展示的社会存在的宽度和所描写的历史时期各不相同。而正是这些构成了个体与更大社会之间最明显的耦合关系。然而最重要的是，探索这些关系的载体仍旧是模仿和叙述者声音之间的相互作用。现实主义叙述一字不差地模仿人物说了什么，但为了避免人物无休止地说下去，它们通过叙述者概述的声音来将空间和时间连接起来。现实主义小说力图通过概述场景来使转换完美，让它尽可能流畅，注意避免仓皇的跳跃和混乱的并置。当代工业化存在的复杂性再现于特定的空间：例如，人们相见的休息室；或是更大的空间，如整个城镇。时

间总是被呈现为由离散的时刻构成的直线；任何长时间沉思的发生都是为了叙述者的阐述和概述，而不是因为人物的主观印象。

那么再一次说明叙述模式明显不只是精确地描写个体人物行为，而且是关于时间、空间、社会关系以及什么没有被描写的问题。那么"现实主义"描述模式屡次引发热议是有理由的（参见 Adorno et al. 1980；Lovell 1983；Swingewood 1986；Furst 1992；Walder 1995）。确实从一开始就容易看出这些争论中暗含着现代社会的一个政治问题：谁最有力地宣称使用了模仿的模式或再现了真实，那么就最接近"现实"，或最接近被认为的"真实"。此外，作如此宣称的这批作家能够继续规定什么方式适宜用于描绘和描述世界，什么方式不适当。如果这些描述模式普遍流行又被广泛演练，例如在学校或早期教育中，那么它们将有潜力成为"常识"、不证自明且无可争议的接近现实的方式。

现实主义之争

尽管现实主义之争已经继续了有些年头并展现出不同层次的复杂性，但只需要从众多可能中选出一个例子对其进行简要回顾，便可以说明其关键问题。电影和文学理论家柯林·麦凯波（Colin MacCabe）在几篇强有力的论述文章以及一本有关詹姆斯·乔伊斯（James Joyce）的专著中提出了"古典现实主义文本"（classic realist text）的概念（1974，1977，1978）。他提出基本上来说，现在有读写能力的公民已经变得对所建构的形式非常适应，即"古典现实主义"，导致他们常常易于忘记其技巧以及它在各种叙述中都在起作用这个事实。麦凯波提出，传统意义上在19世纪小说已经成为主导的聚合类型，其中既存在置于引号中的人物话语，又存在引号外和散文形式中的叙述者话语。当然这些描写与柏拉图的模仿概念部分重合，特别是与亚里士多德的"模仿"（imitative mimesis）概念和"诗人的声音"是一致的。

麦凯波认为"古典现实主义文本"对于引号中的话语提供了一种虚假的自由。就好像叙述中人物所说的话是他们自己的，可以自由言说，无须受制于其他干扰；然而最终，这种模仿（imitative mimesis）是建构的、语境化的并且受控于引号外的散文（prose）。这是麦凯波论点的关键：引号外的叙述文以一种权威的方式来行使其权力，用一种隐匿的方式来掌控读者接近现实，导致读者没有注意到它在运行。他认为叙述者的控制表明在古典现实主义中存在层级结构（hierarchy）；人物的声音可以听见，但是从属于叙述者的声音。此外，人物声音的"主观性"特点似乎为叙述者的声音提供了一个对比；叙述中叙述者的任务是提供概述和细节，再加上它与人物声音的不同，这让叙述者好似获得了"客观性"。照此，散文中叙述者对事件的描述置于引号外，能够成为对事件的"客观看法"，甚至到了似乎不存在叙述者的程度。显然，叙述者消失是不可能的，因为就如我们一开始就强调过，对对象的描写永远不会是对象本身，再现永远是由某个中介（agency）来承担。然而，麦凯波认为读者对"古典现实主义"习以为常，以至于他们"忘记"了叙述者在操纵、架构和呈现自己的事件版本。

对于麦凯波和其他学者，"古典现实主义文本"的不朽之作之一是19世纪乔治·艾略特（George Eliot）创作的小说《米德尔马契》（*Middlemarch*，1872）。该小说是典型的古典现实主义，因为艾略特作为作者呈现了人们的生活事件，但是同时当她在呈现它们时，她允许叙述声音用说教的语气来嘲讽和评判事件和人物。例如当理想主义的医生利德盖特（Lygate）在罗莎蒙德（Rosamond）的父亲家第一次遇见她时，罗莎蒙德演奏了钢琴。她也是一个礼貌健谈的人，因此利德盖特被迷住了。这标志着通向婚姻的第一步，但到了叙述的结尾却落了空。然而叙述者在罗莎蒙德弹钢琴或谈话之前便已构想了评判她的可能，甚至是从描述文西（Vincy）夫人开始，再转向她女儿：

> 文西太太平易近人，虽然有些庸俗，但并不讨厌。这种特点也突出了罗莎蒙德的文雅，使利德盖特不禁喜出望外。
>
> 毫无疑问，小巧玲珑的脚，丰满柔和的双肩，可以使优美的风度更加引人入胜；弯弯的嘴唇和眼睑发出的妩媚的微笑，会把本来无懈可击的话衬托得更加正确，变成天经地义。罗莎蒙德的话一向无懈可击，因为她是聪明的，她的聪明使她除了幽默，可以表现一切情调，幸好她从来不想讲笑话，这也许便是她聪明过人的决定性标志。① (Eliot 1965: 188)

叙述者用几句话描述了文西夫人与女儿的差异，但是也表现了她女儿的狡猾特质，示意利德盖特容易上当受骗，并暗示从一开始这段关系就命中注定。在某种程度上，叙述者对罗莎蒙德和利德盖特的轻蔑是非常清楚的。

毫无疑问，这只是短小的一段，而必须强调的是《米德尔马契》是非常浩瀚宏大的叙述。其浩瀚之处体现了典型的现实主义偏爱对特定历史时期大量细节的描写。为了严肃对待关于《米德尔马契》和叙述的古典现实主义，对该小

---

① 乔治·爱略特：《米德尔马契》，项星耀译，北京：人民文学出版社，2006年。（"George Eliot"通常译为"乔治·艾略特"，本书采用这一译法。脚注所列参考译本信息遵从该译本译名——译者注。）

说进行一些集中讨论是必要的。

《米德尔马契》与"古典现实主义"

《米德尔马契》力图不仅透视人物内心,还要精确呈现主要人物的日常生活图景:利德盖特(Lydgate);罗莎蒙德(Rosamond);多萝西亚(Dorothea),作为女主人公,她不幸的婚姻迫使自己开始一场探索之旅。拉蒂斯洛(Ladislaw)是一位年轻的艺术家,后来的政治改革实现了他的理念;卡索邦(Casaubon),多萝西亚虔诚的、无幽默感和大男子主义的丈夫,以及陷入困境的银行家布尔斯特罗德(Bulstrode)。该小说还在对地方小镇的描写中精心地将多条故事主线集中起来。它想要为理据性和因果关系呈现尽可能多的背景,这一点明显贯穿在闲笔中;在众多可能的解释中,其中一种说明了利德盖特当前的状况,无论是心理的还是社会的,一定程度上是因为他以前迷恋一个法国演员。尽管对该事件的解释占了第十五章的大部分,但如叙述者反复重申,它所涉及的是米德尔马契的镇民们所不知道的问题,而且也与叙述事件没有直接关系。虽然关于利德盖特的闲笔似乎与主要叙述事件之间无明显联系,但我们要记住,其"描述性"特点或它的"现实效果"功能大体上与叙述的特点是一致的。此闲笔出现在当小说聚焦于利德盖特时,小说闪回到早期米德尔马契镇出现之前,那是他生命里决定性的阶段。这一闲笔的细节可能预示将来,也或许不可能。然而这一闲笔的主要内容似乎是设定"记忆−注意力−期待"的动态,利科认为这一点对于时间和叙述的关系极其重要。利德盖特的科学态度遭到过去肤浅情感的危害。这在将来还会发生么?

这种深度的描写在很多批评家看来是该小说如此值得关注的因素之一。对艾略特作品的研究最为有名的一位评论家提出小说的副标题——"小镇生活研究"(*A Study of Provincial Life*)

> 不是无聊的主张。该小说包含了关于社会,关于其机制,关于不同阶级的生存方式以及他们如何维持生计(如果他们不得不这么做)的纯粹信息,范围如此之广,又都是现实的知识,给我们留下了深刻的印象。换言之,知识因理解而焕发生机。(Leavis 1962:76—77)

小说是关于小镇居民的,但是涉及的却是有关工业、农业和医学进步,教育、知识和神职人员,道德、政治、政治改革和个人改革的问题。因此小说确实是有关个人苦难,但是它也包含了大量的用来处理更广的历史和政治问题的细节。

在古典现实主义文本主题出现之前,这种用讲述小范围内居民的故事的叙述形式来处理宏大政治问题的模式已经是争论的焦点。表述该争论的特点对叙述的分析有重要含义,这将需要一些历史背景,而值得记住的是"背景"在这里实际上是指独有的历史叙述。

小说背景设置在1829年的英国,正值呼吁议会改革时期,在1832年颁布《改革法案》时,议会改革表面上达到了高潮。英国军队在滑铁卢打败法国军队之后很多市民经历了萧条的几年。人们反对自动化,因为机器发展替代了城市工厂中的人工。北方和中部地区纺织工业中的机械破坏运动自1811—1812年卢德主义时期以来就偶有发生。从某种程度上来说,这与更为公开的具有政治煽动性的改革诉求相联系(Dinwiddy 1979),也与对工厂条件所郁积的不满以及一系列叛乱相关,在1819年的彼得卢屠杀中达到高潮(Read 1958;Thompson 1968:746 ff.;Dinwiddy 1986)。

《米德尔马契》被设置在公众要求改革的背景下,正值《改革法案》(Reform Act)颁布,似乎很快就要渗透到革命中。然而一个颇有影响力的批评家认为《米德尔马契》

> 形式上是一本历史性小说,但是没有什么实质性的历史内容。《改革法案》、铁路、霍乱、机械破坏,这些"真实的"的历史力量不过只是被设置于小说的边缘。对于文本与文本暗指的"真实"历史的深思尤其浓厚。这样的作用是将小说从"历史性"移植为"伦理性"。《米德尔马契》是依据自我主义和同情来运作的;"头脑"和"心灵",自我实现和自我屈从……(Eagleton 1976:120)

简言之,《米德尔马契》将重大的政治和历史问题变成地方性的个人问题,伊格尔顿认为,这样写小说剥夺了我们了解真实历史的机会。毫无疑问,《米德尔马契》是一种再现,因此必然与历史的"真相"不同。然而除此之外,伊格尔顿坚持认为通常情况下艾略特的叙述者好像是在证明通过个人的道德改善可以获得更大的成功,而不是通过普遍的政治改革或采取一系列一致的措施去反对资本主义社会存在的严重不公正。

伊格尔顿认为艾略特推行这种观点的一个原因与她从事写作的时期有关,也与她体现这个时期的方式有关,特别是与她用于描述社会现实的叙述手法有关。对伊格尔顿来说,19世纪的英国社会本身作为叙述的主题与经济维持其存在的方式有关。也就是说,英国社会的特点取决于商品生产的模式,就是资本家作为相对的少数个体占有商品，他们利用其他大量个体作为劳动力来获利。伊格尔顿的重要叙述描绘了工业资本主义增长的三个阶段，这在当时是一种快速发展的新现象（Eagleton 1976：110 ff.）

第一阶段是"个人主义者"（individualist）（浪漫主义）阶段：在这个阶段资本主义得到推进是因为其捍卫者和支持者很大程度上以个人权利和个人权力为依据。正如我们所知，个人主义概念是启蒙运动的产物，它不仅是小说形式重要的组成部分，也构成了当代各种思想中一种强而有力的思潮。伊格尔顿认为资本主义的第二个阶段是"统合主义"阶段（corporatist phase），是资本主义的巩固阶段。随着对改革的煽动导致了《改革法案》的出现以及之后的阶级斗争，如反谷物法同盟、宪章运动、工会制度，资本主义开始含纳其劳动力的不同成分、工人阶级以及强调国家集体努力的资本主义支持者。第三阶段是"帝国主义"阶段。在这种情况下，资本主义扩大其活动范围，从而有效地超越国界去掠夺原材料。在19世纪后半期英国和其他西方国家进一步加深了对"落后"国家资源的开拓和经济掠夺，特别是在众所周知的"非洲争夺战"（Scramble for Africa）中（Pakenham 1994；参见第五章）。

艾略特的叙述发表于统合主义阶段，但我们可以看到，她对"个人"的强调标志着《米德尔马契》非常符合个人主义者阶段。小说叙述提出小镇的"集体"公共利益，但是这至少从理论上来讲，与大力强调个人的自我实现是相冲突的。这一矛盾则是通过"古典现实主义"的现象来"解决"。

首先可以看到《米德尔马契》全面考虑到了要如何最充分和最真实地描写世界，乔治·艾略特创作时也充分考虑到了这一点。拉蒂斯洛在这里是一个关键人物，他作为一个艺术家，但追求政治事业；显然准确的再现对于良好的政治是适宜的开始。小说中，当多萝西亚看到拉蒂斯洛的画作，毫无疑问从某种角度来说，她对画作的描述形式的认识对她的个人成长极为重要：

> "我不懂得这些，"多萝西娅说，不是冷淡，而是急于表明，她没有资格评判美术作品的优劣。"你知道，伯父，你百般称赞的那些画，我总是领会不了它们美在哪里。那是我无从理解的语言。我猜想，图画和自然之间有着某种联系，只是我太无知，还看不到这点，正如一句希腊文，你明白它的意义，我却一窍不通。"多萝西娅望着卡苏朋先生说，后者向她点点头……[①]（Eliot 1965：105）

[①] 乔治·爱略特：《米德尔马契》，项星耀译，北京：人民文学出版社，2006年。

而且，由于小说将政治瓦解为个人的，下面有关应当如何看待描写的评论是来自叙述者而非多萝西亚，这一评论值得关注：

> 讲到这里，我不禁想起，怎样提高一个低级主题的问题。在这方面，历史的类比显然是值得借鉴的。这种类比的主要障碍，只是勤奋的叙事者可能觉得篇幅不够，或者（那往往也是同一回事）哪怕对细节作简单的交代也不易办到，尽管从哲学上他相信，对它们的描绘是很能说明问题的。因此，为了提高故事的意义，比较简便易行的办法，似乎还是指出：对我多叙述或即将叙述的低等人物，都可以当作语言，让他们连升几级，成为高等人士，因为事实上，没有一个真实的故事不能用寓言的形式出现。例如，你可以借一只猴子表现达官贵人，反之亦然。这样，书中如果写到任何不良习性和丑恶行径，读者不妨遐想，这些人只是外形上并不高贵，实际绝非等闲之辈。①

这里我们遇到了强有力的叙述声音，这是该小说的突出特点。所有人物的言语，所有伊格尔顿提到并隐晦地存在于小说中的历史因素，都受到叙述者声音的控制和操纵，叙述者占据了叙述中声音等级结构中的最高层。

在这个意义上，《米德尔马契》不仅仅是以事物的模仿形式来展示它们的问题，它同时也是一个叙述声音的问题，一个讲述的问题，通常是一种非常说教化的形式。同样麦凯波关于"古典现实主义"的论述也是如此，叙述声音不仅告诉读者思考什么历史和政治内容，而且它实际上也组织事件，选择叙述其中一些事件而省略其他的。"古典现实主义"依赖一种特定的叙述技巧。这一技巧是大家熟知的"全知全能的叙述者"。我们在这里要简短地介绍一下这种技巧，既包含印刷形式也包括电影形式，对它的分析产生了一些对"古典现实主义文本"概念的批评。

全知全能叙述

"全知全能"在《牛津英语词典》中的定义是：

> 知道所有事，全知的，在知识方面是无穷的。a. 严格来说：特别是指上帝……b. 宽泛地说：有普遍的或非常广泛的知识…… 2. 以绝对形式来说（absol.）或是作为名词，一个全知的存在或人；特别指（加上定

---

① 乔治·爱略特：《米德尔马契》，项星耀译。北京：人民文学出版社，2006年。

冠词）神、上帝……（http://dictionary.oed.com/cgi/entry_main/）

与此一致，全知叙述包含叙述者如上帝般的能力，可以去到任何地方，同时也具有源于无限知识量的权力和控制力。如果叙述者是全知的，她/他知道所有，但是再现行为被迫要选择部分知识领域用于叙述，同时要选下其他的。她/他允许某些人物的声音能够被听到，而其他人的却不行。

当叙述中某个人物是叙述者时，显然她/他只能叙述某些事。一般来说，她/他不能直接叙述她/他不出现的地方所发生的事。她/他不能叙述别人脑中之事及他们所想和所梦①。有时，如在亨利·詹姆斯的故事《螺丝在拧紧》(*The Turn of the Screw*，1898)中，叙述者脑中之所想可能与她/他发现自己所处的现实情况的"真实"完全不同。但是全知叙述者，因不是叙述中的人物，则可以去任何她/他想去的地方：出现在其中某些场景而不出现在其他场景；出现在各种不同时期而不出现在其他时期；进入人物的头脑；去到如神般的位置，处于叙述事件之上或超越事件。全知的叙述者可以用叙述声音来说任何她/他想说的话，无须害怕是否超出了人物的权限。在《米德尔马契》中，叙述者为全知：她/他占据了一个似神般的位置，宣布事件并主宰事件该如何讲述；她/他同时也如此亲近地向读者传送信息，几乎让读者感到叙述者就在他们中间。全知的叙述者也倾向于知道叙述将如何结束，在哪里结束（Rimmon-Kenan 1983：94 ff.）。

在印刷叙述中这个概念非常容易理解。印刷叙述允许叙述者轻易进入人物的心理。然而在电影叙述中，这种全知则不易实现。电影的特点是只能呈现外观。当然画外音叙述可能可以为对话和图像（images）提供一些心理透视（psychological insight）作为补充；但是严格来说，电影在叙述中无法像印刷的小说那样执行相同的全知权力。因此，电影文本中全知叙述的确切特性是不可能确定的（Bordwell 1985；66 ff.；Branigan 1992：115；Bordwell and Thompson 1993：75—78）。这一点可以通过电影叙述中两个对立的基本特点来说明：长镜头和编辑/剪辑（editing/cutting）。

大多数电影的叙述方式都是包含相对短时间的单个镜头组成的系列事件序列。例如，如果两个人在同一个场景中说话，可能会先制作其中一个人说话的

---

① 必须要注意这些规则不是不变的，特别是对于所谓的"后现代主义叙述"。例如，在一本甚至都没有"后现代主义叙述"特点的小说，斯蒂芬·多宾斯（Stephen Dobyns）的《死亡女孩的教堂》（*The Church of Dead Girls*，1998）中，叙述者明显是全知的，叙述了大多数人物的心理。然而，叙述者本身也是小说中的人物。

一个镜头，然后再拍摄另一个人的回应；或者先拍摄第一个在此场景中说出其台词的几个镜头，再同样地来拍摄第二个人。在成品中，通过编辑，每个人说话的每个镜头将会交替出现在荧屏上直到该场景结束，然后再切到另一个场景。从人物到人物，从言语到言语，以及最后到另一个场景的剪辑是全知叙述的一个例子，因为是由一个叙述代理来为观众选择呈现什么，他能够带我们去到任何场景。那么正如现实主义小说，叙述对于电影至关重要是因为叙述创造了逻辑序列，在此中，观众从一个场景被交替转到另一个场景，不允许场景无止境地继续下去或是混乱地并置。

通常会有一些电影的例子，其中叙述相对有限。仅举一例，在罗曼·波兰斯基（Polanski）的《中国城》（*Chinatown*，1973）中，电影中绝对没有一个场景偏离了主人公杰克·吉特斯（Jake Gittes）［杰克·尼科尔森（Jack Nicholson）饰］周围。尽管如此，这样的电影依然依靠从一个场景直接切换到另一个场景的能力。然而某些电影在这个基本过程中加入了另外一些元素。这些电影不选择汇集一系列统一的短镜头，而是加入"长镜头"（Bordwell and Thompson 1993：197-199）。这使得一整个场景，有时范围包括很大的空间，由一个摄像机来取镜，中间无间隔，不依赖第二、第三或第四个镜头。可能最著名的例子要算是《历劫佳人》（*Touch of Evil*，1953）开头那个惊人的长镜头，它的这种技巧在《玩家》（*The Player*，1992）的开头又故意重现，而在电视叙述如《白宫群英》（*The West Wing*，1999—2006）中则几乎成了常态。

在《历劫佳人》中，开始是一组特写镜头，看到一只手在设置一枚定时炸弹，然后装到一辆车上。镜头继续，没有停顿，展示了设置炸弹的人离开，然后跟随汽车旅行，穿过墨西哥边境的小镇，来到边境管制，暂停是为了跟随一对已婚夫妻的路径和谈话。该序列精湛的技术技巧得到了赞扬，但是长镜头给人的印象是摄像机可以去到几乎每一个地方。这样，叙述又几乎是全知的。我们可能会问自己哪一种选择更接近全知全能：是那种搜索式的摄像机所拍的长镜头，还是精心设定的摄像机所取的短镜头？在某种程度上，这点不成问题，因为用长镜头的电影最终也不得不采取新的镜头或者短镜头，就像《历劫佳人》中，炸弹爆炸后也是如此处理。然而这是一个有趣的问题，因为它指出这两种过程所能告诉我们的都是有限的。它们看起来像是向我们展示了一切，并且很灵活，但是在两种情况下，很多信息都被遗漏了。

这可能又是"古典现实主义文本"的一个例子，或者更广泛地说，"再现"选择某些细节而舍弃其他的，但同时也促进了有意义的关系因人类输入而产生。电影的例子可能比印刷的小说更鼓励我们去追问观者/读者是否真的如此

认真地对待叙述中的选择行为,导致他们将其视作"现实"的对应物。当然,叙述组织事件和人物言语只是为了生产叙述内容的一种观点;叙述也呈现了一系列看起来是因逻辑原因刺激而产生的事件;但是它是否必须被读者接受为完全的真实和客观呢?

现实主义与叙述中的各种声音

戴维·洛奇在1981年关于《米德尔马契》的论文中提出了一些问题,诸如那些批评"古典现实主义文本"的问题。洛奇承认了模仿(imitative mimesis)和诗人或叙述中的各种声音之间的相互影响,并且非常严肃认真地对待该问题。然而他是借用源自俄国理论家米哈伊尔·巴赫金(Mikhail Bakhtin, 1981)著作中的术语来重新理解典型的区别的。巴赫金认为小说是一种有趣的叙述形式,因为它是"多声部的"(heteroglossic)。也就是对他来说,小说由各种声音组成,有时其中一些声音可能会相互竞争。然而到目前为止,在这个章节我们对叙述的看法是叙述者的声音是小说的主宰,但巴赫金提出这种控制并非是必然的结论,而且完全无法确定叙述声音能够控制所有人物。同时叙述者的声音也并非总是能够与人物的声音区分开来。

不同声音的重叠有时对于叙述者来说是有利的。任何《米德尔马契》的读者都被迫忽略叙述者对人物罗莎蒙德有多少恶意。这种恶意显然融入了罗莎蒙德的言语和行为中:叙述者对罗莎蒙德的评论在哪里结束,以及罗莎蒙德可怕的声明,即模仿(imitative mimesis)从哪里开始,有时很难区分。然而,同样的原则也可能对叙述者的控制造成威胁。洛奇指出在《米德尔马契》中,在很多场合当模仿的声音和叙述声音重叠时,是人物的声音而不是叙述者的声音占了上风。例如,在《米德尔马契》中的一个重要时刻,拉迪斯洛在卡索邦先生不在的时候去见多萝西亚,多萝西亚和叙述者从某种角度上来看是相冲突的:

> "我常常想着我应该要再跟你谈一次,"她立刻说,"很多我对你说的事对我来说都好似很奇怪。"
>
> "我记得所有一切,"威尔(Will)说。他灵魂的感觉中饱含着无法言说的内容,就是他面前的这个人值得获得最完美的爱恋。我想他自己在那一刻的感情是完美的,因为我们凡人也有我们自己的神圣时刻,当爱因与爱的对象圆满结合而得到满足的时候。(Eliot 1965:398)

拉迪斯洛趁多萝西亚的丈夫外出时故意来访暗示了该场景的激情,同时还涉及了多萝西亚蜜月夭折，拉迪斯洛在罗马与之相见的内容。多萝西亚的话语虽坚定却又暧昧不清：她将自己与拉迪斯洛间的亲密关系描述为一种纯粹的精神（intellectual）关系。然而她的话语，当然还有拉迪斯洛的话语，暗示了更深层的关系。叙述者面对19世纪的读者大众，不可能暗示通奸可取，且试图将拉迪斯洛的想法视作"完美"。确实，叙述者通常在所有道德事件中都有其权威去说"我认为"而不是"我知道"。于是环境和各种相冲突的声音破坏了叙述者控制情节展开的意图。

多声性的观点对小说的叙述尤为重要，同时也是理解小说何以用不同形式展示给读者的关键节点。按照这种观点，小说不仅仅是只供一次性阅读的简单叙述。小说中充满了很多声音，它们之间潜在的竞争几乎无可避免地导致重叠。此外在某种程度上，当叙述者声音的全知全能在文本中因与其他声音重叠而遭到质疑时，读者就会看到一种有趣的结果。读者可以在对他们来说最适宜的地方寻找权威，常常无视叙述者的命令。通过挑战"古典现实主义"的根本宗旨，洛奇强调意义可能是多重的，即使是在公开宣称是"现实主义"的叙述中也如此。"古典现实主义文本"这一概念本身携带着这样一个假设，在《米德尔马契》这样的叙述中基本上可以得出一个权威性的意义。得出此观点的其中一个原因是认为现实主义只是一种规约，而不是对现实细致准确的理解。

让我们来搞清楚这对于任何一种意义理论可能意味着什么。巴赫金认为对话性（dialogue）是人与人之间所传递的符号的决定性特点。对话意味着无论符号使用者如何认为她/他与别人不处在对话关系中，他们之间总是存在关系。此外，如佩特·利俐（Petrilli）和庞奇奥（Ponzio）指出符号之间的这种关系是无可避免的：

> 对巴赫金来说，对话不是因为我们决定主动发起，而是被强加于身，是人们必须服从的。对话不是向别人敞开的结果，而是不可能关闭。(Petrilli and Ponzio 1998：28)

显然，小说叙述作品中符号间的关系不同于其他领域的对话中所使用符号的特点。然而对话与叙述之间无论如何存在一种密切的关系。赫契考普（Hirschkop）引用麦金泰尔（MacIntyre）和塞格雷（Segre）的对话，指出两个人之间的对话从表面上来看是依据叙述的主题如"八卦""对彼此动机的戏剧性曲解""悲剧性的误解"等（1999：226—228）。在叙述的美学探讨的框架内，这显示了不同声音，如叙述者声音和人物声音之间的相互影响；然而，对于参与对话的人，包括虚构性的人物，他们之间传递的符号是具体的：它们是

人们所居住的世界的构成元素,提供给人们的信息包含什么是对,什么有害,什么有用,什么有关;或者换一种说法,对话中的符号是"历史性"的。

于是叙述的多重声音不仅只是一个可通过简单的学术实践来分析的艺术偏好问题。沃洛奇(Woloch)提出小说有助于建立19世纪欧洲的人物系统。艾略特的叙述者的见解与其说是强加了一个道德问题,不如说是确定了"一种文学结构,一种叙述程序"(2003:45)。重要的是读者在多大程度上能够被说服选择同情某些人物而不是其他人物:比如,当基恩(Keen)(2007:143)第一次读该小说时,她承认对卡索邦有强烈的同情,这与文中大量的叙述线索相冲突。然而最重要的是符号并不是被看作自我闭合的而是在对话中运行,而对话本身则必然是竞争或协商的场所。这一事实会破坏小说表面的个人主义偏向,包括该体裁明显的各种变体,比如成长小说。赫契考普指出"小说式的再现在巴赫金的文本中被定义为对话,确保个人的叙述不因与之周围的叙述隔绝而被忽略"(1999:248)。毫无疑问这一点也适用于《米德尔马契》,尽管就小说的叙述者来说,他表面取得了控制权。的确,如果叙述跟身份建构相关,而身份建构又与民族性、阶级、性属、职业甚或是与一种主张或是在与别人的关系中某人所在的这个世界的位置相连,那么小说作为一种"对话"形式,无法逃避一种"历史性"的倾向。它免不了要记录某些符号与其他符号之间的关系或某些声音与其他声音的关系,而不是只简单地描述个人。

叙述与指甲下的泥垢

如我们所知,尽管有关叙述中全知叙述、"客观性"和现实主义关系的推论是非常有启发性的,但它们最终也会是不明智的。另外两点可以进一步表明情况正是如此。第一,用于"证明"全知与"客观性"的主要叙述例子常常不恰当。全知叙述者,特别是在19世纪现实主义中,通常是更为重要的文本代理,它的作用比关于古典现实主义文本的推论所假设的更重要。洛奇(Lodge)在与上面的引文略有不同的语境下提出,最通常的叙述者与其说是"全知全能"不如说是"干预性"的。这样的叙述者,就如他/她在口头叙述中的祖先那样,用"从前"来开始叙述,或以《奥德赛》的形式开启叙述,或像独角滑稽秀演员(stand-up comedian)那样说"我要跟你讲个故事",因此直接称呼"亲爱的读者"。这种形式是19世纪的小说家们共同实践的形式,乔治·艾略特也包含其中。这让人回想起布伦纳(Brunner)的观点(参见第一章)正是有了人类中介和叙述者的视角,才让孩子能够"准备好"应对叙述。

当人们考虑那些试图抹去对话或"发声"的叙述例子时,有关叙述的重要事实也会显现出来。确实,特意要根除干预,从而有可能提高"客观性",似乎只是再现了叙述者的作用。在不同于司汤达(Stendhal)或乔治·艾略特的作品中,欧洲现实主义不仅力求"客观"呈现,它同时也强调社会关系中理性的个人行为的作用。然而特别是在法国,依波利特·丹纳(Hippolyte Taine,1828—1893)的观念影响了19世纪末期的现实主义,使其重点发生了变化。丹纳的"实证主义"心理学、历史、哲学和文学理论力图不强调个人理性,而是揭露遗传和环境在人类生活中不断发挥的作用。在后来众所周知的"自然主义"运动中丹纳的影响尤为明显。自然主义在左拉(Zola)的小说和批判性著述中得到例证。开始于1870年,左拉的不朽巨著《卢贡-马卡尔家族》(*Les Rougon-Macquart*),以一个大家族的命运为基础,不仅表现了一种详细、忠实地描写社会现实的愿望,也展示了人类之间的关系以及在特定环境中人与人关系的表现如何决定事件。例如,该系列中的关键小说《萌芽》(*Germinal*,1885)展示了一个因资产阶级和无产阶级之间的利益冲突而分裂的采矿社区,工业化赖以生存的矿产资源严重影响了两个群体。自然主义通过这一形式,体现了社会和自然对个人声音有无法想象的支配力量,从而似乎表现了叙述者声音的多余或是把它简化为评论者的身份。

尽管在叙述研究中"现实主义"和"自然主义"是高度特有的术语,不能够映射到哲学话语中的对应术语(参见 Pizer 1995:3),然而它们所指明的差异是很重要的。自然主义的发展源于现实主义,这在叙述方面表明了非常重要的一点,特别是当自然主义转换到相对年轻的美国文学语境中时。19世纪末的美国,特别是通过威廉·迪恩·豪威尔斯(William Dean Howells)的小说和批评,见证了叙述的现实主义潮流与欧洲并行发展(Borus 1989;Lehan 1995),之后被叙述的另一种形式所取代,这种叙述形式被赋予了一个专用名——"美国自然主义"(Ahnebrink 1950;Walcutt 1956;Seltzer 1986;Ammons 1995;Budd 1995)。在一个快速工业化和自动化,资本主义剥削和大量移民不断增长的时期,"美国自然主义"与欧洲的自然主义一致,力图完成两件事。第一,它希望描写普通人的巨大热情,他们因遗传和环境因素通常过着短暂而野蛮的生活,却常常意识不到这一点。这种通过描写严酷的现实来反抗上流阶层的方式在自然主义作家弗兰克·诺里斯的作品中得到了明确的表达。他宣称旧的现实主义风格已经死亡:"现实主义是纪要;它是一出关于破碎茶杯的戏剧,是一出走下街区的悲剧,是因午后的电话而兴奋,是接受邀请的一次冒险。"(1903:216)第二,自然主义力图以一种超然的方式来表现激

情,通过一种"透明的"散文形式,企图抹去其技巧,不提供任何的评论,确实是"反风格"或是"无风格"。

相当明显,自然主义的第二目标遭遇了惨败,特别是在诺里斯这里,他呼吁一种透明的风格,有时却被他自己小说中荒诞夸张的散文风格破坏(Bell 1993:115 ff.)。但是这不会阻止叙述努力实现其在文学中呈现普通美国人的声音这一期待已久的目标。在后来,后自然主义时期,从20世纪20年代以来,关于美国作家欧内斯特·海明威(Ernest Hemingway)的批评共识是他用一种"既不歪曲外部世界也不背叛内在世界"的风格来从事创作(Bishop 1959:191)。继续从这样的一个角度来欣赏海明威的叙述,人们认为其著作再现了一种不加修饰的风格,并尝试用最简单的方式来表现真实的和虚构的世界,抹去了叙述声音的干预(Young 1966;Donaldson 1978;Reynolds 1986;Meyers 1987;Lynn 1989)。海明威采用这种方式的其中一个影响是来自新闻工作的训练。这一点值得一提正是因为海明威的写作生涯始于成为一个新闻记者,并一直为报纸写作直到他生命的后期(Dewberry 1996)。但是新闻工作也鼓励一种"严格的",没有废话的风格,这种风格通过海明威后来对美国的叙述有深远的影响。

"不动感情"或"白描式"的创作后来在一种脍炙人口的体裁中与某种特定的叙述类型相结合:惊悚或"犯罪小说"。尽管与那类获文学奖的高尚叙述(valorized narratives)相比,"粗暴的犯罪小说"常常被认为是"不切实际的",但是它坚定地尝试描写"现实",而且从20世纪20年代开始,海明威的创作就为这种不动感情的风格在犯罪叙述中成形起到了重要作用。例如他1928年的短篇小说《杀人者》(The Killers)特写了两个刺客来吃饭是为了杀一个他们预期会来吃饭的顾客。从以下摘自故事开头的引文可以看到《杀人者》的叙述被对话主宰,而甚少有行动:

> 亨利家餐厅门开了,两个男人进来。他们在吧台坐下。
> "你们要什么?"乔治问他们。
> "我不知道,"其中一个人说,"你想吃什么,艾尔?"
> "我不知道,"艾尔说,"我不知道我要吃什么。"(Hemingway 1955:57)

此对话开始看起来既业余又荒谬得不自然,艾尔笨拙地重复着搭档询问他时的那种不确定和语词。言语显然没有打磨过,也没有文学性。当发现两人是职业杀手时,不自然的对话方显出了更多意义:两个男人确实是对出售的食物不感兴趣。然而这段笨拙的对话的可信度也有所增加,因为它与日常用语中的犹豫以及表面看来无意义的特点相类似。从这点看来修饰和打磨的缺失构成了提高现实主义的一种尝试。确实《杀人者》中言语的荒谬重复和无目的性恰恰可以在当代的一些现实主义叙述中找到，如印刷作品，来自小说家乔治·V. 希金斯（George V. Higgins），或者近来的艾伦·格思里（Allan Guthrie），而电影作品则来自身兼导演和编剧昆丁·塔伦蒂诺（Quentin Tarantino）以及他的模仿者。

一些叙述的创作者选择关注犯罪和社会的底层，这些曾经是只有那些被诋毁为程式化和烂俗的小说才会关注的问题，但是这么做并不意味着放弃对小说真实的追求，对很多人来说野蛮的生活非常适合现实主义。在评论早期这种不动感情的叙述的传播者时，特别是在评价达希尔·哈米特（Dashiell Hammett）（他首先在 20 世纪 20 年代开始经营美国的"廉价"期刊）时，雷蒙·钱德勒（Raymond Chandler）公开说"他让人们是有原因才犯谋杀罪，而不只是摆出一具尸体；让他们使用手边的工具，而不是用做工精制的决斗手枪、箭毒和热带鱼"（1944：63）。这一陈述明显是对自然主义"反文雅"的响应；然而后来的散文风格常常比以前的更慎重周全。

白描式的风格最重要的特点在于短句。这些句子常常没有形容词和副词，而且保留的词通常是那些更明显来自日常用语而不是那些文学中使用的华丽辞藻。因此比如用"说"（said）替代"声称"（asserted）、"询问"（queried）或"告诫"（expostulated）。使用的名词通常具体而易识别，而采用的形容词则可能是不精确的，如"好的"（nice）、"明亮的"（bright）或"大的"（big）。动词也被剥得只剩下最简形式，严重依靠动词"存在"（to be）。下面的这段来自《冬日杀戮》（Winter Kill）的引文说明了这种生硬而简化的风格。故事来自早期白描式的（hard-boiled）的廉价杂志作家弗雷德里克·内贝尔（Frederick Nebel）：

> 扫雪车刚过去，奥古斯特·施纳尔（August Schnurll）经过田地走到街心。他一直走到木钉厂，仔细查看，满意地对自己咕哝了几句，转而沿着弗莱明大街走下去。他看到一个深色的东西躺在雪堆里，拾起来发现是一顶深色软呢帽。他耸耸肩正想把它扔掉。这时候他看到另一个东西躺在刚才拾起帽子的地方。他试图捡起来但拉不动。他稍微更用力拉了拉，扯出了一些雪，然后他发现他握住了一只手臂。他是一个简单的普通人，他吓得发抖。他丢开手臂，手臂掉落到雪里就像是一根僵硬的木棍。他跪下开始用戴着手套的手刨开地上的雪。几分钟后他知道一个男人被埋在雪里。他知道这个男人死了。（Nebel 1965：97）

选择简明易懂的词语是用于建构白描式的句子：如这里，在其他白描式小说中的句子也可能主要是简单的陈述句，或者是一些简单句用连词连接。同样，从句很少用，从而减少了叙述者的观察。当这些句子用于描述事件和行为，如在此例中，事件序列保持与事件发生的顺序正好一致而且不与评论混合。因此在白描式小说中常出现的暴力描写常常给人一种反讽（irony）、超然（detachment）和低陈述（understatement）的效果。正如一位批评家所说："如果你将十分粗暴的事件描述得好像它们就发生在你家后院一样，你会得到'哎呀，哎呀'地发出悲伤的声音和大声疾呼以示警告都不能带来的重要效果。"

将事件不作变动地按原来的时间顺序记录下来，不加入外在的评论，这种风格几乎是同等对待描述无生命的事物，如桌子、枪、墙、古董和有生命的对象——人。例如哈米特（Hammett）的故事和小说可能单调地描述一个镇，该镇的布局和居民，例如《库菲尼亚尔的内脏》（*The Gutting of Couffignal*）中粗略的描述与对叙述中的主要人物的相关介绍篇幅基本相等。总之，白描式的散文，哪怕它与第一人称人物/叙述者相连，如钱德勒（Chandler）笔下的菲利普·马洛（Philip Marlowe），它往往避免去推测人物的思想而偏向于描写其行为，而且特别注意在重现人物言语时不予评论。

毫无疑问，为了限制叙述散文中出现干预，白描的风格特点力图使叙述中必要的描述"显得更具模仿性"。在某种意义上概述不得不更接近场景描写，那么产生延迟或离题便可以理解。然而基于此就假设白描式的叙述表现了"客观性"，正如很多有关海明威的重要赏析那样，则是错误的。在一篇关于白描风格的有力评论中，宝芬妮·奥格东（Bethany Ogdon）说明了白描风格如何泄露了明显的利益偏向。她宣称那种所谓的现实主义人物类型暗示白描式作家（和他的侦探）在意识形态上偏离了他们描述的对象（Ogdon 1992：75）。因此在19世纪的现实主义中，叙述者不仅要创造与叙述再现的人物和事件之间的距离，同时还要控制人物与事件。

19世纪的小说继续试图隐藏叙述声音对"他者"的专制控制，这种观点成为叙述分析的标准形式。例如苏珊娜·肯（Suzanne Keen）近来用一个建筑学的隐喻提出维多利亚小说建构了"叙述附属物"（narrative annexes），"允许意料之外的人物、不允许的主题和改变情节的事件在一定界限内出现在预期可能会排斥它们的虚构世界"（1998：1）。她补充道：

> 对疾病、工人、天主教、深色皮肤的他者、教区、家和在俱乐部附近辛苦工作、饥饿受苦的穷人以及维多利亚自我意象的隐秘花园的恐惧，吸引我们顺着狭窄的小巷，穿过带刺的树篱，跨过荒野进入叙述附属物。

(Keen 1998：41)

对于奥格东来说，同样的倾向又出现在白描式叙述中，尽管它更加直接而且其空间界限消失了。除了主角，她提出：

> 白描式侦探小说世界中那些填充物和污染物用过量（excess）来描述：过量的气味（恶臭）、过量的体液（汗、尿、眼泪和呕吐物）以及/或过量的欲望（性倾向、性倒错、贪婪、狡猾等等）。（Ogdon 1992：76）

这好像是违背白描叙述原则和"现实主义"的确凿证据。

然而，这不是故事的结局。奥格东假定这种类型中存在对"他者"不可避免的教化、操控和边缘化，但是普遍来说存在一些基本特点，特别是白描的风格对此产生了不利的影响，主要问题是考虑读者能够从发生在叙述中的必要延迟中获得什么。钱德勒陈其观点认为，读者并不对故事中某人被杀这个事实感兴趣，而是对在他死的那一刻没有能够成功捡起回形针感兴趣（1984：214）。那么事件的简单叙述在这里便从属于细节描写。如果钱德勒是正确的，那么就意味着叙述中的离题本身可能包含着让读者感到愉悦的元素。

与此论点一致，拉泽尔·齐夫（Larzer Ziff）（1987：383）分析了下面来自海明威《太阳照样升起》（*The Sun Also Rises*）中的句子："外面广场上有鸽子，房子是黄色，日晒的颜色，我不想离开咖啡馆。"齐夫发现第一，叙述者没有提及其情感却传达了其情感：他没有说他高兴，但是读者却可能认识到他开心，因此使他想留下。第二，非常不确定他的情感是因为或者是否与鸽子和房子相关，为什么它们要出现在句中。简单地直陈"我高兴"要经济得多，但这真的是文章想说的吗？

描述性的闲笔中各元素之间的关系中存在的这种不确定性，在白描风格中典型地看似简单却充满了迷惑性。在钱德勒的《夜长梦多》的第二十五章结尾处，马洛（Marlowe）在他的办公室里思考他得到的那些信息的真实性。该章的最后四句话如下："我大半天都在思考这个问题。没有人来办公室。没有人给我打电话。雨一直下。"（1948：143）最后一句尽管看起来与其他不相关，但由于与它们并置则变得可能有关。对天气的评论可能表示雨构成了一个隐喻。就马洛来说，雨喻指他达到的一个不连贯的阶段。但是读者必须通过联想跳跃将句子联系起来，这样的行为永远不可能是预知的结论。

最终我们还是留在了洛奇对"古典现实主义文本"概念的分析。即使我们可以展示白描式叙述是由叙述者的声音支配，也不可能假定对于读者来说叙述声音必然控制了所有的人物，无论人物被描述过多，还是被边缘化。人们很容

易认为"现实主义"体现了一种准意识权威试图强加的一种叙述再现的标准,这种想法从很多方面来看也是符合逻辑的。但是这样做就是断言符号的稳定性及不容置疑的所有权。总之,构成叙述的符号不断向其他符号敞开:没有单一的权威能够拥有它们以及控制它们的使用。无论是通过说教的作者还是干预的叙述者都不能事先用简单的方式来限制人们接近"现实"的方式和解释符号的过程。事实上,在那些声称要"超越"现实主义的叙述中明显对这点已有所识别。

第五章　超越现实主义

如我们所见，关于叙述的两个最重要的特点是：第一，它对记忆储存有重要作用以及它有利于形成人类身份；第二，它完全是选择性的。确实，叙述不仅促进人类群体对身份的选择，特别是以其书写形式，叙述还为叙述中人物的个体身份，甚至是其创作者的身份提供根据。人物感知的发展为叙述提供了一种有意义的锚定；同样，确定文本的作者有助于为"意义的增殖引入一种节约原则"（thrift of principle）（Faucault 1986：118），一种通过个体化来稳定符号的原则。

那么毫不奇怪，关于书面文学叙述分析的其中一个主题是对作者的传记式解释。"传记"与"书写"的密切关联似乎是通过与口头叙述的对比来说明的：这里，试图在叙述背后找出个体创造力几乎是不可能的。确实，洛德遵循帕里（Parry）的工作方法，在口述诗人的实践中看到了近似于作者的创造力（Lord 2000：13－29）；然而哈夫洛克的研究（1963、1976、1986）提出口头叙述的创作基础是故事讲述的集体传统而不是单个个体的才能。最终，两种观点都表明：要完完全全了解口述者的来历，对作者进行生平研究是徒劳的。

因此分析叙述的传记方式显然是读写文化的产物，而且叙述作者的地位是与印刷业所允许的商品化相联系的：口头叙述不涉及对作品所有权的宣称，而印刷的叙述因是由书写符号组成的特殊构成，从而能够被证明是个体劳动的结果。因此，18世纪出现了对版权法的需要，特别是在1710年英国通过了《安妮法案》之后；新的法律源于15、16世纪的法令，当时的法令是为了增加政府的收益，新法律确立个人对创造特定的叙述或其他印刷的文本负责（Saunders 1992），那么基于此，她/他可以获得报酬甚或是惩罚（Foucault 1986：108－109）。

然而建立在传记原则基础上的分析，不只是简单地承认叙述的个体作者身份，而且也要做其他的假设。第一，它们倾向于假定文本生产者的身份差不多可以直接从文本内发现，因此文本的生产则在"传输模型"中发生；也就是说在这个模型中孤立的个体作家将严格有限的一系列意义信息在叙述中进行编

码,而这些意义随后将会由勇敢的读者按照作者的规则,通过不同程度的努力来解码。毫无疑问,这个观点源自这样一个事实:书写和印刷不仅允许叙述的个体生产,也允许其独自消费。

第二,传记分析倾向于假定叙述中不同情境和人物的心理与作者心理之间存在较强的相关性。叙述在此种情况下被假定为一个承载个体作家意识的透明容器、载体或传输器。情节、故事、事件和人物在这个构想中将成为了解作者心理的关键,反之亦然。然而当在叙述生产过程中把个人之外的因素考虑在内时,作者与叙述的这种统一便会遭到挑战。如果对将作者视作相对稳定或至少是可识别的个体身份这一观念产生疑问,那么传输模型开始出现问题。同样,当叙述被当作特定的符号组合而不是简单的载体时,传输模型也会受损。

有趣的是,在接下来的例子中,对传记及其不朽的传输模型的共识陷入了混乱,部分原因涉及叙述的传记作者——约瑟夫·康拉德(Joseph Conrad,1857—1924),他已成为英国文学的忠实拥护者。除了康拉德碎片化的传记,他的虚构性叙述出现的时期正是把西方叙述成统一而非选择性的身份遭遇挑战的时期。这一章将研究有关西方身份的叙述以及广义上的叙述是如何遭遇了挑战。

身份与《黑暗的心脏》解析

对康拉德叙述的评价总是不能避免要记录作者是个波兰人的相关事实,约瑟夫·康拉德(Josef Konrad Nalecz Korzeniowski)事实上是生于乌克兰。这些记录提供的信息显示19世纪康拉德成长的波兰与法国有深厚的文化联系。康拉德先在克拉科夫接受教育,后来又到日内瓦。他年轻时加入了法国的商船队,后来又转到英国商船上,最后在1887年成为英国公民。当他成为小说家时,他选择使用的语言英语是他的第三语言(Fleischmann 1967:3-20;Baines 1971:13-193;Eagleton 1976:132-135;Watts 1983;Fothergill 1989:6-10;Murfin 1989:3-16;Roberts 1998:16-17)。那么即使是认同统一创作意识而得出的分析也无法否认康拉德是不同文化力量的产物,尽管主要是欧洲的文化力量。

康拉德自己身份中的矛盾影响很重要是因为他的叙述本身关涉一种道德模糊感以及自我的分裂。即使传统的传记批评家从这个关键证据推断出作者和文本的心理决定关系,问题依然存在,因为康拉德叙述的明确的主题和技巧使这样的结论无效。总的来说,这些技巧被打上了"早期现代主义"的标签

(White 1981；Butler 1994)；更尖锐一点说，在它们包含的叙述主题中，一个"理性"的自我被迫与一个"他者"展开斗争，"非理性的"自我在人类意识中并存，而对叙述技巧的介绍则补充说明了这一分裂（Travers 1998：116－120)。因此让我们尝试通过分析《黑暗的心脏》来揭露这种身份危机，它当前可能被认为是康拉德最著名的小说。此作品1899年登载于布莱克伍德（Blackwood)的杂志，随后在1902年成书出版。

一方面，《黑暗的心脏》是库尔兹（Kurtz）的叙述，他是一个有教养的文明人，在非洲的工作更多的是具有传教性质而非经济性质。小说故事是关于他与野性的邂逅以及他的反应。另一方面来看，小说是关于马洛，他被送去召回库尔兹，却发现自己被卷入了库尔兹遭遇的危机。或者，第三，它也许是叙述者的故事，他隐匿在一艘船上，这艘船带着自己的使命驶出泰晤士河口。叙述者和其他人员到达外国的海岸，在等待其他乘客时，他们听马洛讲述了一个关于"他者"且令人恐惧又充满疑问的故事。即便是这么粗略来看这本小说，也会发现其叙述一点也不简单。此外，与19世纪现实主义小说中大量具体的历史细节讨论不同，小说大部分聚焦于工业资本主义的统合主义（corporatist)和个人主义（individualist）阶段。这一简短而丰富的叙述似乎是在邀请不同的解释框架。

毫无疑问，《黑暗的心脏》能够依据其叙述关注特定的历史时期，即帝国主义时期来进行分析。根据伊格尔顿（1976：110 ff.)，这是19世纪资本主义积累的"第三阶段"，在这个时期资本主义扩展了其活动范围从而更有效地跨越国家边界去掠夺原材料。在剥削原材料的同时，文化领域也采取了大量行动。如在新闻、宗教、对话和文学的实践中，帝国主义都被当作正在发展中的西方身份的一部分，只是有的对其表示赞同，有的不赞同，而有的则态度模糊。不过最重要的是这种活动维持了帝国主义作为历史事件的一种叙述。欧洲人旅行到"落后的"甚至"野蛮的""未开化的""原始的""异教的"以及"不文明的"国家这一主题明显在康拉德小说的事件中非常重要（特别参见Watts 1983；Brantlinger 1985；Achebe 1998；Loomba 1998：136；也可参见Said 1994：197－203)。

然而《黑暗的心脏》不仅是我们熟悉的对一段帝国主义冒险事件进行虚构性的现实主义描写，它同时也被分析成一种叙述过程的镜像。简单来说，如果叙述是从开始到结尾的运动，其特点是过程中存在必要的*迂回*，那么这个短文非常适合小说。马洛的旅程从欧洲开始，在非洲顺着河的上游行进，遇见不同的人物，思索着在终点会有什么在迎接他，最后遇见了他一直期望见到的库尔兹（Rosmarin 1989；Reilly 1993：20 ff.）。

如果这点被接受，那么康拉德的小说同样也继续了史诗和罗曼司传统中的先例。在罗曼司中，英雄常常发现他们的旅行要么是为了重新获得（导回）神圣的目标或者就是代表其他人类或理想而战。即使是在更为模棱两可的罗曼司，如《堂吉诃德》(*Don Quixote*)或《仙后》(*Faerie Queene*)中，情况也同样如此。在主要的史诗中，中心人物明确开启了去向地狱的旅行。奥德修斯和埃涅阿斯在《奥德赛》和《变形记》中分别去了冥府，但丁在《神曲》中探索了地狱深处，而撒旦实际上在《失乐园》中居住在了地狱。在早期现代主义不断世俗化的世界中，人们可能主张马洛通向内心的探索即是叙述的史诗和罗曼司传统中旅行的现代版本。

尽管注意到《黑暗的心脏》在很大程度上是西方叙述传统的产物这一点很重要，如杰恩斯（Jaynes）所说，在该传统中身份的故事和通向自我的旅程是中心问题（参照第二章），但是我们还要更多地考虑关于叙述所引起的帝国主义与压迫之间的关系。西方资本主义"第三阶段"的叙述跟所有叙述一样从其记录中省略了大量信息。心理分析提供了一个强而有力的论点，既关注了叙述的过程又关注了被叙述的事件。康拉德开始小说家的创作生涯之时也正是弗洛伊德放弃他以前开出的处方中的某些元素而改为发展心理分析的时期，这看来并非只是巧合（参见 Jones 1964：239 ff.；Clark 1982：114 ff.；Gay 1989：103 ff.）。在这个语境下来看，马洛的旅行是一场带领他去向人类心灵的未知领域的旅行：无意识。因此，小说在它的事件和讲述事件的方法中不断尝试提出一个意识版的"现实"，同时又唤起另外一个由无意识构筑的版本（参见 Guerard 1966；Crews 1975；Karl 1989）。帝国主义无疑支配着叙述的进程，但是《黑暗的心脏》证明叙述作为一个整体的转化是源于这样一个事实：与影响早期现代主义叙述世界的其他特征一样，帝国主义并不只是简单地从心理学脱离出来的经济现象。

帝国主义与压抑

在两个实例中都可以看到帝国主义计划本身是一个看似包含矛盾规则的叙述，在这两种情况下帝国主义冲动通过个体故事体现出来。第一，代表欧洲身份的先锋，苏格兰牧师大卫·利维斯通（David Livingstone, 1813—1873）之所以不朽是因为他发现无数未知的地域和未知的河流，同时也因为 1871 年斯坦利（H. M. Stanley）远征"找到"他这一事件被大肆宣传。大多数关于利维斯通生平的记录都认为从早期阶段开始，利维斯通主要的渴望是探索非洲，而传教工作在其主要渴望中仅占潜在的一小部分（Ransford 1978；McLynn 1993：42—51）。很明显，西方的经济考虑和他的"文明化"热情是纠缠在一起的。在他最后一次探险中，即在1873年他死之前，在记录尼罗河的发源中，利维斯通

> 呼吁一场世界范围的圣战去开发非洲。斯瓦希里人（Swahili）和阿拉伯人（Arabs）在东非组织的新一轮奴隶贩卖腐蚀了大陆的心脏。利维斯通的答案是"3C"：贸易（commerce）、基督教（Christianity）和文明（civilization），即钱财、上帝和社会进步的三方联姻。贸易，而不是枪支，将解放非洲。（Pakenham 1994：XXIV）

比利时的国王利奥波德二世采用了比利维斯通更直接的方式，他在19世纪末欧洲帝国主义对非洲的影响中起到了重要作用，是他发起了欧洲"瓜分非洲"的运动。他力图发展比利时在刚果独立国家的利益，在欧洲舞台上开辟自己的一席之地，于1876年主持了一场欧洲首脑会议。会议在布鲁塞尔举行，会议的讨论围绕利奥波德的计划展开，"让全球基督教尚未渗入的唯一部分向文明敞开，穿透包裹整个人类的黑暗"（Pakenham 1994：21）。

正如引文所示，利维斯通和利奥波德的帝国主义叙述中显然表现出了基督教"文明化"冲动，也的确凸显了这一点。然而资本主义剥削、利益获取和挪用本土资源的冲动一直潜伏于其中，因此帝国主义叙述在更多层面运行起来。无法否认叙述是选择性的，而帝国主义叙述似乎暗示叙述也是压抑性的。而心理分析洞察了叙述选择的"压抑性"特点。

弗洛伊德擅长揭露交流中的言此而意彼这一现象。为了防止社会存在被过度破坏，必须要抵制某些麻烦的冲动，因此有的事既不能说也不能做。无论这些冲动看来有多么强烈，它们都会被"适当的行为""礼貌"或简单地出于为他人考虑所压抑。于是它们栖息于无意识那个精神世界，其再现形式与意识存在大有不同。

"压抑"的机制对弗洛伊德来说很重要（参见Freud 1984a），但是他观察到在特定情况下如果压抑被"否定"或"否认"，它常常会加剧。根据弗洛伊德所说，这种"否认"在心理分析的治疗环境中很常见，但是它也有可能会发生在普通环境中。他提出了这样的问题：有多少次可能听到人们这么说——"你现在可能认为我故意说一些侮辱性的话，但是我真的没有这个意图"（1984b：437）？这种事情经常发生导致人们都没注意到。弗洛伊德认为，"否

认是一种认识到什么被压抑了的方式;实际上已经是对压抑的解除,尽管并非是接受了被压抑之事"(1984b:438)。

鉴于这个论点,19世纪晚期的帝国主义叙述和《黑暗的心脏》中所包含的行为和对话显然有相似之处。作为非洲探险的模范,利奥波德二世和利维斯通两个都成功地将他们计划中的基督教、文明化和公平主义前景化。然而被压抑,但同时几乎又无法压抑的则是资本主义冲动;如利维斯通所认为,那不仅是一种贸易冲动,也是一种剥削和吞并某个地域的冲动。库尔兹很好地体现了这种张力,而其身份的分裂主宰着《黑暗的心脏》。通本小说的叙述都在期待一个体现西方文明的人物:他的"母亲是半个英国人,他的父亲是半个法国人。整个欧洲促成了库尔兹的形成"(Conrad 1973:71)。他是西方文化的产物,他阅读并写作诗歌。此外,除了开展经济贸易,库尔兹还被要求为"国际抑制野蛮风俗协会"编写报告:

> 他写了,我看到过,也读过这份报告,这是一份很有辩才的报告,振振有词。但我觉得有点神经过敏,他居然能抽出时间写这样一份密密麻麻、长达17页的报告!但这一定是在他——就这么说吧——发疯之前写的。他还为这个去主持了某些子夜舞会,舞会都以一些无法形容出来的仪式作为结束。这些仪式——根据我在不同时候所听到的我大概猜出来——都是献给他的——你们明白吗?——献给库尔兹先生自己的,然而那仍是一份写得很漂亮的报告。可是,开头的一段从我后来得知的情况来看,让我觉得不吉利。他一开始提出这样的观点,认为从所达到的发展水平看,我们白人在他们(野蛮人)眼中必然带有超自然生物的特点——我们是带着神一般的威力去接近他们的,等等,等等。简单地用用我们的意志力,我们就能永远对他们行使一种几乎没有限制的权力,等等,等等。从这里他就开始天花乱坠,把我都给说服了。通篇的慷慨陈词不太好记,却可谓堂而皇之,你们知道的,它让我感受到一种出自庄严仁心的、奇特而动人的浩然正气。它让我由于热切而兴奋不已,这就是雄辩的——言辞的——燃烧着的高贵文字的无限威力。词句神奇地流泻,没有任何实际的暗示来打断它,只是在最后一页的下边有一个像是注解的东西。显然是很久以后才匆匆涂上去的,写得很潦草,可以看成是对一种方法的说明。很简单,在这篇动人的、能激发起这种利他主义思想的文章最后,如同晴空中的一道闪电,他发出一个清楚而可怕的呼吁,"消灭所有的畜生!"奇怪的是,他显然把那段极有价值的附记给忘了个一干二净,因为后来,当他的神志有点恢复正常时,他再三恳求我仔细保管"我的小册子"(他这么叫的),

因为将来它一定会对他的事业有好处。(Conrad 1973：71−72)①

一般来说，无论在过去还是现在，世界上都一致同意某些在当时被欧洲认为是需要抑制的野蛮风俗（种族灭绝、奴隶制、食人）是相矛盾的。因此至少在这个意义上，库尔兹表面是仁慈的。然而库尔兹显然超越了基督教仁慈的脆弱外表，而持一种希望消灭当地居民的立场。还有一点非常有趣的是，马洛说库尔兹似乎已经忘记了那段"有价值的附记"。如这段关于"否认"的简短思考所暗示，心理分析对"单纯的忘却"持非常怀疑的态度（特别参见 Freud 1976a）。

帝国主义与性

我们不禁要相信《黑暗的心脏》只是帝国主义固有的西方身份在不同层面的现实主义表达。帝国主义冒险叙述的历史事实在小说中随处可见。然而，《黑暗的心脏》不仅揭露了帝国主义的心理基础，也揭示了那种统一身份的感觉是如何遮蔽了叙述机制。关于传记和历史中非常简单的一点认识，表明了情况正是如此。利奥波德计划的关键是需要发展运输路线，其中一个关键组成是相对未开发的刚果河；这一地理和历史的事实与约瑟夫·康拉德的传记相一致，因为据说自康拉德儿时开始，刚果河就是他的兴趣所在，《黑暗的心脏》也露骨地表达了这一点。康拉德承认他曾经仔细观察地图，渴望有一天能够旅行到非洲的中心（Murfin 1989：8）。在《黑暗的心脏》中，有一段重现了这一欲望。马洛讲述了他孩童时候对地图以及地图上空白部分的着迷如何导致他成年后加入了探索一条伟大河流的使命（Conrad 1973：11−12）。现实中，康拉德在1890年被雇佣开始了旅程，五年后，也即当他承担驾驶汽船去斯坦利瀑布寻回商人克莱因（Klein）的尸体的任务时，他出版了第一部小说。似乎能够看出，历史和传记中的事件明显与1902年小说中所描写的填充地图上的空白空间的事件类似。

然而，康拉德真实生活中的探险只是在19世纪欧洲资本主义发展的这个时期促发的一件小事，这一事实有趣但并不是决定性的。更重要的是要考虑是什么影响激起了他深藏的欲望去开启这段旅程，是什么决定因素让朝着大陆深处旅行的这一观念如此热切地攫住了他年轻时的想象，以及那些可能也会对其

---

① 参考康拉德：《黑暗的心脏》，胡南平译，南京：译林出版社，2001年。

他欧洲身份起作用的因素。毫无疑问，康拉德对刚果的位置充满了好奇，它所在之处在当时被认为是地球遥远的一部分，而且从发达的西方的心理和社会来看，其好奇很有可能来源于此地代表了未知的国度。

心理机制中存在纠缠不休的好奇心，这致使人们渴望去看未知的领域。可以说这种心理机制近似于人类倾向于对未知的他人身体的好奇和兴趣，特别是不同性别的身体。当评估现代心理学如何看待成年女性的性生活时，弗洛伊德正是使用了帝国主义者用于描述非洲的英语短语"黑暗的大陆"，没想到这一短语不利于弗洛伊德关于女性性征研究的尝试（Freud 1962：124；也可参见 Gay 1989：51 ff.；Appignanesi and Forester 1992：2 ff.；也可参见 Freud 1973a，1977a and Mitchell 1973）。这确实不能无可辩驳地证明对大陆的着迷等同于男性对女性的着迷，然而也很难否认这两件事发生所用的术语非常一致，如"黑暗"领域、深处、好奇心的朦胧对象、欲望以及最后走向掠夺。确实，这里使用的术语与更早时期用于掠夺另一个大陆时所用的术语一致。瓦尔特·罗里爵士（Sir Walter Raleigh）为"童真女王"——伊丽莎白一世书写了自己发现圭亚那的经历，他声称"这个国家还处于其童真时期，从未被劫掠、转变，也未被加工"（Raleigh 2000：164）。对于 16 世纪新世界的探险家来说这并非是个不同寻常的隐喻；史蒂芬·格林布拉特（Stephen Greenblatt）提出欧洲人在遇到陌生的新世界时所感到的"惊奇"是一个有延展性的概念。特别是在评论让·李约（Jean de Lery）的巴西经历时，他认为"这里的惊奇不是表现剧变的符号，而是一种陶醉和狂喜，即使是在 20 年后通过记忆还是能够再次经历这种陶醉和狂喜"（Greenblatt 1991：16）。

此处的讨论暗示了三点：第一，帝国主义叙述宣称一种文明化倾向却充斥着欲望；第二，这与西方的普遍心理相一致，试图压抑存在物会引起麻烦的特性，例如性和他者身体；第三，《黑暗的心脏》的叙述戏剧化了 20 世纪早期不断增长的关于人类身份不统一和融贯的思想。以上这些在小说关于法国炮船的著名描写中都得到了概括：

> 我记得，有一次我曾与停泊在海上的一艘军舰遭遇，岸上连一座房屋也没有，但它却在轰击一片丛林。大概是法国人在附近什么地方打着仗。舰上的军旗像一块破布一样耷拉着。那几尊长长的六英寸大炮的炮口在低低的船体上方挺伸着，油腻、黏滑的潮水慢悠悠地将它掀起又放下，舰上细细的桅杆因此不住地摇晃，在空旷、寥落的天地、天空和海水间，一艘军舰在莫名其妙地向着一片大陆轰击。砰！一尊六英寸的大炮轰鸣着，一小团火焰腾起又消失，一缕白烟飘散，一颗弹丸发出轻微的呼啸声——什

么事儿也没有发生。不可能有什么事儿发生，整个事件透着一种疯狂，眼前这一幕活像是一出令人啼笑皆非的滑稽剧。船上有人称他们为敌人——藏在附近看不见的地方。[①]（Conrad 1973：20）

这里的炮火如同叙述的其他部分一样展现的是虚弱而不是力量。毫无疑问此处可识别的性意象表现的是无能而非全能：耷拉着的破布，慢悠悠的摇晃，枪仅能发出"砰"声和"轻微的呼啸声"。就好像船相信只要有所谓的"大"枪就无所不能；而且无法否认，相对的缓和提高了它拥有的权力，由此火力允许欧洲人能够征服非洲所谓的"原始"本土民族。然而，这段引文向我们暗示了打败本地居民只是一个幻想罢了，就像在幻想一个小虫子在叮咬大象时，突然变得力大无穷，都是不切实际的。

这样这段引文便很好地例证了巴赫金的多声性观点。巴赫金认为社会世界是"多声部的"，由很多不同的声音构成，而这些不同的声音由代表不同利益以及与其他声音相关的不同情况构成。"当各种声音进入小说，"巴赫金写道，"它便被艺术性地改写。"（1981：300）在这个例子中这是很明显的一个事实。不同情境塑造了帝国主义者的声音以及他们试图征服的土地上的居民的声音，而马洛的声音在很大程度上重写了这些不同的情景。他怀疑法国炮船上和本土居民所处的情境不同，并且他将这一点告知给其他人，也就是他的对话者们，他们乘坐的船正离开泰晤士河口。该事件发生所使用的语言中采用了那种常与帝国主义冒险相关联的性意象，然而同时又暗中破坏了它，因其表达出的是萎靡而非勃起。

值得注意的是在弗朗西斯·福特·科波拉（Francis Ford Coppola）的《现代启示录》（*Apocalypse Now*，1979）中有一个统一的主题，一个无所不能的身份在压抑中被侵蚀。这个主题通过一系列众所周知的事件展现出了其被压抑之后的无能。电影是基于《黑暗的心脏》改变，但是将小说的情节从19世纪末的非洲移植到20世纪60年代末的越南和柬埔寨（参见 Fitzgerald 1996）。至少电影还是取得了一定的成功，部分原因是因为它的技巧之精湛。在讨论的事件序列中，美国军队袭击了越南沿海地区的一个小村庄。袭击发生的原因以及后来发生大屠杀的原因是该村庄位于一片引人注目的"海岸"，那是完美的冲浪地带。军队的指挥官基尔戈（Col. Kilgore）［罗伯特·杜瓦尔（Robert Duvall）饰］在发现其指挥的上游运输队中有一位著名的加利福尼亚

---

① 参考康拉德：《黑暗的心脏》，胡南平译，南京：译林出版社，2001年。

冲浪者萨姆·博顿斯（Sam Bottoms）后，决定进行袭击。破晓时分，有一组武装的美国直升机队伍从地平线升起，和着通过喇叭播放的瓦格纳的《女武神的骑行》(*Ride of the Valkyries*)，肆行暴虐，对几乎手无寸铁的村民造成了巨大伤害。就我们的论证目的来说，有趣的是电影中的序列重演了以上叙述中无能的法国炮船情节所展现的主题。

然而电影中的情节设计如此精巧，且事件描写无所顾虑而残忍，导致很多早期的批评家将该场景解释为对美帝国主义的彻底谴责，批判他们对无辜生命缺乏文明人的同情（cf. Lothe 2000：187 ff.）。显然，袭击规模宏大，但成功占领海岸纯属只为了消遣。但更重要的是，这展示了一种孩童般的冒险以及对美国身份无可置疑的信仰。在提到半岛上的居民时，基尔戈宣称"查理不冲浪"，但是如一般的美国军队那样，他的远征队无法镇压越南游击队连续不断的活动。用巴赫金的话来说，基尔戈和美国人背信弃义：如果越南人的声音不在场，事件无法发生，那么也就没有什么可被征服的；然而基尔戈表现得好像只有一种声音存在，即美国的声音，在唱着"独角戏"。由于叙述必须展示越南村名的存在，那么则允许基尔戈听不见或是在听见之前就意图毁灭的声音有可能存在，因此叙述不可避免的是"对话性"的。的确，更早的有关该上校的一个场景同样也证明了这一点。在一场类似的袭击之后，基尔戈视察战场时遇到了一个受伤的越南南方民族解放阵线的士兵，他想要喝水。他非常生气自己的士兵没有答应这位将死的士兵的要求，给其水喝，他认为任何英勇战斗受伤至此的人都有资格和他同饮一壶水。照这么来看，基尔戈听到了越南军人的声音，而且当他注意到即将死亡的士兵时，他承认了在战场上他们有作为战士的潜在的相同点。然而重要的是当他听到一位著名的美国冲浪者来到其队伍中，并要求被送往上游时，他几乎是喜剧性地忘记了该士兵，突然抢过了水壶。因此美国声音又一次显示了自己的权威，虽然并没有取得完全的胜利。

这些事件指出，当侵略者最能够确定其全能或者是十分肯定他们身份的统一性以及认定自我比他者优越时，他们反而是处在其最无能的境地。与其说帝国主义者对非洲大陆施加了他们的影响，征服了不同的文化，不如说他们自己成为所要征服的文化的"受害者"。欧洲帝国主义者当然没有经历过对所谓"原始"国家造成的身体冲突，在这个层面上无法比较欧洲帝国主义者和很多非洲本地人的遭遇，但是却对欧洲意识和文化两方面都产生了影响。

叙述、帝国主义和西方身份冲突

这些影响所构成的语境对于理解"早期现代主义"对叙述过程的揭示有重要作用。在广义的再现领域,除叙述之外,欧洲见证了决定性的发展。例如毕加索(Pablo Picasso,1881—1973)的画作《亚维农少女》(*Les Demoiselles d'Avignon*,1907)之所以引起骚动不仅是因为对妓女的描绘,而且也因为画中人非常容易让人想到某些非洲的雕刻,尽管现在有强有力的证据显示画中的这些人物是从照片复制而来(参见 *Picasso and Photography*,1999)。同样,保罗·高更(Paul Gauguin,1848—1903)那些色彩明亮的画作,本是他在南海群岛漫游的产物,在1905年直接催生了一个画派的形成,叫作野兽派(Les Fauves)(Gombrich 1956:431)。如果《亚维农少女》这类画作提倡多角度地观察人类构成,每次都包含多个角度,包括一个观察鼻子的角度,另一个不同的观察眼睛的角度,等等,那么他们信奉的"原始主义"也能实现这一点。一方面,这会引起对来自其他大陆的人工制品的模仿:雕像、图腾人物、家庭设计。另一方面,它更倾向于从心理的角度来看待这些人工制品的特征。毕加索绘画中的性征明显与大多数人物的"非洲性"是一致的。

非洲女性的形象影响了旅行者去"黑暗大陆"的旅行,她们无论是着衣还是裸露,都缺乏维多利亚时期欧洲女性的过度端庄。鲁巴(Loomba)认为"本土女性和她们的身体被描述成既代表了希望,又体现了对殖民地的恐惧"(1998:151;cf. Conrad 1973:87)。这样看来她们成了"被征服"之地的绝好象征。然而也必须明白,对很多人来说她们是令人恐惧的。例如,马洛描述了对"野蛮而又艳丽的女性幽灵"的恐惧(Conrad 1973:87)。"原始主义"和"性"有一个共同点,19世纪末期的西方发现它们使人心理上产生苦恼。这两点无可辩驳地没有成为"他者",而是成为西方生活的一部分,对之无论怎样否认,也是徒劳。欧洲帝国主义试图压制它们,将其掩藏,然而他们却始终明白它们就存在于斯。

最后"早期现代主义者"对身份的研究除了揭示了我们已经关注到的前三点,还有第四点,这一点是关于普遍的再现,又与叙述特别相关:它不是统一的作者声音甚或叙述者声音的产物。确实,西方对"原始"声音的压抑因其对原始事物的长期痴迷而被证明并未成功,这一点似乎说明想要用叙述的力量来创造无可置疑的权威身份是无法实现的。

然而在我们继续讨论这点之前,另外还有一个特点也应该提一下,它是关于叙述与政治和无意识之间的关系。尽管我们建议帝国主义不应仅是脱离心理的一种经济现象，但也不应该忘记帝国主义也不能仅从心理的因素来理解。在现代欧洲艺术的语境下，非常明显地把原始主义与性等同起来；然而《黑暗的心脏》和《现代启示录》从第二章讨论到的斯尼德（Snead，1990）的观点来看可能被理解为是执行了普遍化的功能。两种叙述都可以被视作体现了"人性"的主题，但是对文本的这种观点抹去了地理和历史的特征，意识到这一点很重要。通过在无意识中重新定位最初发生在非洲中心和越南的帝国主义冒险，这些虚构性叙述重新塑造了现存的帝国主义叙述，而且可能用普遍的心理学观点取代了帝国主义的经济和身体压抑论。

读者和叙述

19世纪真实世界中的帝国主义叙述及其支持者的声明中充满了各种陈述，而这些陈述中所包含的明显意图掩饰了根深蒂固的冲动。这一事实不单单只是《黑暗的心脏》的"主题"。人们通常首先观察到小说是关于库尔兹、马洛抑或是叙述者的故事，这一点表明小说的结构导致很难识别小说的核心叙述权威。F.R. 利维斯（F.R. Leavis）是康拉德研究方面最有名的专家之一，他可能是不经意地为这种叙述结构提供了一种洞见。他在试图将康拉德纳入英国小说书写的"伟大的传统"时，反对康拉德全部作品中那些激起强烈好奇的和"流行"的再现模式。特别是在《黑暗的心脏》中，利维斯认为不断指涉"无法言说的仪式""无法言说的秘密""畸形的激情""不可思议的神秘"等等都"贬低了其风格"（1962：206）。例如，与普里科特（Prickett）不同，他认为康拉德受到了圣经传统的影响，表现在他"不断探索语言似乎无法触及的那些不可言喻的神秘"（1996：266），而利维斯却觉得是被欺骗和玷污。对于利维斯来说，康拉德为了获得异常激动的回应，试图强加给读者及他自己一种"意义"，这种意义仅是对自己无法创造的在场的一种情感坚持（1962：207）。

作为一个人文主义者、个人主义者和保守的批评家，对于利维斯来说，康拉德作为一个控制再现方式的个体意识，而且能够通过这种方式生产出一种关于人类境况的深刻的个人化叙述，这一点是很重要的。然而叙述使用了词语——"莫测高深"的各种同义词，这一事实有趣地暗示了它缺乏叙述普遍允许其生产者所拥有的完全控制权及权威。批评家们提出，仔细推敲的话，康拉德对神秘术语的使用有些太过了（White 1981：110-120）。他们也指出这些神秘术语反映了这样一种情况："从未亲眼见过非洲殖民地暴行的那些舒适的欧洲人听不出马洛之流所说的真理。"(Hawthorn 1997：165)然而这些术语的目的显然是要卷入读者的参与,利维斯明显将此视为是粗俗的。想象出"无法言说的仪式"所涉及的可能意义是叙述读者的任务(cf. Guerard 1966：59—61 and Toker 1993)。

这种叙述记录中的"空白"对现代读者来说并不陌生,人们只需要想到E. M. 福斯特(E. M. Forster)的《印度之旅》(*A Passage to India*,1924),另外一本关于不同文化相遇的小说。该小说围绕奎斯特德(Quested)小姐拜访马拉巴(Marabar)山洞时到底发生了什么这一不确定性展开。或者是电影《公民凯恩》(*Citizen Kane*,1941),该片一直纠缠于那句特指的"玫瑰花蕾"(Rosebud)造成的空白:这是电影的同名主人公临死之前说的话,该词是他为自己修建的豪华寓所取的名字;但即使是叙述后来揭示了"玫瑰花蕾"是他儿时出事之前乘坐的雪橇,而这件小事决定了他的一生,该词到底意指什么依然不清楚。然而叙述中的"空白"概念比这些例子所暗示的更为基础和根深蒂固。文学理论家沃夫冈·伊瑟(Wolfgang Iser)提出由空白构成的"不确定性"对于叙述是绝对必不可少的。对他来说,文学文本被这一情况所定义:正是文本的"不确定性",其在理论上"未完成"或仅"部分完成",从而大量掺杂着"空白",这意味着读者必须要"填充"文本没有言说的部分(Iser 1989：9—10)。例如,一个简单的句子"那个人沿着路走",看起来很明确,事实上省去了大量信息。它假设了关于这个人的一些问题:"他多大?""他的头发什么颜色?""他多高?";关于道路的问题:"路多长?""路上交通拥堵么?""是泥土小道还是公路大道?";关于行走的问题:"步伐有多么轻快?""往哪个方向?""那个人是否跛行?"文本的"意义"并非是预知的结论,而且读者的工作是文本性必要的部分。伊瑟通过类比勾画天上星座的过程而得出了明确的总结:"文学文本中的'星星'是确定的,而将其连接起来的线路则是可变的。"(1974：282)

如果关于那个人在路上的句子出现在叙述中,可能由于之前传递的符号和后来出现的符号,句子中的一些不确定性将被消除。然而文本的特性是不确定性,永远不会完全被消除;读者的工作只能是在一定范围内填充空白。不过,"空白填充"(gap-filler)是使叙述产生的条件。上面例子中这种句子的集合,当聚集到虚构性作品中时,将因此而产生伊瑟所说的"隐含读者"(1974：xii,278)。弄清楚这一点很重要,因为很容易想象作者的意图以某种方式通过简单的"传输",创造一种特别的读者或阅读,通过叙述的媒介,从一极到另一极,从发送者到接收者。然而伊瑟坚持叙述中的符号构成了再现(参考第一章),

而且叙述,作为读者空白填充活动的必然结果,绘制了一个世界,如果相信作者和读者之间有统一的意识,那么就无法分析这个世界:

> 阅读每一个文学作品的核心是其结构与接收者之间的互动。因此如果单只集中于作者的技巧或是读者的心理,那么关于阅读过程我们将知之甚少。这不是否认两极中任何一极的重要性,然而割裂的分析只有在传输者和接收者关系确定时,才能够确定,因为这将假定一个公共代码,以保证精确的交流,因为信息将只会单向传递。然而在文学作品中,信息是双向传输,因为读者通过生成信息来"接收"信息。这里没有公共代码,人们最多只能说公共代码在过程中兴起。(Iser 1989:31)

叙述结构不只是简单地代表了作者的声音。正如我们从一开始就强调的,叙述者也被卷入了过程中。然而早期的现代主义者在叙述中的创新很清楚地表明,除这两个实体外叙述结构还包含了更多。

叙述层次

《黑暗的心脏》承认使用不同的"叙述层次"。叙述者/马洛/库尔兹的分裂简单地说明了这一点。毫无疑问,促使分裂发生的自我意识成了重要的创新,特别是再加上20世纪早期"理性的自我"与"非理性的他者"这个主题。在叙述中这并不是一种新手法,但是它的确看起来是在暗示,就传播者而言,希望在现实主义中创造一种权威的叙述声音,以及我们在上一章中讨论过的对现实主义叙述的专制特性的批判,这在很大程度上都是徒劳的。虽然从常识的角度来看,这种常识在乔治·艾略特这样的小说家和 F.R. 利维斯这样的批评家那里可能是珍贵的,叙述的产生是靠勤勉、权威的个人,然后再由渴望和仔细的读者来消费,但是仔细推敲则会发现过程更为复杂。这一复杂性适用于所有叙述,尽管早期的现代主义作品尤为显著。

里蒙·凯南(1983:86 ff.)确定了以下叙述中的参与者,他们每一个看起来可能都协助了传输行为但是也同样可能干扰信息传输。被命名为真实作者和真实读者的经验实体,两者都是人类,出现在交流过程的两极(分别进行发送和接收)。他们在小说这种叙述虚构作品中与其他的传递者为伴,如下:真实作者、隐含作者、叙述者、(受述者)[1]、隐含读者、真实读者〔Rimmon-

---

[1] 原文如此——译者注。

Kenan 1983：86（略有改动）；cf. Gibson 1980]。

　　隐含作者是文本的组织原则，是负责文本材料按特定方式呈现的指路明灯：场景的顺序；叙述特定对象和事件而不叙述另外的对象和事件以及情节的结构等。在如布莱姆·斯托克（Bram Stoker）的《惊情400年》（*Dracula*，1987）这类小说中，叙述的产生是由于一系列文献如信件、日记和法律文书；因此很容易想象隐含作者是那个将所有的文献聚拢在一起的代理，他将文献按一定的顺序排列但自己置身于过程之外。而在其他小说中可能更难想象隐含作者的工作停止在何处而叙述者的工作又从何处开始。例如，众所周知 M. R. 詹姆斯（M. R. James）创作的很多故事都是由作者口头传输给朋友、同事和学生，他们在冬天的晚上聚集在牛津的国王学院。作为真实作者，詹姆斯尽力在其故事集的前言强调他没有一个故事是基于真实，这与故事可能给人的印象相矛盾，因为这些故事常常涉及真实的或是稍加伪装的地点，同时又采用第一人称叙述（1992a：ix）。例如《铜版画》（"The Mezzotint"）的叙述给人一种这样的印象：大学和大学聘请的学者们以及叙述中的关键人物艺术品销售商都是基于真实生活中的特定实体。隐含作者伪装他们的方式与叙述者的话语交相辉映。隐含作者将该大学描绘成一个鼓励打高尔夫球的学校，我们很难将这些表征与叙述者的叙述分割开来，叙述者很明显允许一些事物进入叙述而排除了其他，比如"茶是讨论会的伴随物，打高尔夫的人能够自己想象，但关于这一点，尽责的作家没有权力强加给不打高尔夫的人"（James 1992b：22）。叙述者不仅与隐含作者共谋，也瓦解了两个叙述层。他伪装为"有责任心的作家"来完成共谋，同时又期待不打高尔夫的受述者和隐含读者的合作。

　　那么严格来说，叙述者是叙述声音，用第一或第三人称来讲述故事，有时作为故事中的人物，有时甚至是全知的。下一个层次是受述者的层次，在前文出现在括号中；理论上来讲，受述者是文本叙述的理想对象实体，是一个不加批判地接受文本提供的一切的实体，对于文本提供信息的方式也全然接受。然而它被括起来是因为我们始终不可能将这个实体从隐含读者那里分离出来。从伊瑟的观点来看隐含读者是人格化的，因为它不是一个人，而是文本中空白填充的一个特定过程，是连接文本中"星星"的一套线路，一个真实读者可以选择接受或用自己的一套路线来替代。这样隐含读者和受述者在大部分的现实主义小说中好像是相同的，因为叙述者常常通过干预的方式直接对读者讲话或是追求全知。但是这一规则也有很多例外。例如乔治（George）和威登·格罗史密斯（Weedon Grossmith）的《小人物日记》（*Diary of a Nobody*，1892）的叙述者普特尔（Pooter）在讲述他自己生活中的"滑稽"事件时，显然在心里有一个特定的默认的受述者，一个非常像他自己的人。可以说，正是真正的读者超然于受述者，真正的读者能够意识到隐含读者的存在，才能在无趣的普特尔身上发现其乐趣所在。更尖锐地说，在《惊情四百年》这样的书信体小说中，苏华德（Seward）医生的临床日记摘录用一种适度超然的方式来向这些可能对他的病人兰菲尔（Renfield）的情况感兴趣的受述者叙述，这与他给另一个受述者范海辛（Van Helsing）发了惊慌失措的电报完全不同。确实，真实的读者可能对打高尔夫球感兴趣，从而对《铜版画》中叙述者预设不打高尔夫的受述者和隐含作者感到失望。

这套关系标出了西方传统中产生的叙述的一般坐标（co-ordinates），有些可能略有不同。在《黑暗的心脏》中隐含作者负责将叙述者、马洛和库尔兹的故事收拢。小说大部分的叙述者是马洛，但是他的叙述当然又是由一个主要的没有名字的叙述者叙述。反过来，这个没有名字的叙述者也是受述者，因为他也在内莉号上与其他的受述者一起听马洛讲故事。然而由于马洛的叙述构成了小说的大部分，而且被主要叙述者建构得真实和令人信服，则很容易将受述者与叙述的阅读，即隐含读者，合并起来。此外，可以想象隐含读者的位置在某些时候与真实读者是一致的。出于这个原因，叙述中的空白填充过程应该严肃对待。

伊瑟的叙述分析坚持认为尽管真实读者的阅读可能存在选择的因素，但是最终文本最重要的空白填充是根据预先规定的、给定的方式。由于这个原因，赫鲁伯（Holub）提出，伊瑟的理论核心存在问题是因为：

> 在这里和它处只有当自由并不重要时，才赋予读者自由。汤姆·琼斯是重了一磅还是两磅，高了一英寸还是两英寸，或者是他的眼睛是否为更深的蓝色，这些是留给读者的问题。我们在这些部分获得些许自由去填补文本的空白。但是当涉及小说各部分的意义或作品的整体时，伊瑟并没有留下偏离"确定信息"的空间。所谓不确定的信息常常好像只涉及琐碎的和非基础性的细节；然而关涉意义产生时，读者要么是按照先已决定的路径行走，要么就是误解文本。（Holub 1984：105-106）

但是更为有力的是，斯坦利·费什（Stanley Fish）完全颠倒了伊瑟的观点，他主张："文本中的星星是不定的，它们和连接它们的线路一样是变化多端的。"（Fish 1981：7）在费什看来读者在叙述中的空白填充工作与她/他理解真实世界所执行的工作并非完全不同。他提出"以媒介为渠道认识世界是我们唯一的方法"（1981：10），并论证世界的经验并不构成直接且不受限制的知识，而总是预先建构的。事实上文本提供"沃尔沃西"（Allworthy）这个名字与世界提供一个真实的苹果并无不同：对它的理解总是会卷入解释矩阵；在某种意义上，文本和苹果在进入她/他的解释前，其意义早已经部分决定了。

当我们参与感知行为会发生什么情况？这是一个大规模跨学科的辩题，费什和伊瑟都尽量只触及其表面。然而本书前面已经讨论过，叙述在记忆这种复杂但又基础的精神行为中起到了重要作用。很明显费什关于人类与世界的互动是先在结构决定的这一观点是中肯的。此外，费什的工作致力展示叙述的解释如何总是与"解释社群"相关，该社群认可一些解释而排斥其他解释（参见 Fish 1980）。这一点暗示因特定的形式和社会规则，叙述所要求的空白填充会遵循特定的方式发生。

如果要找一个例子来帮助理解叙述中的空白填充过程中的关键问题，可以考虑众所周知的电影《外星人》（*E. T.：The Extra-Terrestrial*，1982）。显然电影所包含的故事是关于一个仁慈的甚至可爱的外星生物，他被困于地球，而一个美国小孩艾略特（Elliot）[亨利·托马斯（Henry Thomas）饰]收留了他。艾略特照顾这个生物并最终让他可以回到太空飞船上去；但是他的任务充满了危险，因为美国政府机构的各个人事部门也渴望能够了解外星生命。该叙述非常传统，在于它包括了一场个人的探索和旅行、无数离题、一种强烈的"单纯"（innocent）身份观念、各种磨炼和苦难，以及在这个案例中个人的胜利。

伊瑟对电影中不确定性的评论有些问题，他指出像《外星人》这种电影中的叙述与书面文本相比允许更少的空白出现。然而，即便正确，也很难否认在该电影中存在一些巨大而明显的空白，这些空白来源于在整个叙述中，那些政府人员无法辨识。在叙述的"传统"阅读的语境下，这一点是有道理的，因为官僚力量缺乏个人特征，与电影中艾略特和其他孩子的人类个体性形成了明显对比。然而空白可能用其他方式来填补，这也并非是不可想象的。在"症候式"阅读中，据称是要调用怀疑阐释学（Ricoeur 1970：32）、阅读边缘（Derrida 1984）以及识别叙述中的裂缝（Macherey 1978）。有人可能会问这样的问题，如"为什么政府人员要追这个生物？""如果可以追到这个生物并说服他为政府提供意见会不会对人类来说是有益的呢？"以及"为何要如此强烈地描写成人世界的复杂性来与孩童的简单构成对比呢？"那么要填充这些政府人员个性特征所用的方式将会与传统的或"隐含的"阅读所采用的填补方式完全不同。

毫无疑问，不同规则的阐释方式会导致"不同的"空白填充，而叙述并不

会明确激活这些规则。这是说明真实读者与隐含读者相冲突的一个实例。此外，这种阅读所涉及的规则来自叙述结构之外的特征：普遍的态度、价值观和经验。然而这也揭示了关于叙述本身的一些重要问题。费什可能会主张具体的叙述阅读将源自一群人的态度、价值观和经验，他们有共同的社会因素，也就是说，是一个解释群体。这些读者将他们社会生活的各方面带入与叙述的互动。然而除此之外，一个解释社群会共享阅读实践，会用同样的方式去填充叙述的空白（参见，例如 Radway 1984）。那么从这点应该很清楚地看到追溯叙述的历史，帮助我们去了解读者是如何理解叙述符号的。这一实践无须塑造和重申自己的身份，无须坚信个人主义神话，也无须统一的人类认识。

叙述时常好像直接展示或讲述事件，而且是通过传输行为从一个固定的地方传递到另一个地方来完成。在《黑暗的心脏》中，对模仿的采用遵循了一种熟悉的方式这不假，而且确实叙述几乎完全是内莉号上的叙述者对马洛的讲述的模仿性描述。然而这点引发了关于再现的问题。我们通过讨论叙述分层和空白填充来处理这些问题，我们虽然是通过讨论叙述分层和空白填充来处理这些问题，但是很容易理解不同的分析方法如何回答小说提出的这类问题，如"事件的真实版本是什么？""是谁的真理？"甚至是"什么是真理？"有意识地巧用叙述层次之间的关系预示着文化理论家们所说的"现代主义"的来临，尽管这并非是说 19 世纪末之前没有注意到叙述层次。中世纪的叙述生产者，如乔叟，当然已经意识到了这些关系；可能这种意识可以一直回溯到荷马。然而，要弄清楚的是，不同叙述层次的明显存在让一般的传输模式在所有叙述形式中站不住脚。《黑暗的心脏》只是那个时期众多的叙述之一，它们通过在叙述结构中引入创新来质疑传输概念。意识和叙述层次的问题在 20 世纪初的几十年里随着新叙述技巧的引入而更加激化。

第六章　现代主义与电影

詹姆斯·乔伊斯（James Joyce）1916年出版的小说《青年艺术家画像》讲述的是关于人物斯蒂芬·迪德勒斯（Stephen Dedalus）早年和青年时期的故事。小说是如下面这样开始的：

> 从前而且那时正赶上好年月有一头哞哞奶牛沿着大路走过来，这头沿着大路走过来的哞哞奶牛遇见了一个漂亮的孩子他的名字叫馋嘴娃娃……
>
> 他的父亲跟他讲过这个故事，他父亲从一面镜子里看着他，他的脸上到处都是汗毛。
>
> 他那会儿就是馋嘴娃娃。那条哞哞奶牛就是从贝蒂·伯恩住的那条路上走过来的：贝蒂·伯恩家出售柠檬木盘子。
>
> 哦，在一片小巧的绿园里，
> 野玫瑰花正不停地开放。
>
> 他唱着那支歌。那是他自己的歌。
>
> 哦，绿色的麻玫开放开放。
>
> 你要是尿床了，你先觉得热乎乎的，后来又觉得有些凉。他母亲给他铺上一块油布。那东西有一种很奇怪的味道儿。
>
> 他妈妈身上的味道比爸爸的好闻多了。她在钢琴上演奏水手号角歌，他就跟着跳舞。他这样跳着。
>
> 特拉拉拉，拉拉，
> 特拉拉拉，特拉拉拉底，
> 特拉拉拉，拉拉，
> 特拉拉拉，拉拉。
>
> 查尔斯大叔和丹特都鼓掌了。[①]（Joyce 1964：3）

初看好像毫无意义。句子和从句没有逻辑联系；第一个句子是没有标点的

[①] 译文参考詹姆斯·乔伊斯：《青年艺术家画像》，朱世达译，上海：上海译文出版社，2011年。

漫谈；有些单词在英语词汇中并不存在，如"nicen"或"botheth"。然而，尽管有这些语言和逻辑矛盾，还是有可能从这篇引文中读出些意义。很快就应该清楚该事件序列是从一个小孩的视角来叙述的，他并非试图使世界有序，而是围绕他的大量感觉和冲动来呈现世界。因此小说的第一页是试图忠实地再现孩子的经验。

乔伊斯的叙述以人物的思想开头，即刻就显示了其目的。在分析弗吉利亚·伍尔夫的小说《致灯塔》（To the Lighthouse，1927）的事件序列时，奥尔巴赫（Auerbach）描写了相同的过程，通过不同的个体在不同的时期接收到的不同主观印象来接近客观真实（1968：536）。在评论人物的声音似乎通过某种方式支配和掩盖了叙述声音时，他指出：

> 事实上，小说之外似乎没有视点来观察小说内的人物和事件，而不是说人物的意识之外似乎存在客观现实。（Auerbach 1968：534）。

显然，奥尔巴赫是在暗示19世纪小说家所青睐的全知叙述者缺场，尽管这并非是说叙述者的声音消失了。我们在第五章所讨论的《黑暗的心脏》中关于法国炮船的例子展示了当地居民的声音与法国人的声音不同是因为它们运行的环境不同。然而马洛用他那几乎是充满怀疑的声音让事件可以被叙述出来。尽管他"重构"了事件，但作为只见证了事件表面的人物/叙述者来说，他永远不可能是全知的。

巴赫金认为小说这种文类中各种声音的产生非常重要，也确实是不可避免的；然而某个声音能够出现必须要有"第二个"声音的出现，能够与之拉开距离并赋予它身份，比如叙述者或另外一个人物（参见 Hirschkop 1999：93）。《青年艺术家画像》中的例子确实是呈现了幼童的习语，因此允许一种社会情境化的声音（situated voice）被听见。但在叙述的过程中，孩童的习语嵌入了使用更为成熟习语的叙述者的声音中。因此人物史蒂芬在与叙述者的关系中呈现出了不同的声音，这是根据他在不同的情境中发现自己处于人生的不同阶段，这并不意味着叙述者是全知的；反之，史蒂芬的声音总是处于具体的情境中，在叙述者和人物的声音之间总是存在一种张力，因为他们彼此不能够了解对方所处的整个社会情境。

《青年艺术家画像》例证了"现代主义者"认为人类意识由无数的力量决定，远远不是由自我认知来统一。如果连完全认知自我的可能性都被否定了，那么全知主体这个概念声名扫地也就不足为奇了。布伦纳（Bruner）提出"不同的人从不同的角度来认知'外部'世界存在固有的矛盾"，而现代小说对全知叙述者的摒弃则提高了感知这种不同矛盾的能力。"主观"叙述技巧既然像奥尔巴赫所描述的那样似乎既接受了意识的增殖，又使人质疑参与统一而稳定的公共生活的可能性，那么有两点需要记住：第一，情境化的声音所体现的人物意识总是与一个"其他"的声音相联系，因此他们的声音不可能是"独白性的"；第二，在叙述中，由于"其他"声音通常属于其他人物，总有另外一个声音来自叙述者，他不一定非要是全知的，也不可能控制所有其他声音。

乔伊斯和伍尔夫的叙述明显承认人类意识和经验的多面性，这是"现代主义"的特征之一。然而现代主义从叙述和更广阔的语境来看是一个难解的矛盾现象。一方面，它包含对以前一系列思想的抵制，特别是19世纪的思想。彼得·尼科尔斯（Peter Nicholls）指出诗人如艾兹拉·庞德（Ezra Pound）和艾略特（T. S. Eliot）以及小说家如温德汉姆·刘易斯（Wyndham Lewis）体现了一种现代主义，他们攻击现代性，特别是其民主的再现方式、工人阶级的兴起以及"群众生活"。这与他们鄙视19世纪试图通过模仿形式来呈现社会生活的连贯性齐头并进（Nicholls 1995：251）。因此现代主义者如尼科尔斯所描述的，个体自我需要被视作"封闭的、自主的和反抗性的"，要脱离现实主义再现呈现的公共生活的粗俗。同时，这些思想家认为将个人的浪漫主义观点视作"真实"同样也已过时：自我是复杂文化传统的产物。

另一方面现代主义强烈地感知到：近来人们认识到身份是复杂的、建构的和缺乏统一性，这一理解促进自我认知概念的发展向前跃进了一大步。布拉德伯里（Bradbury）和麦克法兰（McFarlane）简略地列出了现代主义源于科学、哲学和近来的历史文化事件的特点，提出现代主义从海森堡（Heisenberg）的"不确定原则"来看归因于：

> 第一次世界大战中文明和理性主义被摧毁，马克思、弗洛伊德和达尔文对世界的改变和重新解释，资本主义和持续的工业化加速发展，对无意义和荒诞的存在主义揭露。这是技术的文学。艺术归因于对公共的真实和传统的因果概念的废除，对传统的个体人物整体性概念的毁灭，也归因于当公共语言概念遭到怀疑和所有的现实变成主观性的虚构时所发生的语言混乱。（Bradbury and McFarlane 1976：27）

以上描述从各方面攻击了以前对现实的理解。然而如前面《青年艺术家画像》中那看似无逻辑的引文一样，每一种攻击内部都呈现了一种对世界更高的认识。

开篇时引用的乔伊斯小说中的例子含有这样一个假设：小孩零星散乱的思

想值得呈现，这样可以更完整地认识孩童如何发展为成人。这并非是一个新的概念；然而，乔伊斯在叙述中重现该主题则表示了对探索人类能力的一种新信仰。照此，它与心理分析有密切的关系，而心理分析产生于西方对身份产生自我怀疑之时，并非是巧合。

那些对弗洛伊德的研究缺乏认识的人容易认为它通过研究孩童时期的事件来寻找关于成年人心理的答案。弗洛伊德相信如果这些事件能够被记住，那么成年人在有条理地回顾其经历时会赋予这些事件一种逻辑或融贯性。这对于21世纪早期的人们来说可能不算什么：现在人们理所当然地认为人类个体发展与特定的精神状态息息相关。同样，心理疗法的作用，源自弗洛伊德开创的心理分析和其关于人类发展的论断，对病态精神状态的治疗方法有如此深远的影响，以至于现在成了消费选择的社会观念的一部分（参见 Knight 1986 and Kovel 1990）。然而，在20世纪早期，弗洛伊德的洞见典型属于"现代"。

精神分析的"现代"特性对理解从全知的叙述者到奥尔巴赫在对伍尔夫的评论中所描述的多种自我声音的这一转变非常重要。在19世纪中后期之前，精神疾病通常大都通过监禁来治疗，特别是对于重症病人（Foucault 1971）。很多年来，人们都坚持认为精神病是因为恶魔附体。事实上，早期精神病学也常常使用与"驱邪"对应的一个术语——"黑暗科学"（Masson 1986）。在工业资本主义的支配下，科学可能足够进步到能够引入蒸汽引擎和高度自动化的工厂，甚至是自然科学，如医学，也可能发现不同疫苗的功效，但是精神的活动方式以及了解和治疗它们的方法仍然是知识进步的一个巨大的象征性障碍。可以理解，精神生活领域的发展更加促进了对技术的信心，从而在西方世界的每一个角落为了征服自然都引入了技术。

随着精神分析的发展，并且在梦里和日常生活中都发现了关键证据，直指存在"无意识"这个富饶领域（Freud 1976b），弗洛伊德和支持他作品的同仁逐渐增长了对开启新时代的信心。在他1916年的《精神分析引论》（*Introductory Lectures*）中，弗洛伊德认为人类遭遇了"科学的两个主要打击"。第一个打击在一定程度上来自17世纪的哥白尼革命，意识到地球不是宇宙的中心而只是无法想象的巨大宇宙体系中一个非常微小的部分；第二个打击是生物研究与达尔文相联合共同证明了人类的祖先是动物；第三个"而且是最致命的打击"将会来自当代的心理学和精神分析研究，它们试图说明人类自我甚至在自身的寓所内都不能做主（Freud 1973b：326）。那么精神分析表示人类在认知自我方面迈进了一大步，这与人类"自爱"（self-love）截然相反。自我认知的其中一个关键是了解童年，特别是性在人类形成中的作用。

从这个规则来看，精神分析毋庸置疑成了儿童成长为成年人的回顾性叙述。然而在这个时期，精神分析叙述中的自信所包含的狂妄自大并非是独一无二的。一般而言，科学，特别是通过新科技的发展而展现出的成功，实现了一种人类进步和知识的叙述。确实，在传播领域，19世纪末和20世纪初的科技发展带来了最切实的进步：在电报（1837）、摄影（1839）以及打字机（1873）之后又随之而来的电话（1876）、留声机（1877）、无线电（1895），以及1895年后，可能成为20世纪主要的叙述——科技电影。

用光写作

对电影中叙述问题的思考可能并非像初看起来那样是个简单的任务。毫无疑问，电影与口述及书面叙述一样，是一种再现形式。然而它主要是视觉性的，这一点倾向于认为电影应该与戏剧、摄影和绘画归为一类，这些形式本身也能够体现叙述。根据第一章列出来的布伦纳的叙述标准，叙述电影不言而喻包含了以下特征：(a) 一种强调人类主动性或行动力的方式；(b) 某种事件序列；(c) 一种什么是经典、传统或什么被允许以及什么不是经典的观念；第四种标准，(d) 叙述者的视角会造成问题。由于其视觉性特征，查特曼主张大多数电影"不用通常意义上的语言来'讲述'故事"（Chatman 1990：124）。的确，作为当代最有影响力的电影分析大师之一，大卫·波德维尔（David Bordwell）坚持认为电影没有叙述者。对他来说，"非给每一部电影都设置一个叙述者不可是沉溺于一种拟人化的虚构"；对于电影叙述，反之"最好是理解为构筑故事的一整套组织指令"（1985：62）。

波德维尔得出这样的结论不无道理。根据他的观点，情节（sjuzet），即组织故事的方式，帮助电影观众推导出故事（Fabula），即故事的"原材料"或故事的行动过程（Bordwell 1985：49—53）。此外，休热特本身成为一种跨越大量电影的标准或模式，因此在电影的生产过程中个体的作用在很大程度上变得无关紧要（1985：147—334）。显然，在叙述分析中应该强调共同习得的阅读实践以及读者如何将文本之外的知识现象带入阅读过程。然而必须明白波德维尔的著作所关注的时期正是电影生产受叙述支配的那个时期，大约从1917年直到20世纪60年代（参见Bordwell等，1985）。如果电影的历史可以分为两个主要的创新阶段，那么它大概包含从1985年到1917年，这是一个快速发展和改变的时期，这个时期本身也由两个时期组成，主要是从以"非叙述性"电影为主（1895—1908）到叙述技巧的出现（1908—1917），再加上从1917年

到20世纪60年代,即"叙述"电影的时代,这个时期没有看到根本的变化或创新(Elsaesser 1990:408)。有趣的是,在1895年到1917年间,在变形成一种言说型叙述(enunciating narrative)形式之前,电影作为一种现代技术,它的演变揭示了大量关于"叙述者"的作用以及有关其他叙述层次的信息。

必须记住早期的观众是去看机器演示而不是去看电影(Gunning 1990a:58)。电影史学家巴里·索特(Barry Salt)提出观众唯一绝对的要求就是电影要拍摄(和印刷)得非常清晰以及要正确曝光(1990:31-32)。电影是一种记录和重现时空瞬间的新技术而不是一种叙述媒介。电影以前不是由录音和动画构成的,而是由大量静止的照片构成,而现在现代摄影机可以每秒曝光24帧画面。作为现代技术的产物,早期的单镜头电影(one-shot film)常常涉及记录现代生活的细节以及其他新技术。最有名的是卢米埃兄弟的演示,《火车来了》(L'arrivee d'un train en gare)演示了火车到达的特点;但是当时也有很多其他单镜头电影致力演示其他交通工具的离开、乘坐和到达(参见Christie 1994:31-36)。毫无疑问,"旅行"的概念成为叙述传统中的一个重要部分,绝不仅是巧合,而是与叙述学的自身发展过程密切相关。

1906年前早期大多数的电影都是"纪实型的",记录真实的事件。然而当事件上演,电影展现了与戏剧的密切关系,也增长了对奇观场面、建构的情境和舞台造型的要求(Brewster and Jacobs 1997:8,29)。此外,电影提供的奇观场面与印刷鼓励的那种孤独的愉悦大有不同。电影放映允许大量群众在公共领域一起消费电影,且这种经历是可以重复的。美国便宜剧院的快速发展,如"五分钱戏院",加速了电影成为一种大众媒介的进程,并创造了更为明显的"解释群体"。但是叙述尚不支配解释活动,如克里斯蒂(Christie)关注到:

> 最早期,直到1907年之前没有人是为了去看特定的电影。他们是为了去看电影放映机、摄影机和移动的图片(moving pictures)、廉价戏院:在可辨识的作品和它们的创作者出现在历史中,并要求自己有一席之地前,它只是一个地方和一种经历。(Christie 1994:8)

电影诞生后的至少前八个年头,电影严格意义上不是以叙述为基础的,而部分"电影院的吸引力"(Gunning 1990a)是呈现奇观和类似于魔术或幻境的场景(Gunning 1990b:102)。尽管如戈德罗(Gaudreault)建议,任何单镜头电影都是叙述,因为它呈现了一系列至少是类似于开头和结尾的事件,但是最早的电影缺乏组织,而这是叙述形式通常应有的属性(Gaudreault 1990a:71)。

早期电影的关键问题是叙述者的作用。戈德罗断言"在电影刚出现的时期没有电影叙述者"（1990a：73）；但是在我们讨论过的术语中，必然存在隐含作者，因为某个代理选择了特定的对象从特定的位置以及在一定的框架内来拍摄。随着多镜头电影的发展，这一实体的作用变得更为清晰。

无论如何，戈德罗通过术语"展示"（mon-stration）来探讨叙述者、隐含作者和真实作者的作用（1990a）。早期的电影显然是由"展示者"来向观众"展示"，他在摄像机后面或在电影院中操作，他的作用更近似于马戏演出指挥而非那个沉思的叙述者。即使是在早期关涉电影剽窃的法律案件中，也无法确定哪些明确的主体共同参与创造了在审议中的人工制品的独特性（individuality）。然而，所做的判决暗示事件序列中摄影框架的特定组合与单张图片都应享有版权（参见 Gaudreault 1990b）。多镜头电影显示出电影生产中有主体能动参与，但展示过程在电影院仍然在继续：除了戏院的现场音乐，电影直到约 1910 年都常常伴随着现场"展示"，即戏院中的讲解者对情节发表评论。因此讲解员的工作有点像叙述电影中的画外音承担的工作（Gaudreault 1990c：280）。另外，电影镜头说明还可以采用字幕卡片，包括对话或对情节的评论；然而由于胶片是按码出售，过多采用字幕卡会十分昂贵。

来自摄影机背后的"演示"无可否认是一种展示行为。照此，采用演示是为了模仿，它常常给无声的再现加入人的声音，作为一种进一步展示和类似于讲解员的口头讲述。20 世纪前几年，尽管出于一系列原因，电影开始发展"内在"的讲述方式，亚里士多德和柏拉图可能将此种讲述的代理叫作"诗人的声音"，但它更多的是一个与叙述层次相关的流动种类的问题。大概从 1903 年到 1906 年，最流行的电影种类之一是"追逐片"（Salt 1990）。很简单，这涉及一个人追逐，或逃避另一个人，有时是在车里。戈德罗注意到追逐电影中不需要讲解员，因为情节非常清楚（1990c：278），而且这种明确性是因为"追逐和被追逐的人总是在同一个镜头中，而在对因果关系或连续行动的再现中，空间融贯总是有绝对的优先权"（Elsaesser and Barker 1990：296）。在这种电影中，艺术有局限性是显而易见的。另外，在"非追逐"电影中，插入字幕卡仍然十分昂贵，而采用讲解员的方式也依然显得累赘。那么追逐电影和非追逐电影两者都获益于将一种组织原则引入电影的制造中。这一组织原则被称为"平行剪辑"（parallel editing）或"交叉剪辑"（cross-cutting）。

尽管平行剪辑出现在电影制作人格里菲斯（D. W. Griffith，1875—1948）的主要创新之前，但显然他与平行剪辑的发展休戚相关（参见 Gaudreault 1990d：133 and Salt 1990：39）。平行剪辑涉及描述一个序列中同时或近乎同时发生的行动（actions）。例如，在追逐电影中，平行剪辑可能涉及在一个单镜头中被追赶者单独在镜头内急跑,随后在另一个交叉剪辑的镜头中他/她的追逐者正逐步赶上她/他。这一过程可以扩展成比这种情况更为复杂的场景。刚宁(Gunning)提出,"借平行剪辑,格里菲斯能够通过打断情节和延迟信息来制造悬疑,做出道德判断、强调人物的欲望和揭示动机"(1990c:345)。通过使用平行剪辑和其他叙述手段,格里菲斯补充了电影的模仿特性,如里克特(Richter)所说,废除了"来自小隔间的视角"(1986:75)。他电影中的特写镜头包括同时发生在背景、中台和前景的情节。在电影中,我们通常拉开一段距离观察场景中的人物,人物的情感通过他们多样化的、富有表现力的、戏剧化的动作得以表达。格里菲斯的电影经常使用特写镜头来展现演员脸上表现出的情绪。总之对更为细节性和不同角度的镜头的剪辑行为,以及对新场景的剪辑行为显露了电影中叙述代理的工作痕迹。

这一叙述方法的标准化发生在1908年到1917年之间,由于其他的重要发展,它也不断增加。电影制作人开始关注的对象不再是真实的事件、新闻、歌舞杂耍和俗套的滑稽戏。他们开始改编西方传统中的主要小说,在一定程度上是作为吸引资产阶级阅读大众去电影院的策略,他们要求叙述中包含更复杂的人物心理(Belton 1994:12—13)。1910年电影规划中开始启用专门创作的脚本(Chanan 1996:243),而且也出现了电影叙述中关于所谓"风格"的发展:摄像角度、距离和运动、灯光、音乐伴奏和除交叉剪辑以外的剪辑技巧。20世纪的第二个十年,电影显然是作为一种再现被体验,或是情节作用于故事。斯维安(Tsivian)注意到典型的俄国电影观众认为电影形式断断续续得到发展:

> 例如《投影机》(*The Projector*)中的批评家在回顾了拉迪斯洛夫·斯塔维奇(Wladyslaw Starewicz)《激情与苦难的火焰》(*In the Fire of Passion and Sufferings*)后指出了他所认为的电影叙述悖论:"在不同地方摄取了情节,但同时你还是感觉到重要的场景被遗漏了——例如,音乐会场景的缺场,你所能看到的只是随后的喝彩。"(Tsivian 1994:165)

新的叙述媒介所遭受的早期观众的质疑类似于18世纪小说所遭遇的质疑。《项狄传》对早期小说进行了含蓄的批评,其要点与斯维安在谈到俄国电影观众时所做的评价是一致的:普遍观点认为电影不能够将重要的事件从琐碎的事件中区分开来(1994:185)。

无疑地,叙述电影在1917年前要为确立自己的地位而奋斗。在视听生产中现在被认为是透明和理所当然的方式,人们需要一定的时间才能理解和接受。其中一个例子是"库里肖夫效应"(Kuleshov effect)。这个效应根据俄国电影制片人命名,它在于"任何一系列镜头在缺乏远景镜头的情况下,提示观众根据看到的部分空间来构筑空间整体"(Bordwell and Thompson 1993:258)。观众并非自动就接受了这个效应,他们不习惯在特写镜头中只看到两个演员,也不习惯就像在剧院一样,只看到情节发生的房间或街道。同样,在20世纪20年代初,电影"蒙太奇"手法的主要创始人谢尔盖·爱森斯坦(Sergei Eisenstein,1890—1948)在使用这一现代几乎是无所不在的电影手法时也必须要进行说明。他的电影是把那些彼此无关联的镜头通过连续编辑构成。例如,爱森斯坦的电影《战舰波将金号》(*The Battleship Potemkin*,1925)中的一个序列是关于一个石狮跳起来抗议的意象,但是由"3个镜头组成,包括克里米亚阿鲁普卡宫殿的3头静止的石狮,一头沉睡的狮子、一头苏醒的狮子和一头起身的狮子"(Eisenstein 1985:112)。尽管狮子的镜头只涉及情节发生的部分场景,但显然它们唤起了关于革命者力量的形象,他们的行为包含在前后的镜头中(cf. Lothe 2000:70)。一个更直接的例子可能来自2000年拍摄且连续上演的英国电视剧《加冕街》的其中一集:在当地超市发生的营救人质案中,警方的神枪手们被招到现场,其中一个镜头中两个警探向商店移动,枪已备好。两个警探的身份甚至是他们的性别都被身上武装射击部队的制服掩盖了。下一个镜头拍摄的是商店里人质的脸,但开始略微在超市经理的身上徘徊。即使观众没能建立蒙太奇镜头的联系,后来肯定也会清楚那位在先前镜头中身着制服、全副武装的警探,也是叙述中的另外一位普通人物:她碰巧是超市经理的女朋友。

毫无疑问单个图像在这样的序列中从其定位来看是"模仿"的,它们展示事件。然而它们的并置并非是简单地展示两件单独的不相关的事件,而是产生了新的意义。给两个人物之间制造联系,显然是一种叙述行为,而警探的身份一开始被掩藏了。如伍德(Wood)所说,调用一个语言学隐喻,"当我们将两个镜头并置时,我们便有了句法"(1999:222),不同元素之间的联系可以在实践中认知。似乎在书面印刷的白描式小说中,表面看来无关的句子构成的看似简单的序列与蒙太奇有直接的相似之处(参考第四章)。在某些情况下,这些也会引发因模仿而产生的意义之外的意义。也就是说,就像电影图像,书面叙述中的句子并不是简单地呈现事件和人物;他们也将事件和人物再现为"有关联",再现那些不称为事件和人物的事物。这些事物包括各种现象,诸如思想、动机,重要的是再现对象之间的联系。

电影开拓了另外一种并置,关涉"时间"的并置而不是"空间"的并置。

这同样也与书面和口头的叙述相类似。电影叙述的"时间顺序",其故事(Fabula)的排序可能被认为是"ABCD";然而倒叙可以将其改变为"BACD"。一个人物可能会停下来思考一会儿。随后,她/他所思考的,如来自他/她童年时期的场景在回到人物所处的现在之前被叙述出来。例如电影D. Q. A.(1950;1988年重新制作)包含了一整个倒叙。在这个倒叙中一个人重述了围绕他摄取致命毒液的相关事件,因此是一个 CABD 的序列。当然《奥德赛》在 2500 多年前就已经大量采用了倒叙技巧(特别参见 Books ix – xii);但是这一方式变得与电影密切相关。

同样,电影有时候会使用与倒叙相反的"预叙"。这种情况下时距是:AB 然后 D,紧随着 C(Bordwell and Thompson 1993:70-71)。众多电影中使用了预叙,其有趣之处在于它时常与人物心理联系在一起而不仅是再现事件。在《现在勿看》(*Don't Look Now*,1973)中,要么是出现了一段预叙,要么就是主角在幻象中看到三个哀悼者,包括他的妻子,在威尼斯的一个葬礼上,那是他在电影结尾场景中被杀的地方。更矛盾的是,《基督的最后诱惑》(*The Last Temptation of Christ*,1988)所描述的要么是一个叙述,要么是一个欲望的幻想,是耶稣基督在十字架上经历的:该场景描写了耶稣还活着,娶了玛利亚·莫大拉,建立起了一个家庭的故事。在这些例子中,叙述手段可能被认为是"接近"甚或与人物心理或视角"密切相关"。确实,大多数电影要求人物对事件的理解成为叙述的基础,是因为正如波德维尔和汤普森所说的"时距"(temporal duration)(1993:71)问题:叙述中的故事可能来自一个情节,此情节进入过去,甚至进入一段主角尚未出生的时期,就像是小说《雾都孤儿》中一样(参考第一章)。

因此电影的现代技术建立了自己强大的叙述手段。特别是在 1917 年之后,叙述电影也使人物心理成为其运行不可或缺的重要部分,已然到达了这样一个程度,电影描写人物的"主观模式",即从接近主角的位置来呈现事件,常常与现代主义书面叙述相类似。然而电影保留了它的传统部分,特别是戏剧性和公开展示的定位。事实上,如刚宁所示,电影中的混合影响使这些现代主义者很烦恼,例如意大利的"未来主义者"菲利普·马里内蒂(Filippo Marinetti),他高度颂扬技术的力量。对他们来说,媒介潜力令人激动,但是也因为其依然受制于传统形式如戏剧和文学而令人失望(参见 Gunning 1990a:56)。如波德维尔所说,可能是电影的这一双重性让人很难确定电影的"现代主义"是什么(1985:310)。

然而电影混合的传统以及其叙述手段也可以被看作电影现代地位的本质。

纵观整个电影史，电影叙述的一个突出特点是它没有显露出全知、支配性意识的痕迹。作者的权威和合法权利随着书写叙述的兴起特别是紧随着文艺复兴之后稳固地建立起来。然而早期的电影叙述显然不单单是电影脚本作者的产物。就戏院来说，需要考虑到演员的工作、筹划和投资电影生产的出品人的工作、布景设计者的工作，灯光工程师的工作，特别是导演的工作。确实在20世纪后半叶，批评家们时常试图特别强调电影导演的支配作用。最显著的是法国电影批评家提出导演作为电影叙述"作者"（auteur）的概念，一个相对自由的叙述意义的创造者，凭借他/她对图像的并置、摄影视角、灯光、声音和布景的选择来创造意义。这一概念流行的程度是相当大的，特别是在传统的学术圈，导致把电影视作导演的产物或"所有物"。必须说，本书在这方面的观点也不例外。

不过与"作者"论相反的观点是电影导演的工作是在严格的经济限制下，用特定的技术，采用叙述手段相对固定的技能并与各种各样的人员合作的结果。此外，对于观众来说叙述中创作最重要的部分不是导演，而是演员、编剧、体裁、出品人或在某些情况下是出品公司，例如在20世纪40年代到20世纪50年代英国伊令工作室（Ealing Studio）出品的电影。无论如何，这些因素没有阻止电影叙述的实验，没有阻止摄影技术对虚构电影粗俗的自然主义戏剧风格的反抗（Richter 1986：59），也没有阻止对建构电影作者身份的尝试。

电影与现代主义

根据尤里·斯维安（Yuri Tsivian）的观点，早期的俄国电影制作人开始改编经典俄国小说，但很多经典小说极长，为了节约长度，并且预期观众早已熟知了叙述，电影常常只包含关键场景。斯维安认为对于观众来说，电影就像现代主义叙述（1994：166）。因此连续性被场面（spectacle）取代，再现被前景化从而省略了诸多事件。然而20世纪前60年，对电影的叙述连续性和融贯性最审慎的抨击主要来自超现实主义。超现实主义是一场包含绘画、电影制作、表演以及特别是写作的运动。超现实主义主要关心的是弗洛伊德的无意识多面性，最重要的是认为意识的再现模式并非是人类唯一可获得的再现方式（参见 Gershman 1969；Germain 1978；Rosemont 1978；Jean 1980；Alexandrian 1989；Breton 1991；Stitch 1991）。波德维尔和汤普森提出"超现实主义电影明显反叙述，攻击因果律本身"（1993：465）。

最有名的超现实主义电影可能是《安达鲁之狗》（Un Chien Andalou，1929），它是由画家萨尔瓦多·达利（Salvador Dali，1904—1989）和电影导演路易斯·布鲁埃尔（Luis Bunnuel，1900—1983）制作。电影长17分钟，描绘了由数量有限的演员出演的一系列场景，谱曲是来自瓦格纳的歌剧《特里斯坦与伊索尔德》以及探戈。布鲁埃尔不下一次说过电影选择的图像完全无意义，它们的意图是排除"所有叙述意义，所有逻辑联系"（布鲁埃尔引用自Etherington-Smith 1992：115）。这样的陈述邀请观众对场面进行各种解释，而自电影第一次拍摄以来各种解释层出不穷。事实上，电影缺乏传统的方式来表示因果律，有时还缺乏表示时间和空间的方式，似乎鼓励对意义进行猜测。

在第一个场景中一个男人布努埃尔（Bunuel）准备了一把剃刀，随后他没有给任何人刮胡子，而是割开了女保姆的眼睛。当他这样做的时候，出现了一朵云穿过月亮的图像。这种图像让人印象深刻，但不止于此，因为月亮通常让人联想到疯狂或"精神失常"。此外月亮是一个球形物体，就像是第一个场景中的眼睛以及观众用来看电影的眼睛。对图像的这一解读已经引起了联想，因为缺乏叙述来支撑一个稳定的解释。例如，图像清楚地展示了刺穿，而"刺穿"常常是性交的类临床（quasi-clinical）的同义词。

然而割开眼睛可能也是回应对弗洛伊德来说十分重要的俄狄浦斯神话的高潮部分（1976b：363-365）。在索福克勒斯（Sophocles）的戏剧《俄狄浦斯王》（King Oedipus，429-420 BCE）中，同名主人公发现他不仅在无知的情况下谋杀了其父，而且他娶之为妻，又为他生了两个儿子、两个女儿的女人——伊俄卡斯忒，是他的母亲。惊骇之余，俄狄浦斯毁灭了他身体的一个球形器官，他的眼睛，但事实上造成乱伦伤害的是他的另一个身体部位，精子的生产者——睾丸。惩罚眼睛而不是睾丸，弗洛伊德在梦的分析中会将其称作"移置"（displacement）（1976b：314 ff.）。一个意象引起的情感被移置到另一个看似无害的意象，没有挖出令人不快的器官——其睾丸，取而代之，俄狄浦斯将自我攻击移置到眼睛。

这种对电影图像"性"的解读无疑是符合前文对"刺穿"的评论的。此外，在该场景中是一男一女卷入了现场事件。再仔细看该电影会发现，这个男人在第一部分的镜头中穿了一件无领的衬衫，特写镜头让观众看到他在用剃刀割开保姆眼睛的时候扎了一条大小发生了变化的条纹领带。人们通常认为，弗洛伊德在他的《精神分析导论》的一些分析中的确涉及阴茎和阴道的象征，尽管方式有限（1973c：187-199）。领带这样的意象在精神分析中只是很小的一个工具，似乎在这里它是明显的阴茎意象。无论它是什么意义，割开眼睛包含了很多不同的解释可能，因此成为梦境过程的一个例子，弗洛伊德将其称为"凝缩"（1976b：383—413）。

没有确切的原因，下一个场景描述了一个戴饰品的人骑着自行车的形象。显然这个骑自行车的是个男人，但他却戴着"女性"化的饰品。这可能是指弗洛伊德关于人类性发展的观点（1977b）。在这个发展过程中，除了生物性，文化也起到了重要作用。也就是说性属和性别不单是生物性的结果，也是在特定文化中埋伏以待而建构的各种身份的结果。此外，字幕卡片播报了"8年后"，看起来似乎是因电影的片头字幕"从前……"而产生的。到目前为止，电影都没有违反有关电影因果律的时间草案。然而，随后的字幕卡播报了"凌晨3点""在春天"等等，这恰恰让人产生一种感觉，认为叙述进程间歇性地是非序列性的（non-sequentially），大量事件好像被省略了。总之，对电影表现时间的传统方式的颠覆几乎就像是梦中经历的迷失，而且确实弗洛伊德提出在梦中，无意识运用自己的再现方式，这种方式中的时间、序列以及与意识生活的逻辑联系不紧密。

对《安达鲁之狗》中支离破碎场面的这种分析能够继续，意味着把"X"机械地等于"Y"，弗洛伊德也发现这一方式很难加以证明。事实上这是雷蒙德·达格纳特（Raymond Durgnat）在分析中采用的方法，总体上还补充了对电影的不同解读方法。电影通常可能被解读成人生的记录，开始于性行为、经历幼儿性欲和俄狄浦斯情结，电影中间的强奸场面和凌晨3点的卧室场景，到死亡，用海滩上的散落的饰品以及最终的腐坏和人体埋于沙中来表现。另外，这些场景也可能被反向解读，在春天开始播下恋人之间联络的种子，随后有了生孩子的想法、海滩上的饰品、俄狄浦斯冲突、幼儿性欲和社会世界，结束于一场使用剃刀的暴力死亡。但是达格纳特也补充道：

> 《安达鲁之狗》，表面看来是如此单调、简短和具有概括性，但是每看一次就会发现电影意义更加丰富，更无法定义，因为能够更敏感地发现其情绪变化：悲伤、冷漠的节奏、路人的阴险漠然、倒叙中慢镜头的亲切柔和。（Durgnat）

从这个讨论中我们可以清楚地看到，尽管电影制作人尽可能努力让电影无意义和缺乏理性，但他们实际上失败了。电影并没有取消叙述。

仅是另一种"现实主义"？

如《安达鲁之狗》，达利（Dali）的超现实主义画作将各种联想编织在一

起,不考虑意识生活的理性特征。若说意识的推论主张"X"搭配"Y","刀"搭配"叉","猫"搭配"狗",等等,达利却乐意相信无意识冲动,其决定"樱桃"搭配"夫妇"、"女人"搭配"螳螂"、"龙虾"搭配"电话"以及"时钟"搭配"煎蛋"。然而由于达利的绘画将看似不同的联想结合在一起,因此也充满了熟练的现实主义图样。如《用作餐桌的代尔夫特的维米尔的鬼魂》(The Ghost of Vermeer of Delft Which Can Be Used As a Table,1934)这样的画作不仅包含了从背后看到的 维米尔(Vermeer)的荒谬图像,用伸展开的腿作为栖木及长而细的支柱,同时这幅画作还致敬了17世纪荷兰大师的极端现实主义(ultra-realist)风格。达利的画中的景观和身体部分虽然"超脱尘世",但并非无法识别,与康定斯基(Kandinsky,1866—1944)这类画家的"纯"抽象或"自动主义"(automatism)不同。达利作品中的这种张力让人想起与《安达鲁之狗》的联系。他的画常常好像是再生产了梦境生活中奇怪并置的意象,远没有取消叙述行为,它们似乎是模仿性地描述无意识扭曲的逻辑。

《安达鲁之狗》和超现实主义可能也为总体上研究叙述和现代主义再现提供了一种洞见。喜剧演员赖斯·道森(Les Dawson)常常呈现一种非常滑稽的套路,其中他在用钢琴弹奏曲子时,反复在关键时刻敲击一个刺耳的音符;测准这些音符的超凡能力明显展示了一种"传统"钢琴弹奏中高层次的熟练程度。现代主义也是这样,叙述实验可能要靠一种传统的叙述认知来支撑,这种认知是关于故事中或再现中的元素应该如何组合的,它必然出现在意图颠覆叙述原则之前。现代主义叙述以及反叙述的尝试,"通晓"它们力图超越的再现传统。确实,奥尔巴赫对弗吉利亚·伍尔夫作品的评论提出现代主义再现的核心是试图强调随机事件的发生,随机事件不是用来为有计划的行为的连续性服务,而是为随机性本身服务的(Auerbach 1968:552)。奥尔巴赫在分析《致灯塔》中的一段时,揭示小说是由事件序列组成,其中看似无意义的事件,如测量长筒袜这类的事件,也被引出了所有丰富性。

那么这本小说所强调的不是走向结尾的运动,而是小说中的离题。文本中详细叙述的那些现实主义细节看似推动叙述走向其结尾,但同时也为创造离题服务,为呈现有说服力的细节服务,这一现象被巴尔特称为"现实效果"(参见第三章)。这样一来,现代主义叙述似乎是致力新的描写模式,这些模式对于所描写的对象来说更为适当和充分;而且这些对象总是与人类自身有关,无论关于心理状态,还是关于对现代世界官僚体制这类现象的情感体验。现代主义再现中常常并不把时间描述成统一的线性现象,而是拖延的或不连贯的,依托于意识对时间的体验;空间也相应地被"解构",所以在卡夫卡的《审判》

(*The Trial*，1925）中，人物约瑟夫·K 能发现他的家、他工作的地方或法庭，所有这些理应是离散的空间，却可能仅用一扇门便连接起来。通常来说，与其说叙述在现代主义中缺场，不如说叙述是应用于不同或更复杂的目的。《青年艺术家画像》开篇是力图再现幼儿的思维模式，超现实主义试图描写无意识联想；马塞尔·普鲁斯特（Marcel Proust）的叙述是为了唤起记忆和感觉；卡夫卡的小说和故事描写了一个噩梦般的世界，让人强烈感受到异形社会结构的支配。简言之，现代主义再现力图更加"精确"，试图比以前任何时候都更加接近选择表现的事物。

就像 20 世纪早期几十年中出版的书面叙述一样，电影的现代科技无疑保证了能够非常精确地记录事件。然而电影在多大程度上体现了现代主义，又在多大程度上实现了自己所承诺的精确性，是否能通过细致入微的心理描写来满足现代主义的再现要求，仍然悬而未决。但确定的是当电影在 1917 年发展了叙述机制的主要组成要素时，电影是否包含叙述者这个问题依然没有答案。

无可否认，电影的大部分叙述，如波德维尔所说，是被嵌入电影形式中的一整套提醒观众的指令。然而，这并不一定意味着隐含作者和叙述者的主体能动性应该被忽略。早期电影的"演示"（monstration），明显倾向于"展示"（show），总是包含一个隐含作者，即那个为镜头拍摄设置摄影机的代理。后来，剪辑的发展是一个类似代理的产物，负责在特定时刻结束一个场景，转到另一镜头，从框架中省略一些细节，留下另外的一些。然而这些代理看起来相似，但是却有实质性的不同，后者承担着更类似于传统叙述者的角色，跟小说中的人物/叙述者不同，当然也与前文电影中的演示者不同（monstrator）。电影的叙述方法与口头和书面叙述的方法不能等同，但是他们显示出了用某种程度的"讲述"来补充"展示"的相同冲动。就像我们所观察到的一般叙述那样，剪辑和电影的"风格"能够再现和促进有意义的关系生成，这些关系将因人类的输入而产生。

诺埃尔·伯奇（Noel Burch）提出，很多早期英美电影批评家将电影视作失落的天堂和对现代主义的预想时，他可能是正确的（1990：225）。似乎在电影发展的最初八年，现代技术显示的巨大力量和大有前途，让人类看到了完全不同的世界，这种盛况在技术发展的后续历史中显然再没出现。另一方面，早期电影中包含的一些元素对于某些人来说似乎暗指一种可以颠覆叙述的代表形式。当然早期电影的确切特征很难确定；正如其他的历史文献那样，大部分早期电影生产的文献已失落，电影历史只能从保留下来的文献中去推断。（特别参见 Gallagher 1986）。无论如何，刚宁认为"魅力电影"（Cinema of attractions）总是与观者之间建立联系；无论它是特写喜剧演员对着摄像机傻笑还是魔术师对假定的观众鞠躬，早期的电影"愿意破坏封闭的虚构世界从而去吸引观众的注意"（1990a：57）。早期电影中的奇观场景一直保留在电影中，变成了今天现代电影中最复杂的数字成像。但是，刚宁提出，这种"断裂效应"作为一种手段在一些先锋电影中"转入地下"。不是所有先锋电影都包含这种自我意识。例如，值得注意的是鼓励将《安达鲁之狗》作为叙述来阅读而不是反叙述，是因为电影的生产过程没有在任何阶段露迹。相同的人物和相同的演员出现在整部电影中，他们表演出各种情景，没有向观众致意，没有对摄像机的操作者讲话或者是走出他们表演的布景。然而，随着叙述超越了现代主义对它的重新定位，"断裂"（rupturing）手段将在书面叙述和电影中找到基础。

第七章　后现代主义

约翰·福尔斯（John Fowles）的小说《法国中尉的女人》（*The French Lieutenant's Woman*）出版于1969年，但是主要涉及的故事发生在1867年。在叙述中的某一时刻，女主角莎拉（Sarah Woodruffe）回到卧室，打开她购买的商品。事件序列叙述如下：

> 她慢慢地、小心地拿出一包包东西，放在绿色台布上。然后她把篮子放在地上，动手打开她买的东西。
>
> 她首先打开的东西是一只斯塔德福郡出产的茶壶，上面有一幅彩图，画的是一间茅屋，屋边是一条小溪和一对恋人（他仔细打量着那对恋人）。然后她打开了一只托比啤酒杯，不是维多利亚时代的那种花花绿绿的庞然大物，而是个小巧精致的物件，上面涂着紫红色和黄色。那个高高兴兴的男子面容上涂着柔和的蓝色釉（瓷器专家会认出那是拉尔夫·伍德的作品）。这两件东西是莎拉在一家旧瓷器店花九个便士买来的。啤酒杯已经磨损了不少，随着时间的推移还将继续磨损下去，这一点我可以作证，因为一两年前我也买了一只这样的啤酒杯，花费远远超过了当时莎拉花费的三便士。不过我同她不一样，我喜欢的是拉尔夫·伍德的艺术，而她喜欢的是那男子的笑容。①（Fowles 1977：241）

明显可以看出，这段引文中的部分叙述是非常传统的第三人称、过去时、现实主义叙述，用一种近似于历史书写的方式讲述了莎拉的行为。这种方式似乎适合出现在它所描述的时期一百多年之后的小说写作中。然而叙述的另一个部分包含了叙述者对事件几乎是不适宜的干预，他提供了关于莎拉的一件手工艺品的第一手信息及其现在的命运。在进一步分析这段引文之前，值得说明的是叙述者的评论构成了小说中"断裂"效应的典型例子。这种效应的构成是叙述代理露迹，这常常被称作"后现代主义"。

---

① 译文参考约翰·福尔斯：《法国中尉的女人》，陈安全译，海口：南海出版公司，2014年。

在这种情况下,"现实主义叙述附带了一个声音,时常直接对叙述发表评论,有时淹没了叙述或甚至是破坏了叙述"。伊塔罗·卡尔维诺(Italo Calvino)的著名小说《寒冬夜行人》(*If on a winter's night a traveler*)由十二章构成,几乎所有章节之前和之后都有一章专注于评论对主叙述的解读,例如第一章开头的几个句子:"你将要开始阅读伊塔罗·卡尔维诺的新小说《寒冬夜行人》。放轻松。集中注意力。"(1982:9)同样,汤姆·斯托帕德(Tom Stoppard)的戏剧(*The Real Inspector Hound*,1968)特写了两个批评家观看和评论舞台上正上演的"侦探故事"的戏剧表演。

这种作用是大量评论的焦点。确实,早已有人提出有一种叙述,其整个正文部分都有断裂性的特点,这就是众所周知的"元小说"。这个名称恰当是因为前缀"元"用来指叙述的层次,它们位于所谓的主叙述"之后""背后"或"之外"。帕特里夏·沃夫(Patricia Waugh)认为:

> 对话语和经验的"元"层次的意识逐渐增长,一定程度上是因为社会和文化自我意识的不断增长。然而除了这点,它还反映了在当代文化内部对语言功能建构和维持我们的日常"真实"有了更深入的认识。语言被动地反映融贯、有意义和"客观的"世界这一简单的观念已经站不住脚。语言是一个独立、自足的系统,可以产生自己的意义。……因此需要用"元"术语来探索这个任意的语言系统和它明显指称的这个世界之间的关系。(Waugh 1984:3)

在一个更出名的构想中,符号学家和小说家安伯托·艾科(Umberto Eco)提出想要先锋式地"破坏"或取代现代主义的再现特点的过去模式,已倾向于陷入僵局。对待过去不是要"毁灭"或是将其归入遗忘或过失的角落,而是必须要重访过去,这一次要避免以前犯过的"错误",因此重访是反讽的:

> 我认为后现代主义态度和一个男人爱上一个非常有修养的女性的态度是一样的,他知道他不能对她说"我疯狂地爱你",因为他知道她知道(而且她知道他知道)。这些话已经被芭芭拉·卡特兰(Barbara Cartland)写过了。但还是有解决方法,他可以说:"借用芭芭拉·卡特兰的话来说,我疯狂地爱着你。"这时候,既避免了装傻,也清楚地表明了天真的交流不再可能,他同样也说出了他想对那个女人说的话:他爱她,但是他是在一个失去天真的时代爱着她。(Eco 1985:67)

那么这些理论家所建议的是叙述中有一种表达形式维持了传统的现实主义手法。现代主义者反对现实主义,他们通过呈现不同的意识来挑战叙述者的权威声音，力图取代19世纪的叙述形式。从另一方面来看，"元叙述"开拓现实主义小说不只是为了呈现不同的意识或放大普通事件的经历，而是全然指出叙述的再现特征。

"元"层次

引入一个"元"叙述层之所以可能是因为在某些语言中发现了独特的叙述能力。法国语言学家爱弥儿·本维尼斯特（Emile Benveniste）识别了语言使用的两种规则，与叙述和元叙述直接相关。其中一个是故事（histoire），一种描绘过去事件的"历史性"表达，没有任何说话者的干预。本维尼斯特认为使用这些表达的历史学家不会使用人称代词，如"我"或"你"；而是每一件事物都将是非人称代词，重要的是排除了对现在时刻的表达。另一种表达形式是话语（discours），发生在现在时，假定一个说者和听者，说者有借某种方式影响听者的意向（Benveniste 1971：209）。对于一些叙述理论家来说这个分割点是话语所对应的"元"层次，在该层次小说的叙述者，如《法国中尉的女人》的叙述者，讲述他所知的有关陶瓷罐的知识。故事的构成则是呈现人物将各种物品展示于桌上，例如不提及谁在叙述，尽可能创造一个情景借以展示"事件似乎是自己叙述出来的"（Benveniste 1971：208；也可参见 East-hope 1983：41—47，Silverman 1983：43—53，Lapsley and Westlake 1988：49—52 and Metz 1982：91—93）。

电影中也可以看到话语与故事的类似区分，尽管应该注意到这些语言能力是否完全适合于电影叙述仍然遭到质疑（参见 Bordwell 1985：21—24）。例如，阿尔弗雷德·希区柯克（Alfred Hitchcock）的《爱德华大夫》（Spellbound，1945）至少包含了一个序列，指示叙述的不同层次。在电影的倒数第二个场景中，一开始是通过传统的正反打镜头（shot and countershot）来叙述，康斯坦斯（Constance）[英格丽·鲍曼（Ingrid Bergman）饰]向默奇森医生（Leo G. Carroll）揭示她已发现他是凶手。因此他拿枪指着她，而她犹犹豫豫地试图离开房间，尝试说服默奇森医生不能再犯第二次谋杀罪，否则他想声称自己第一次犯罪是因为遭受精神疾病的这种可能性就会遭到质疑。在高潮时刻叙述进程使用了一个镜头，明显来自默奇森医生的位置。这个镜头展示了当康斯坦斯穿过房间走向门口时，枪杆子一直追随着她。当她离开时，默奇森医生把枪倒转过来，扣动扳机直接对摄像机开了枪。毫无疑问，这表示他自杀了。但是这个镜头同样也揭示了：不可能真的向摄影机开枪却没损坏摄影机，所以这个电影受制于特定的叙述模式。

这同时也表明了大多数电影在整个持续时间内不可能一直维持话语层，它们总是需要某个故事层次，而且常常尽可能从一个层次移动到另一个层次。斯派克·李（Spike Lee）的《为所应为》(Do the Right Thing，1989）就是这样一个巧妙的例子。在一个场景中，皮诺（John Tur-turro）和穆齐（Spike Lee）试图讨论为什么皮诺公开表示憎恨黑人，然而他最喜欢的体育明星和演艺圈明星都是非裔美国人。该场景发生在比萨店，这是电影中一个反复出现的地方，使用传统的镜头/反镜头模式呈现。然而当对话以充满攻击性的恶言谩骂结束时，场景转到了由单个人物构成的一系列片段，从穆齐开始。在每一个片段中，特写了在室外的某个个人，多少都能识别出其种族。摄影机把镜头推近他，他对着摄影机发表了特定的种族谩骂的战斗檄文：穆齐发表了一段愤怒的独白，有关意大利人刻板的种族形象；皮诺则是发表了关于非裔美国人的独白；一个爱尔兰裔美国警探发表了对拉丁裔美国人的不满；而一个韩国店主则抱怨犹太人；等等。所有这些，因对着摄像机演说，则暴露了叙述行为。然而在回到比萨店的故事模式前，一个居间的场景补全了事件序列。本地的 DJ〔塞缪尔·杰克逊（Samuel L. Jackson）〕在接下来的电影中扮演了解说员的角色，发表了他慷慨激昂的独白，号召人们平静下来。初看之下，叙述似乎和前面序列中的叙述完全一样。然而明确的是摄像机并没有将镜头移向该位 DJ，而是他通过装有脚轮的椅子"移向"了摄像机。他也没有看着摄像机，他的眼睛被墨镜遮住，正在自己的控制台上工作。他甚至不像前面的场景一样对着摄像机发表演讲，作为一个 DJ，他的话筒和播报设备允许他对着电影中所描述的其他社区人物发言。这是一个把故事装扮成话语的例子。

电影中这个从话语到故事的平稳过渡事实上揭示了本章开头那个小说例子中的一些重要东西。摘自《法国中尉的女人》的那一段似乎是以传统的故事开始，却在叙述者明确入场时被话语打断。然而值得注意的是在引文中叙述者的出现似乎是逐步到位。在第二段，莎拉"仔细打量着那对恋人"是在括号中叙述出来的。谁决定了要叙述这点，为什么要置于括号中？这只是离题的话语还是它在接下来的小说中是关于这个爱情故事至关重要的一部分？然后又详细讲述了托比啤酒杯：它不是"维多利亚时代的那些花花绿绿的庞然大物"。"那些"(those)这个词在语言学中是众所周知的指示（deixis）现象的实例，这个术语来自希腊词，意为"指向"。因此"那些"就像"我""你""这"和"这些"之类的单词不能只在话语内就其本身来简单理解，而是通常指向一个话语外的实在语境（参见 Lyons 1981：171-242）。这样的语境需要说者和听者都了解，在这种情况下，就像是叙述者在对隐含读者点头，目的是表明"我们"两个都知道有些维多利亚时代的罐子是"花花绿绿的庞然大物"。"瓷器专家会认出那是拉尔夫·伍德的作品"这句插入语明显是对隐含读者说的，而不是对那些不是瓷器专家的真实读者说，因此很明显叙述者侵入了并明确表明这个序列是叙述出来的。

然而事实是在从故事到话语平稳转换的过程中可能已经产生了问题，这一点造成了很多问题。如果可能询问"谁决定要叙述此事，为什么要置于括号中"，那么同样也可以轻易地对前两句话提问："谁认为莎拉慢慢地、小心地拿出一包包东西，放在绿色台布上？"或者"为什她把篮子放在地上，动手打开她买的东西这点很重要？"对于电影或任何形式的再现来说，可能再现的观看者会计算当一个场景被叙述出来时，另一个则被省略了；如果一个人物是被仔细观察的焦点，另一个则不是；当提供某种关于事件的观点时，对这些事件的另一种看法也是可能的。所有这些说明了，尽管故事模式运作是为了抹掉叙述行为，结果却并不成功。如果叙述被彻底抹去，叙述的观众会想象他们看到的真实事件的发生就像是所描述的那样。这种回应是非常少见的，只在特殊情况下才会发生。

由于西方文化中悠久的故事讲述传统，读者充分地意识到叙述行为，即使是在那些徒劳地想要抹去叙述行为的模式中。确实，正如巴赫金学派努力指出的，叙述是众多话语之一，不可能自我隔绝；它不可能是"独白性的"，因为它总是指向一个"他者"（参见 Volosinov 1973），而且也因为它必须包括一个叙述者和多个任务，因此本质是多声部的（heteroglot）。换一种方式说，故事跟话语一样，也会假定一个读者易于识别的说者和听者。那么话语和故事这两个不同规则的区别，最终并不能决定如何理解叙述怎样被接收。虽然并不明确，但故事可能来也可以像话语一样展示其叙述。然而，它们之间的区别的确表明需要进一步提出关于叙述之地位的关键问题，特别是它用作记录事实时。

历史

我们在第二章已讨论过，海登·怀特和其他人的一些研究早已涉及历史事件的讲述为何无法规避叙述形式。故事（histoire）是讲述历史事件最适合的方式，这种想法已然变成了传统；然而，故事在很大程度上也是一种叙述模式。确实，怀特的研究，或更简略地说，戴维·洛奇对历史学家托马斯·卡莱尔（Thomas Carlyle）研究的评论非常清楚地揭示了这一点。与邦维尼斯特见解不同，他们说明了小说方式在历史话语中非常常见而且在过去早已被接受了（参见 White 1973 and Lodge 1992：2015）。然而叙述被编织进历史，却又与诗性的阐述相关联，这一事实模糊了通常意义上"虚构"与"非虚构"之间的区别。如果书写被广泛地分类和命名为"非虚构"和"虚构"，人们可能会假定它们根本上是不同的。虚构可以被认为是处理想象的事件，而非虚构则将它的原材料视作关于真实世界的事实。然而即使这是正确的，这种定义并没有考虑到某些共同的因素，例如它们各自所表述的其原材料中的各种叙述转义（narrative trope）。

在美国，特别是 20 世纪 80 年代之前的 20 年，后现代主义作家挑战了有关非虚构性作品地位的观念。杜鲁门·卡波特（Truman Capote），多克托罗（E. L. Doctorow）、诺曼·梅勒（Norman Mailer）和威廉·斯泰伦（William Styron）的小说与其他作品一起以一种创新的方式来处理纪实的主题。在想象的情景中来探讨真实事件或真实的人，抑或是在历史情境中探讨想象中的人，这些作品有助于对虚构和非虚构之间的区别提出疑问。在总结对这类典型作品的反思时，汤姆·沃尔夫（Tom Wolfe）、戴维·洛奇确定了"非虚构性小说"的四个技巧：

> （1）通过场景（scene）来讲故事而不是通过概述（summary）；（2）喜欢采用对话胜过间接引语；（3）从一个参与者的视角来叙述事件而不是从某个非个人的视角；（4）包含人们的外貌、衣着、财产、肢体语言等细节，用于指示现实主义小说中的阶级、性格、地位和社会环境。（Lodge 1992：204）

使用相同的的技巧，高尚的文本，如欧文·斯通（Irving Stone）的作品或亚历克斯·哈利（Alex Haley）的《根》（*Roots*，1976），也说明了自传与小说之间的界线并不明朗，"到达了这样一个程度，历史学家的话语和从事虚构创作的作家的话语相互重叠"（White 1987：121）。

无论如何，值得补充的是虚构作品和非虚构作品中符号的相似并不是简单地基于描绘对他们作品的大致了解。然而那些历史记录中的符号，虽避免过度使用洛奇（Lodge）和沃尔夫（Wolfe）的四个技巧，也会倾向于在再现行为中做得更多：很有可能他们表现出一种叙述化倾向，在一个符号序列中呈现出一个清晰的轨迹。思考以下两段几乎是随意从不同的非虚构性作品中节选的引文：

> 1789 年法国的重要人物或力量都不需要革命，这是一个悖论。革命的开始就像是战争常常开始的那样，都不是因为人们明确地需要它们。在

某些情况下，它们的发生是因为人们所需要的其他事物将他们卷入革命或战争中。(Thomson 1966：24)

对现代社会的统治是一项艰巨的任务。例如在英国半数的英国国民收入都流经政府之手，约30%的劳动力都在国营部门工作。因此政府是项"大生意"。(Byrne 1981：17)

这两个文本都显示了叙述的目标。两个文本都包含了贯穿整体的陈述，关于存在于他们所描绘的世界中事物的本来面目。然而，更重要的是，这些陈述有关动机（motivation），在它们可能要讨论的事情背后提供了一个推动力：人们的欲望在革命中的作用和商业在国家治理中的作用。

虽然这些例子好像是集中于可检验的事实，但是也有一些非虚构性话语使讨论更进一步。约翰·卢卡奇（John Lukacs）公然叙述了发生在1940年80天里的历史事件，《决斗》（*The Duel*，1990）没有在叙述主旨面前退缩不前，甚至是陈述了当时希特勒和丘吉尔心里的激发因素。在后现代"非虚构小说"或"虚构"叙述中，这种对主角动机的描绘更是显而易见。杜鲁门·卡波特在《冷血》（*Cold Blood*，1966）开篇所签的致谢证明了该作品完全是基于官方文件或有关讲述真实生活的采访案例（Capote 1966：9）；因此，就像卢卡奇的《决斗》，卡波特的记录中对人物思想的推测很可能是仔细观察诸如日记或成绩单这类人工制品的结果。确实《冷血》开篇正如可能预期的那样是对已知事实的重述，他也的确在接下来的叙述中逐字地提供了对话细节，这些对话至少在某些时候可能是来源于历史记录，但关键是它同时也呈现了主角的思想和感情。当叙述不仅呈现思想而且转换成一种自由间接话语模式或自叙述形式（skaz）时，更能够说明这些序列：

一千人！佩里对此印象深刻。他想知道葬礼花了多少钱。他视钱如命，虽然金钱已不像以前那样对他冷酷无情，当初他"穷得叮当响"。从那时起，他的境遇得到了改善。这多亏了迪克，现在他和迪克拥有一大笔钱，足够他们去墨西哥的。

迪克！巧舌如簧，聪明机警。是的，你不得不把钱交给他。天呀，他怎么可以欺诈一个"朋友"，简直难以置信。[①]（Capote 1966：194）

在叙述的事件中呈现这些序列使《冷血》对于很多人来说成了公开侮辱。如索尔伯格（Sauerberg）（1991：20 ff.）所示，批评家们认为卡波特没有忠实于

[①] 译文参考杜鲁门·卡波特：《冷血》，夏杪译，海口：南海出版公司，2013年。

历史真实的客观标准,这是该案例中特别不好对付的事情,因为该叙述涉及多重谋杀而且受害人的家属尚且活着。卡波特被认为不该加入文学修饰,这在非虚构性作品中被认为是不适当的,而且《冷血》在20世纪80年代的确被英国出版社转到了虚构作品目录中。

"文学性"的活跃可能会颠覆虚构与非虚构之间本就脆弱的区别,这点可能不会令人吃惊。如布鲁纳(Bruner)指出"历史学家实证性的记录和小说家的虚构故事共享叙述形式,这一事实向自亚里士多德以来虚构文学和历史方面有思想的学生提出了挑战"(1990:45)。对主角心理的推测似乎自然是由叙述手法的使用而产生的;叙述,自其口头起源开始,就不可避免地与人物行为相关联。因此心理学加入了人物和叙述的"动机"。然而20世纪后几十年对虚构与非虚构分界线的攻击,心理推测也是其中一部分,显得格外一致,因为它是更广阔的语境的一部分,叙述受到这个语境的影响:后现代主义。

"宏大叙述"的衰落

叙述对于理解后现代主义至关重要。然而,跟现代主义一样,后现代主义是一个不稳定且难以定义的概念。除此之外,它难于定义还因为后现代主义与被称作"现代性"的现象并存,或是有时被称作"后现代性",后者对理解"后现代主义"叙述和作为整体的叙述非常重要,特别是它与历史的关系。为了清楚,应该指出在某些领域关于后现代主义和(后)现代性是什么好像正在形成批评共识。在(后)现代性中存在一系列新的物质条件,起源于批量生产的衰落,转而支持弹性专业化(flexible specialization);信息和服务业的主权超越了传统的制造业产品;强调消费而不是生产;传统的,以阶级为基础的政治被解体为以"身份"为中心的政治,以及传播技术的发展有助于缩短全球人民之间的距离,也使得再现更易通达(关于这些改变,参见Harvey 1988 and Bertens 1995)。事实上,后现代性的最后一个特征对叙述如此重要,而且也使叙述反过来对后现代性如此重要,因此在本章的后面部分需要给出一些详细的评论。另外一方面,后现代主义通常被认为包含着再现的风格和批判性思维的特点,这些特点来自后现代性的物质条件,或与后现代性的物质条件并存(Hutcheon 1989:23—42);确实,弗雷德里克·詹姆逊(Fredric Jameson 1991)将后现代主义称为"晚期资本主义的文化逻辑"。

我们观察到的"断裂"效果或者是哈钦所建议的"同时对叙述常规的铭记与颠覆"(1989:49),毫无疑问可以被分析为是后现代主义文化"逻辑"的一部分。然而可能也必须要注意的是后现代主义军械库中的各种叙述手法并没有被认为是新发明。18世纪的叙述，甚至是早期的电影就以使用各种断裂手法（rupture devices）和大量采用话语形式而闻名。斯特恩的《项狄传》在第三章讨论过，就是早期小说中最著名的一个例子，它既在叙述中使用了模仿的再现，又同时戏剧化叙述中模仿再现的传统问题。《项狄传》可以被视作对再现"危机"的回应，因为小说叙述形式试图立桩标出其领域；后现代主义中断裂手法反复出现可能也同样导致20世纪末的叙述经历了相同的危机。然而早期小说盛极一时与后现代"状况"存在非常重要的不同。

显然对利奥塔（Jean-Frangois Lyotard）来说，知识在很大程度上决定后现代状况的问题。叙述形式在这里至关重要，因为，如我们所看到的，人们发现叙述的起源是古代口头文化出于储存知识的需要。利奥塔扼要概括了后现代性的这一点，主张叙述是传统知识的典型形式（1984：19）。对他来说，叙述不只是存储方式，而且除此之外叙述也几乎遍及人类知识的各个角落。他识别了社会上叙述有四个方面说明了它的知识功能（1984：20-21）。第一，叙述中主角的行动非常重要：叙述中主角的不断失败或胜利表明了合法性或该社会中的特定目标、结果或制度。第二，叙述有助于大量的"语言游戏"；叙述不仅包含了描述其"内容"的陈述，也包含如何处理这些所描述的内容的建议。柏拉图拟定了模仿的说教倾向，我们也看到了这一倾向在小说整个发展过程中继续存在。利奥塔提出说教以提问和回答这类方式被编织进叙述结构中，或是通过主角的陈述或行动所提供和暗示的评价来传达。

跟布鲁纳一样，利奥塔坚持叙述的第三个方面，"传播语用学"的规则。也就是说叙述意味着包含一个说话者或叙述者，一个主角和一个听者。确实，利奥塔对这个问题的评论似乎对人类主体和他们与知识的关系有重要的暗示。如里丁斯（Readings）认为传播语用学可能意味着叙述之外无主体位置（1991：67）。利奥塔用了一个人类学的例子来解释这一点：他是指故事叙述者讲述故事的方式，他参考了南亚的印度部落——卡斯拉瓦（Cashinahua），他们的故事讲述者依靠一个公式来开始和结束一个故事。事实上，利奥塔指称的公式正是洛德详细讨论的那种，在《奥德赛》中显而易见。在这个公式中，故事讲述者可以识别他/她自己和故事的听众，关键是要加上这个故事以前已经被讲述过很多次。如我们所看到的，尽管洛德想要相信口头故事讲述者具有某种程度的创造性作者身份，但利奥塔的观点是叙述将角色分配给"语用"的参与者。叙述倾向于明确表达知识，因此"它简单明了地决定：为了被听见，人们必须说什么，人们为了说必须要听什么，为了成为叙述的对象，人们必须扮

演什么样的角色"(Lyotard 1984:21)。对利奥塔来说，人类栖居于叙述中这一事实，特别是在与知识的关系中，意味着他们也被迫要扮演这些提供给他们的角色，它们是叙述形式的必要部分。

第四，叙述与人类对时间的感知关系密切。叙述形式明显涉及对世界的透视，简单来说，对世界的这种再现中包含开头、闲笔、中间和结尾。自公式化的口头叙述起源开始，叙述中还同样包含了不断重复的模式，要么出现在简单的短语中，比如"如酒般深色的大海"（wine-dark sea），或者出现在更为复杂的韵律结构中，显现于句子层面、段落或整个篇章中。利奥塔认为，这导致在知识的接收者没有意识到的情况下传输了知识。这就像是信息即存在于韵律本身，正如人们能够记住小时候所学到的儿歌或是谚语中那些人们日常生活中所接受的公式化的知识。尽管人们认为记忆存在是因为人们能够重述时间中严格的线性事件序列，但利奥塔见解与之不同，他认为叙述的韵律提供了一种新的时间化方式。"一针及时省九针"这个短小的叙述有关行动快速的优点以及预防胜于治疗。然而，很有可能记住它不仅是因为其中包含的智慧，也是因为其节奏和押韵容易让人记住。除此之外，它所概括的知识可能只针对"最初"时刻，即将缝纫和直接的预防行为进行类比时；但是谚语最切实的是与此时此地相关，这样一来就超越了时间的限制。那么与利科相同，利奥塔认为叙述能够促使时间为记忆和期待服务。

总之，对于利奥塔来说，叙述对人类存在至关重要，因为它是一种卓越的再现形式，不仅允许人类用一种特定的方式来理解世界，记录文化的细节，而且也使它对该种文化的组织和再现合法化。他写道："叙述决定在所讨论的文化中什么有权利被说或被做，由于它本身是文化的组成部分，叙述因为做了它们应做之事而被合法化。"（Lyotard 1984:23）然而，叙述并不能够支配所有再现。叙述的口头形式普遍被认为在记录具有科学特点的那种更为抽象的知识时不占优势，而且正如我们所看到的，书写形式承担该项任务。然而，利奥塔主张科学知识，特别是在最后几个世纪，试图通过诉诸外在于自身的叙述，一种"宏大叙述"，来使自己合法化，而不是通过使自己的内部程序生效的方式。其中他列举了叙述被"辩证法精神、意义阐释学、理性或生产主体的解放，或财富的创造"驱动（1984:xxiii）。总之他认为有两种宏大叙述在科学的合法性中发生作用。其中一个与启蒙主义有关，关涉把人类从束缚和压迫中解放出来；另一个是哲学性叙述，与发展一种更有自我意识的人类或更进化的"灵魂"有关。总之，科学知识通过叙述人类美好的发展前景，而使自己获得了合法性。

在利奥塔自己关于科学知识发展的叙述中，一系列的因素促使 20 世纪后半叶情况发生了变化。"现代"科学对"宏大叙述"或"元叙述"的依赖（他有时就是这么称呼它们，这点我们不应该跟前文用于描述后现代小说特征的术语混淆）被后现代状态取代。"极端简化地来说，"他写道，"我把后现代定义为对元叙述的怀疑。"（1984：xxiv）20世纪过去的50年发生的变化发展迫使利奥塔宣告："叙述功能正在失去其发生功效的元素，它伟大的英雄、伟大的危险、伟大的旅程、伟大的目标。"（1984：xxiv）"宏大叙述失去了可信性，"他补充，"无论它使用了何种统一模式，无论它是一种抽象推理叙述或是一种解放的叙述。"（37）值得注意的是利奥塔没有清楚表达宏大叙述衰落的物质原因，这让过多的后现代性评论家去扩充他略显粗略的评论，识别社会的特征，比如战后经济政策导致对专业化生产的需求，鼓励公民去享受商品和服务，强调消费、自主和身份政治（参见，例如 Kaplan 1988，Connor 1989 and Giddens 1991）。

可以明确的是后现代虚构叙述中采用的方法出现在一个对叙述的功能广泛产生怀疑的时期，不仅是对虚构叙述，对更广泛领域中知识的叙述也如此。因此在实现这些方法时所预设的问题是后现代主义虚构叙述在特性上区别于之前"断裂"效果的表现。特别是历史实践中一直在争论叙述是否能够保证精确再现其对象。在这些争论发生的期间，叙述作为一种自身永存的现象（self-perpetuating phenomenon），并宣扬其本身的真实性这一观念在虚构中被破坏。与此同时，科学知识因为依靠"宏大叙述"而遭到质疑，不再与有关个人意向、身份和环境的地方性"小"叙述发生对话。引人注目的是库姆（Kuhm，1970）提出科学并不是关于绝对真理，而更像是一个范式问题，它可能随着时代的变化而改变。这种范式或概念框架将伴随着固定的惯例，从而决定科学家的行动和发现。在所有这些之后，20世纪90年代到处流传着这样的观念，认为叙述已经到了垂死挣扎的境地，很大程度上是因为在共产主义政权纷纷崩塌中见证了自由主义和资本主义的"胜利"，这类政权所承诺的关于人类解放的宏大叙述将被高度个人化的、市场支撑的叙述所取代（参见 Fukuyama 1992）。在何种程度上后现代性是一种长期的现象以及在何种程度上共产主义代表了大量历史叙述的"终结"是遭到高度质疑的（特别参见 Eagleton 1996）。此外，克劳斯·布鲁恩·延森（Klaus Bruhn Jensen）在回应马歇尔·麦克卢汉（Marshall Mcluhan）时，他这么说："后现代主义本身是一种宏大叙述，在它的后视镜中宣告另一种宏大叙述的死亡。"（1995：11）然而当代叙述的命运受到一个普遍现象的巨大影响，这一现象被认为是后现代拼贴（postmodern mosaic）的一部分。

新科技

后现代主义作家认为20世纪后期,宏大叙述不再"宏大",而历史也不再维持传统的历史话语。同时,评论家们,如让·鲍德里亚(Jean Baudrillard),认为这是一个由持续的符号行为主宰的时期,符号在一个包罗万象的"模拟"世界中指称它们自己。在这个世界里,符号获得价值不是因为它们指称经验世界中真实的物质存在,而是因为它们仅是相互指称(Baudrillard 1981,1983,1988,1995)。非常清楚的是科技生产出符号,特别是叙述符号在20世纪发展迅速,使多种多样的叙述更熟悉、更频繁、更容易获得。其中的一些科技当然不是简单地只为了承载叙述而设计,这些科技继续施行那些无须叙述组织就能实现的功能。然而,叙述弥漫着新科技的程度值得注意。

无线电是一个很好的例子。这种技术源自能够以电磁波的形式通过空气传播信息。它早期闻名于马可尼有限公司在1901年应用它来传递横跨大西洋的摩斯密码。这个传播系统显然是军事用途,但无线电的主要实现形式是靠家庭收音机接收。随着20世纪20年代无线电传输的迅速发展,到20世纪30年代,实际上在先进工业化的西方每一个家庭都有一台收音机(Cardwell 1994:397)。在美国,商业无线电台把音乐、有声新闻、纪录片特辑以及大量的虚构性叙述带入了家庭;在欧洲,类似的无线电传输是由公共机构支配的。决定无线电作为媒介的特点是信息从一个中心地带传出,而输送到大量具体的地方;有的时候到达工厂,但大多数时候都是传送到个体家庭。那么从一开始,对于听众来说,他们在听收音机的同时还在做其他事情,这就并不罕见了。

作为一种"看不见"或"不可视"的媒介,收音机中的声音需要比其他媒介更为精确细腻的表达。作为这些传统声音中的一种,音乐总是媒介的重要部分;但是口头说的话以及它怎样被说出来则至关重要。我们常常注意到,收音机因为主要应用于家庭,所以鼓励收音机中的语言应该用一种非正式的语气,采用对话性的模式,与听众维持一种亲近、温暖以及亲密的关系(参见,例如,Shingler and Wieringa 1998:35—36)。随着收音机对叙述的传输,这也会产生影响。收音机发展了自己的叙述形式,这种形式与之前的小说关联:连载式,每集等长,隔一定时间播报,可能周播或日播。这类连续剧如美国的CBS电台播报的《魅影奇侠》(*The Shadow*)或英国BBC播报的傅满洲(*Fu Manchu*)在20世纪30年代获得了大量听众。然而这种叙述连续剧与相应的小说连载又不同。广播能够激发听众的想象力,这和读者阅读印刷文字时取得的效果是相似的。但是由于是口头叙述，这些意象不能够向后翻回几页来进行核对、再次核查并记住它们。

因此收音，特别是在连续剧中，不得不依靠一种准则：重复，少量的人物设置，它强调场景的对话性模式，而不是抽象的概述，以及对次要情节的限制（cf. Shingler and Wieringa 1998：72—87）。从另一方面来看，收音连续剧的优势是能够不顾时间、地点和金钱的限制详细阐述其场面。也就是说，该媒介无须精心设计布景和服装，而且在必要之处使用人物对话来召唤遥远时空的意象。因为该媒介非常之新，收音机中戏剧性的叙述就像电影中的叙述那样，一开始依靠采用先在的模型，如约翰·达卡科斯（John Drakakis）注意到"早期的实践与传统的现场剧场形成对比"（1981：111）。无论如何，媒介史上最著名的无线电广播之一最大限度地利用了广播缺乏可视性的场景设置这一特点。奥森·威尔斯（Orson Welles）根据 H. G. 威尔斯（H. G. Wells）的《世界之战》改编的单集作品（1938年播报）通过一系列模拟新闻的播报方式呈现了外星人入侵的叙述。这种叙述方式如此逼真，导致它确实在听众中引起了一阵恐慌（参见 Cantril et al. 1940）。

广播完全依靠声音意味着叙述在家庭环境中可以保持重要的在场。然而它的主导权却被电视的视觉技术超越了。广播天线第一次实现了传输移动图像和声音的可能性，把无线电波通过空气发送给接收者。自20世纪50年代开始，通过电线传输的实验一直在继续，而且20世纪90年代数字化地生产出了更精确的电视声音和图像。在改善媒介方面的发展揭示了其视觉特征的重要性，如科纳（Corner）和哈维（Harvey）所说：

> 电视（字面义是"从远处观看"）似乎更是奇迹般地弥合了世界与家庭之间的距离，将家庭的一个角落向一系列变化的远景敞开，鲜活地记录下来，一开始就包含了所有魔法的诱惑。与广播一样，电视是一种"社会"媒介，常常把观众当作熟悉的社群成员那样来跟他们说话，有时还可能像对待朋友一般。然而正是电视提供的"景象"——各种世俗的、非凡的、亲密的、宏大的、教育性的和惊心动魄的，赋予了它作为文化技术的那种与众不同的身份和力量。（Corner and Harvey 1996：xi）

与电影院不同，观众购票后，被迫在一个黑暗的剧场共同观看。观众在电影院里是被限制在一定的时间内观看大银幕，而电视的信息是被传输到家里，通过一个小的荧屏来展示，并且很大程度上是不间断地播放（参见 Ellis 1992：111－112）。电视的家庭实用性很重要的是在于同地发生，即"此刻性"

(Fiske 1987：145；Ellis 1992：145)，特别是它大量播送的都是"现场"事件。

随着电视机在 20 世纪 50 年代和 60 年代成为可以负担得起的家庭商品，电视被推销成一种新媒介，它能够让集体经历发生在相对孤立的家庭中。电视把另外一个世界带入家庭领域，但是广播公司希望可以尽量提供熟悉和不具威胁性的叙述。节目设计者们发展了"家庭情景喜剧"，在不改变生活和环境的情况下，某个美国家庭发生的幽默事件能够每周播放一集（Spigel 1992：142-146）。它在提供整体性、和谐和连续行为时，却牺牲了世界的某些方面，这正是这种叙述再现形式在电影《欢乐谷》中遭到讽刺之处。这一点在第一章中提到过。

电视的家庭性也导致它的叙述通常从宏大意义上来讲较缺少英雄性。跟广播一样，又不同于电影、书写和口头模式，电视的即时性和家庭型适用于非正式性。雷蒙·威廉斯（Raymond Williams）提出战后的英国和美国电视剧的特点是摄像机的"探索式镜头"，表现对日常生活的感受，对工作、日常生活语言的尊重，以及对真正隐私的尊重。许多电视分析家进一步指出电视叙述在 20 世纪后半叶继续履行一种"游吟职能"（bardic function）（Fiske and Hartley 1978：85-100）；也就是说，就像口头诗人通过传播他们自己的故事来维持文化那样，电视成为社会的中枢机制，传播和增强民意，成为最重要的"共同叙述"的生产者（Thorburn 1988：56-62）。

在多大程度上将这种"游吟"功能视为真实，取决于人们认为电视叙述在多大程度上参与表达和加强共同价值。例如，研究者发现作为一种家庭装置，电视的使用者对待电视总是非常漫不经心，而且电视中播放的叙述也不要求观众全神贯注（参见，例如 Morley 1986）。然而可以确定的是，电视促成了大量叙述扩散传播以及形式的多样化。写在后现代主义学术话语迅速增长之前，雷蒙·威廉斯提出：

> 在英国或美国社会里，大部分人一周或周末观看的戏剧（drama）比过去的任何一个历史时期中一年或在某些情况下一生看的还要多。大部分观众定期每天看各种不同的戏剧两到三个小时乃常事……显然先进的工业社会一个独一无二的特点是戏剧作为一种经历是日常生活固有的一部分。（Williams 1974：59）

尽管使用了"戏剧"（drama）这个术语，威廉斯在这里明显指的是虚构性叙述。然而如果简单的"叙述"被"戏剧"取代，那么威廉斯所识别的现象则变得更为明显。电影主要是以虚构性叙述为主导，尽管有时也会生产获奖的纪录片，而电视的特点则是大量呈现虚构和非虚构。埃利斯（Ellis）写道：

"电视叙述的任何模式都要以电视产品的这种划分为首。"（1992：145）除此之外，电视中的非虚构大量地采用同一种叙述形式来呈现。正如科兹洛夫（Kozloff）补充道："只有那些高度结构性的节目才是唯一不断规避叙述的电视模式，它们遵循自己的替换规则：电视竞赛节目、运动节目、记者招待会、脱口秀、演奏会、体育竞赛。"（1992：69）的确，即使是这些形式通常也无可争辩地包含至少一种叙述性元素。

尽管极力强调电视叙述的多样性和数量，一些重复性特征仍然值得一提。就像广播扩展了小说的形式那样，电视也播放连续的叙述。有些电视持续一季之长，例如改编经典小说；其他的，比如英国戏剧《加冕街》（*Coronation Street*）在 2012 年 12 月创下了 52 年来收视率的最高峰，因此上演的时间持续得更长。第一种类型的连续剧给出了某种结局，而第二种则推迟结尾的出现："它的典型模式不是封闭的，也不提供完整的视野；反而它是对事件的不断重塑。"（Ellis 1992：147）后一点值得注意不仅是因为其本身，而且也因为它说明了电视的大量输出，包括非虚构类型，如新闻和时事。

另外一种电视在其中也有专门化的叙述形式，特别是虚构叙述，是指系列剧（series）。通常是在一个基础情景中以一个或多个人物为中心展开，这个情景每周基本都不变。《星际迷航》中的企业号航空母舰（USS Enterprise）在执行一个"五年任务"，这本身值得重申是因为跟其他很多系列剧一样，其潜在的叙述动力是传统的"旅行"主题。然而与其他系列剧一样，《星际迷航》每一集中的情境和人物与它的续集基本是一样的。该剧不急于给出结局，而是每周呈现这个系列的某个单独的冒险旅程，包含开端、迂回和结局，用人物的"连续性"来确保死亡或整个生命的改变都无法阻止他们一次又一次地冒险。这种模式也有一些值得注意的例外：长期上演的美国喜剧《陆军流动外科医院》（*M*A*S*H**，1972—1983），背景是设置在朝鲜战争时期的一个流动医院，讲述了主角们还家以及战争结束后的故事。实际上该系列剧在电视上播放的时间比战争持续的时间要长；同样，英国系列剧《囚徒》（*The Prisoner*，1967）的最后一集主角 6 号囚徒逃脱，在整个系列中他都被政府关在监狱中，极少地透露了些许其痛苦背后的秘密。然而这里普遍描述的系列和连续模式对电视叙述十分重要，之所以重要也是因为它们正好符合一个特定的长度。例如商业频道播放的半小时喜剧有助于这样一种时间安排：把该剧切割成分别有 12.5 分钟的两部分，从而在前面、后面和中间可以切入广告时间。

与连续剧和系列剧的基本原理一致，电视最值得注意的特点是其连续性，在威廉斯看来就是指它的"流程"（flow）。对他来说，这就是广播的主要经验和"广播同时作为技术又作为一种文化形式的决定性特点"(1974：86)。电视"节目"的观念来自于个人音乐会或戏剧表演,然而这些节目实际上成了一个"流程",因为它们包含的不止一个叙述,而是不同叙述种类的一个序列或者是叙述加非叙述的设计。电视到现如今不屈从叙述的突变,而是由"模仿工作周的时间表来决定——白天、黄金时间、深夜或周末"(Mellencamp 1990：240)。确实,如威廉斯在一个已经应验了的预言中指出,电视里的个体叙述可能被商业广告打断,甚至是被其他节目的预告片打断。对电视流程的这种描述强调了电视媒介于观众对叙述的关注度的要求不像电影中这种有时间限制的事件的要求那样高。此外,遥控器使用频率的不断提高让电视观众不费吹灰之力"快速移动"或转换频道,从一个时间表的流动转换到另一个,而且能够"啃食",享受整个叙述或叙述的一个部分,然后转向另一个叙述或另一个叙述的一部分。

电视的这些方面使它区别于电影和戏剧,叙述的"完整性"在电视中遭到破坏。因此看电视更像是一种"散漫"的阅读。然而在20世纪最后二十年中,家庭进一步采用了各种技术,使恢复阅读的"传统"模式成为可能。20世纪80年代家庭录像机的实用性和快速使用意味着"流程"可以被打断,同时也可以规避电视时间表与工作的时间化密切关联的情况,因为可以在白天把节目录下来晚上观看,这种现象被称为"时空位移"(timeshifting)(Cubitt 1991)。而且因为一个频道上的节目可以用录像机录下来,从而观众可以在同一个时段观看不同频道播放的节目。录下挑选出的节目不仅是因为可以在随后观看,而且如果节目是在商业频道播放的话,还可以删除广告插播或是快进略过。特别热情的观众甚至可以倒带去检查叙述特定序列中的细节或重新经历叙述,就像书的读者那样。

随着录像机在家庭中的普及,卫星和有线电视公司力图吸引电视观众喜爱特定种类的叙述和观看模式。在20世纪最后几年里这些公司开始提供特定"主题"频道,其中包括非叙述性节目,比如体育赛事;以及叙述类节目:电影、纪录片、经典戏剧和其他叙述形式。21世纪早期的几年里,一些公司利用数字技术提供一系列混合节目,它们与常规频道的不同在于观众可以选择她/他希望观看的个人节目的具体时间;其他公司承诺会根据付费观众所喜欢的叙述和非叙述体裁来组织编辑节目。

到了21世纪的第二个十年,电视叙述以一种奇怪的方式发展。由于高速宽带网络连接的发展,电视工业有了用"网络电视"(IPTV)运行的可能(通过网络服务供应商将内容放置于一个网络平台)。除此之外,广播公司发展了技术，使它们的节目在播放后还可以再观看（通常在一定时间内）——BBC iPlayer，Demand 5 和 Youview 是英国的该类例子，而所有拥有网站和充足资源的广播公司都发展了类似的服务。更持久的视频平台如 YouTube 也如此，这些平台有时也可以传输电视内容，这意味着大量观众都可以在他们所选择的时间来消费电视叙述。而且他们这样做所依靠的手段不是通过家中固定的电视，而是用电脑、笔记本电脑、电话、平板和其他移动装置以及"智能"（融合了网络的）电视。在笔者写作本书时，又有了新的发展，看电视可以自己设定时间。为了满足观众对电视系列剧和连续剧 DVD 套装的嗜好，整个叙述可以在周末消费，而不是要花超过一个季 12 周的时间来观看，一些网络供应商如奈飞公司（Netflix）投资制作高品质的戏剧内容，然后可以通过一次性付费消费整部剧。毫不夸张地说这种"集中"消费的欲望模仿了"小说"叙述的灵活性，在之前就已经被电视充分利用了，不过它仅仅是参照了 18、19 世纪以来小说的分集或连载形式。

  为广播、电缆、卫星和网络电视生产节目的时候，首先要考虑到经济利益。但是最终以寻求经济利益为目的，可以使观众持续关注，投入更多注意力的万全之策并没有找到。正如口头叙述的观众，其集体意识可以在他处，或者书面叙述的读者可以跳过某些页数直接读结尾，或广播听众可以把更多的注意力放在切菜上，或者电视的观众可以不断进出去泡杯咖啡，在专门化的节目中叙述也可以被忽略或观众仅仅投入部分注意力，或者甚至是录下来后观众可以在整个序列中那些她/他不想看的部分快进。然而，很多叙述继续在电视或其他地方生产出来，依然保有开端、迂回和总结性的结尾这些传统品质。

  电影、电视和广播表达叙述的方式对 20 世纪的意识有深远影响。每一种媒介都有利于叙述的扩散，同时每一种媒介也让叙述比这种媒介出现之前的时代更易通达。电视的流程，较小程度上也包括广播中的"流程"，意味着观众可以在自己家中随意"收看"和"关掉"叙述。这并不一定意味着个体失去了发现叙述魅力的能力，但是它的确意味着叙述不再承担高度的公共角色。使这个情况变更糟糕的事实是这些新科技也让叙述中的"作者身份"和"权威"发挥的作用产生疑问，尽管电影理论家试图假设一个电影"导演"，很大程度上继续生产电影叙述是因为其形式而不是因为其导演，甚至根本不顾及其导演。出于这个原因，波德维尔和其他"形式主义者"的分析最为重要。同样广播独特的声音以及负责广播的广播公司为叙述命名，他们可能与个体一样重要。然而，电视可能最严重地损毁了"作者"这个概念。它的"吟游"特点是建立在电视的总体安排之上的，而不是以个体生产意识为基础，而且事实是诸多主体如电视公司、频道、演员、导演和摄影操作等都参与生产和播放叙述，这便意味着媒介中传统的"作者身份"概念是站不住脚的。

具体来说电视节目以及对其构成补充的科技对叙述的发展导致了三个重要的结果。第一，西方对电视的广泛使用，达到了这样一个程度，例如电视机不仅在20世纪末的家庭环境中占据了一个空间，而且也在厨房和儿童房中占据了其他空间。这就意味着见证叙述的机会有了空前的增长。第二，那些无数的叙述不仅有虚构的，也有非虚构的，比如那些通过一流节目、新闻和时事来呈现的叙述。大部分非虚构性叙述的叙述特点比以前任何时候都变得更为熟悉，而且所能达到的规模胜过历史学家和非虚构性小说家的作品能够达到的。第三，节目中的叙述形态是根据情景需要的时间安排和流程来决定的，它偏爱开放式的连续模式和情景式的系列模式。

根据这些发展，叙述的生产者可能"一直处于一种恐惧中，无论说什么，之前都已经说过了，而且还被现代文化气候谴责自我意识太强"（Lodge 1992：207）。这一后现代主义的标志困扰着《法国中尉的女人》 （*The French Lieutenant's Woman*）：这是一本小说，其叙述警惕对历史的绝对宣称，因为历史所包含的知识更倾向于被公认为一种"虚构手段"；它自觉指称叙述过程和作者身份，也警惕生产一个结论性的结尾。反之，它提供了两个结尾，其中一个为至少一位主角呈现了一个不利的结果，另外一个为他们中的至少一位叙述了一个有利的结局。《法国中尉的女人》中的叙述承认小说家通常是站在上帝一边，可能现在依然如此（Fowles 1977：85），但是"关于上帝，只存在一个好的定义：允许其他自由存在的自由"（86）。照此，叙述者并不拥有天生全知全能的自由，可以控制她/他的人物；反之自由的构成大意上是说人物根据他们的社会情境从叙述者那里获得一定程度的自主权。

与虚构的后现代叙述相似，人们发现追究知识的自由之所以从启蒙运动开始可以维持至今就是因为相信全知全能的可能性。知识不会毫无缘由地进入这样一个状况，在其中将人类利益等同于终极意识，人们发现叙述本身的进程可以赋予知识动力，可以巩固和验证知识。更有甚者，这些"宏大叙述"与20世纪西方公民在家庭环境中消费的大量叙述在形式上并无很大不同。

那么有趣的是后现代虚构的特点——不确定性，预测了叙述的命运，因为其命运已经被一种在20世纪最后十年进一步发展的技术体现出来：一种技术，像广播和电视一样，促成了传统叙述权威的死亡和新的身份构想。在这种技术所运行的环境中人们逐渐意识到体裁的特点并提高了参与叙述的能力。这里讨论的科技是计算机。

第八章 结尾：开端

现代主义的出现挑战了现实主义叙述中流行的时间概念。现实主义看似提供了一种对线性时间的展示，从表面看来是将离散的时间呈现为一条时间直线，但实际上是抹去了延迟的过程以及离题的场景，或至少让从概述到情景的过渡尽可能顺畅。情景中"真实效果"的扩展，对次要细节和印象的详细叙述是现代主义的特点，它明确否定了时间的线性概念，否认时间是由等比例的时刻构成的向前运动的序列，同样所谓的"后现代主义"叙述常常也警惕把历史的构成视作一系列平稳展开的事件。通常他们同样也意识到叙述完全是被建构的这一特点，以及不可能通过最后的结尾来真正终止时间和空间。而到20世纪的最后几年，这些观点变得非常普遍，几乎被"自然化"；确实，这些观点有助于生成科技生产的大量叙述的基本设想。这些设想既取代也包含电影、广播和电视叙述。

当下的叙述娱乐

在电影《双面情人》(*Sliding Doors*, 1998) 中，格温妮斯·帕特洛扮演的女性角色所居住的伦敦稀奇古怪，充满了各种垃圾、污浊空气和犯罪，她有且没有与理想伴侣（约翰·汉纳）的一段幸福关系。叙述的关键是在她冲去赶地铁的那个时刻：在一个情境中她赶上了火车，而接着发生的事件模式促成了她幸福关系；在事件呈现的另一个情境中，她错过了火车，因此关系则没有发生。近来，一种明显黯淡、多变和复杂的可能叙述路径出现在《蝴蝶效应》(*The Butterfly Effect*, 2004) 中。这种提供多种情境选择的构想事实上源自量子力学某些分支的发现，他们假定"多元宇宙"或平行宇宙，替代了单一宇宙观（参见 Deutsch 1997：32−54，321−343）。事实上可能不只存在一个以线性时间结构展开的世界，而是存在相互连接的无数宇宙，这成了科幻小说叙述所青睐的观念。另一个科幻小说叙述中重复的主题，特别是在20世纪最后四分之一个世纪，包含人类可以被放进故事的"物理世界"的可能性。在电视系列剧《星际迷航：下一代》（*Star Trek: The Next Generation*，1987）中，成员们利用"太空平台"可以暂时扮演小说中的人物，比如福尔摩斯，同时他们可以进入小说中人物生活的环境。《盗梦空间》（*Inception*，2010）将太空平台转换为另一种能够进入梦和梦中之梦的方式，有效地结合了浸没主题和另类的叙述真实。

在20世纪末，这些可能性为那些像默里（Murray，1997）一样在电脑科技到来之后关心叙述命运的人提供了起点。像电视一样，电脑作为一种家用电器意味着可以相对轻松地使用它来储存或检索叙述和其他信息。同样，电脑运算只需要极小的物理设备，如笔记本电脑、平板以及Kindle这样的阅读设备，而它们却能够完成大量的任务和储存大量数据，这些情况要求重新概念化空间问题。描述这种情况常常使用的隐喻是"赛博空间"（Cyberspace），其来自威廉·吉布森（William Gibson）的小说《神经漫游者》（*Neuromancer*），该书第一次出版于1984年。除了电脑，有一种叫作"超文本"（hypertext）的书写形式也支持大量信息检索服务，叫作"万维网"（World Wide Web）。在因特网和互联网的第一阶段，允许着重强调在线文档的超文本标记语言中的某些语词，这意味着与该文本的主题相关的特定问题可以通过即时转换到赛博空间的其他空间去分别获取。例如一个叙述主题的超文本可能包含标有下划线的语词，例如身份、再现、时间、空间、符号和科技，这表明也可以访问其他详细的有关这些话题的页面。后来20世纪早期，到了被称为互联网2.0的时代，链接可以搜索到的结果不仅是文字的，还有视听的。这些网络使用在社交媒体网站和其他网络平台上变得稀松平常。

起初，超文本被认为像《法国中尉的女人》一样允许提供结尾的多种选择，而且也在叙述主体中提供多种选择，"探索在印刷文化中什么被描述为'离题'，却与'主'文本同等长度和同样复杂"（Snyder 1998：127）。然而超文本所鼓励的那种阅读并非首创。这个术语虽然是在20世纪60年代才被杜撰出来，但是如《犹太法典》（*Talmud*）这种古老神圣的文本充满了宗教学者的各种评论，或是其他早期印刷的文本在印刷页面上包含注释，这些都是超文本原则的表现，很多文学作品也有这种特点，包含了大量不同程度的用典，从《神曲》到《荒原》（Murray 1997：91，56）。然而应用于书面叙述的一般超文本原则与电脑产生的叙述之间有非常重要的区别。《神曲》这类作品的同时代读者在阅读时，是通过他们与传统的关系来理解用典的深意。而传统的历史需要读者大量投入学习和理解。在像电脑这种即时的科技中，再与互联网相结合，有关叙述很重要的一点是：电脑叙述的读者使用超文本迅速访问网络页面，较少可能像书本的使用者那样投入和贡献那么多精力去积累知识，因此也较少可能了解创世纪、遗产和特定叙述的传统。

尽管如此，计算机，正如默里指出（1997），必须要发现自己在改变文字叙述特性方面的长处。早在2004年，玛丽－劳尔·瑞恩（Marie-Laure Ryan）已经对叙述和数字科技的千禧年预测表示怀疑。她参考了兰道（Landow）的观点（超文本将通过把读者转换成共同作者来重组叙述经历）、默里的观点（新媒介将进入一个在新维度中表现老叙述的新阶段）、阿尔塞斯（Aarseth）的观点（叙述将会活在游戏式地使用数字化的阴影中）以及赫尔斯（Hayles）的观点[数字意义等同于复杂性、破碎性、流动性、对整体化的抵抗，以及最终的"后叙述"（post-narrative）]（Ryan 2004：337）。自此开始，只有默里的预测依稀准确——移动计算装置促进视听叙述和"书写"叙述能轻松消费。但是很难真的像她想象的那样身临其境，进入叙述空间的"太空平台"。瑞安早在差不多十年之前就认识到科技无法应用于这样的计划，现在也依然不行。我们现在所拥有的用于叙述的移动科技也很难转变叙述特征，平板和 Kindle 这样的阅读装置的使用不断增长造成的唯一显著的发展是能够让无名之辈的情色小说如《50度灰》（*Fifty Shades of Grey*, 2012）成为全球畅销书。

瑞安强调数字化有可能为叙述中的互动性提供一种全新的重要维度，但她也慎重地指出（2004：354）："我们通过认知模型来筛选文本和理解人类行为，而数字媒介对认知模型的影响已没有后现代小说实验对认知的影响那么大。"（cf. Ryan 2011）差不多同时，阿伯特（Abbott）关于叙述未来的论文引用了图像处理（graphical manipulation）、平行交互式小说（parallel interactive fiction）、文本冒险（text adventures）、网络文本（cyber-text）、多用户域（MUDs，multiuser domains）、面向对象多用户域（MOOs，objected-oriented MUDs）以及大型多人网络角色扮演游戏（MMORPGs）（2005：558），它们中间没有一个现如今还能大量售出，命运与早期使用者曾经采用的大量科技如出一辙。瑞安（2004：343-344）注意到MOOs和MUDs以前是社交场所，但是显然那个功能在20世纪的第二个十年开始被不断增长的社交媒体和网站取代。由于假定社交媒体对当代生活的支配以及为家庭提供特定的叙述种类，它们对叙述的转换没有像电邮或电话那么大。而且，尽管短暂出现过推特"小说"（Twitter fiction）和"微型"（"flash" or "micro"）小说（Nelles 2012）的现象，但是公众似乎继续享受一定长度的叙述所带来的持续互动性。

解读叙述

社会媒体、互联网和计算机信息处理鼓励那些日益增多的能够获取相关技术的人来生产叙述。印刷业曾是一种权威的传播媒介,只有少量精选的专家作者可能获得出版商的经济支持,而现在大量拥有电脑的人都可以生产自己的小说,而且形式上也不会与网络平台、图书馆和书店中的作品有太多差异。便携摄像机、网络摄像头、数码相机和相关软件的使用者能够生产自己的视觉叙述,并将其传播给大范围的网络使用者,甚至可以通过使用扫描软件来重组现存的文字叙述,或是用剪辑软件来重组视觉叙述,在现有的材料中植入自制叙述来生产新的叙述。

然而,应该认识到叙述读者的能动性并非开始于数码媒介的互动性。在家用电脑到来之前,VCR"本身就是一种生产装置"(Cubitt 1991:4),因为它允许使用者干预电视节目的流程,回放和重新播放事件序列。在此之前,磁带录音机,特别是卡带/收音机允许听众参与听觉叙述的时间位移。有人甚至提出看电视选择不同的频道和不同形式是一种读者活动。这里存在的问题不是读者可以是积极的,而是由于叙述增殖与再生产叙述的科技有效地结合在一起,促使后现代性中形成了相当成熟的叙述接收特征。选择,即使只是对各种叙述或叙述的各个部分的消费选择,也比以前要宽泛得多。

关于印刷叙述伊瑟指出,文本充满了"不确定性",这使得文本阅读中需要读者投入大量的能动性。隐含读者叙述层与真实读者叙述层之间的差别暗示了每个实体在多大程度上积极参与了阅读。此外,不确定性的存在所要求的空白填充(gap-filling)活动在电影这种视觉叙述中也同样明显。随着 20 世纪叙述阅读的增长,读者的能动性水平也激增。这样导致的结果是,首先叙述的绝对数量和消费叙述所要求的读者活动分散了叙述传播者的权威性。鉴于以前的时代大多数叙述是由掌握技术的个体来生产,在很大程度上代表了他们的利益,叙述中携带代表作者身份的个人签章或标记,然而 20 世纪见证了叙述需求的大量增长,这常常降低了个体作家身份的重要性或是使个体作家身份变得不相关。而且,作者身份进一步被去神秘化,因为随着科技变得更容易获得,特定的叙述种类也更为广泛地生产出来。第二,对阅读行为起重要作用的特定个人或团体的投资,使阅读成为身份的"行使",并随着叙述消费的发展而不断扩展。

这些因素导致的最明显的结果是侵蚀了 20 世纪高雅文化和大众文化的分

界线。确实，对于一些评论家来说，文化中高雅与低俗之区别的瓦解源于右派和左派双方学者们所提出的大众文化理论对精英主义的批判，源于自20世纪60年代以来将大众叙述幽默整合到高雅艺术中，并破除"有文化的高品位"的抑制性约束（Huyssen 1986；Collins 1989；Ross 1989）。然而比这些更重要的是叙述的作用，特别是该时期叙述在新科技中的体现。帕里（Parry）和洛德（Lord）所鉴别的"游吟"或"民俗"的口头叙述传统与"作者身份"和叙述"权威"无多大关系，但与允许叙述传输的方式密切相关。正如所证明的那样，口头叙述的"作者身份"几乎不可能确立；作为"高雅"艺术的基础，那种精英式作者权威概念要求彻底界定和识别作者身份。文字叙述连同个体的启蒙主义概念为"高雅"艺术概念提供了基础，18世纪小说的兴起，19世纪现实主义小说中强大叙述声音的建立，以及20世纪早期现代主义中的反民主力量巩固了文字叙述的权威。然而自那时候以来，我们所讨论的叙述新科技甚少受到"著作权"的影响。

我们看到电影理论家尝试假设一个电影"导演"，但电影生产很大程度上还是取决于其形式，这使得形式主义分析最为重要。同样，广播独特的声音以及负责播报广播的公司的声音可能与命名叙述的个体同等重要。电视假定的"吟游"特点以及过多人员参与生产也挑战了作者控制论。在计算机信息处理帮助下所产生的叙述使作者身份的概念进一步产生了问题，而且甚至似乎是鼓励互动和参与。随着电视和计算机科技在过去十年里相互融合，这种相互性得到提高。

詹金斯（Jenkins，1992）、刘易斯（Lewis，1992）以及其他人的研究试图表明20世纪后期的叙述促进了"参与式文化"的兴起。在其中，热情的叙述消费者，如"粉丝"，不仅用叙述来建构自我身份的各方面，也通过自己再生产不同版本的叙述来改变他们参与互动的叙述特征，或者影响新文本的产生，如后来《星球大战》电影的案例。显然新认识到的读者力量进一步表明叙述权威的死亡。例如在斯蒂芬·金（Stephen King）的小说叙述《一号书迷》（Misery，1987）中受伤的作者被一个粉丝俘虏，并被强迫重写一个叙述，这个令人烦恼的画面表现了对作者自主权的攻击。然而很明显能够参与叙述生产和流通的可能性从未如当前，即21世纪早期的十几年中这般大。

多样性与体裁

毫无疑问人类意识如今充满了叙述。在西方，叙述是很多赚钱产业关注的

焦点，而且叙述的增长也超过了以往任何时候。仔细考虑一下最受欢迎的那些当代叙述生产的广泛性和多样性就可见一斑。在小说领域，19世纪因为现实主义继续繁荣，所以小说能够保持自己的影响，无论其影响是体现在现实主义小说获得了提名布克奖的荣誉，还是对稳定性（valorization）的反对，因为它属于某种体裁。

同时，不仅是叙述的批量生产前所未有地膨胀，体裁的多样性和混杂性也创造了几乎难以控制的多样化叙述图景。而我们每天也全身心投入到人类互动的日常叙述之中（参见第九章）。除此之外我们现在有机会消费印刷叙述、录像叙述、广播电视叙述、电影叙述、各种网络平台叙述、广播叙述、有声读物叙述、支持"文字"和视听的移动式叙述等。娱乐型消费叙述的科技增长已经远远超出了出售的各种叙述。尽管还能强烈地感觉到19世纪现实主义的影响，但叙述分析者和外行的用户通常很难确定当代叙述的特点，有时候也很难确定体裁。混杂性很普遍。

当前全球流行的一种叙述是斯堪的纳维亚犯罪小说。它的流行似乎在于独特的现实主义、严肃性、慢节奏和打破公认的体裁规则（参见Cobley 2012）。叙述诸如《谋杀》（*The Killing*, 2007）披着19世纪现实主义的外衣，但主要不是关注其广阔的背景，而是为了填充"欧洲人物体系"（Woloch 2003）。他们像巴尔扎克那样关注细节，从而不可避免地造成步调缓慢。英语叙述中其他突出的例子也共享这一点，比如西方系列剧《朽木》（*Deadwood*, 2004），用一种类琼斯的方式来细致入微地处理通常"得不到再现的"淘金生活的污点，以及淘金者亵渎的言语中体现出的洛可可式的复杂性。还有就是受到评论界褒奖的警察系列剧《火线》（*The Wire*, 2002）。《火线》中极其缓慢的节奏以及对细节的关注强调了狄更斯式的现实主义，而且在其叙述风格中，对话和行为几乎成了一系列偶然"偷听"到的事件。

许多叙述，特别是电视叙述，利用了《火线》和其他节目中具有的那种现实主义特点。在过去10年里，从偷拍记录技巧到"后纪录片"（post-documetary）的诞生导致"电视真人秀"（Biressi and Nunn 2005）的产生，有些节目将这个方式扩展到现实主义。最有名的例子要属喜剧《办公室》（*The Office*, 2001），它产生了一个美国版本，以及《幕后危机》（*The Thick of It*, 2005）。前者伪装为一种"伪纪录片"聚焦于非常无聊的办公室剧情，以及办公室经理大卫·布伦特（David Brent）的言语行为造成的即兴喜剧。很多布伦特的滑稽动作都是该片制作人的有意安排。另一方面，《幕后危机》并不明显是一部"伪纪录片"，但是使用了很多"电视真人秀"和"电视偷拍"的观察技巧（例如便携式摄像机，没有配乐或笑声声道），因为政治处无能的领导们生活在对马尔科姆·塔克（Malcolm Tucker）的恐惧中，他是一个滑稽而又满嘴脏话的大话精，脾气暴躁。当代戏剧叙述中发现的另一个现实主义变体来自《抑制热情》（*Curb Your Enthusiasm*，2000），它将非常错综复杂和巧合的情节与"现实"技巧相结合，特别是即兴、完全世俗的对话（Cobley 2009）。但是并不是所有电视喜剧叙述都有现实主义的行头。《我为喜剧狂》（*30 Rock*，2006）使用了现代主义印象派和梦的序列，偶尔"犯框"（breaking frame）或"打断"叙述。与更滑稽、更超现实但完全是贝克特式的英国戏剧《15层高》（*15 Storeys Hight*，2002）相比，《我为喜剧狂》的超现实主义优势有足够的吸引力能够维持观众。

影视戏剧中同样继续着古典现实主义，包括《断背山》（*Brokeback Mountain*，2005）、《广告狂人》（*Mad Men*，2007）、《社交网络》（*The Social Network*，2010）、《唐顿庄园》（*Downton Abbey*，2010）以及《逃离德黑兰》（*Argo*，2012）这些立场鲜明、各不相同的作品。史诗和罗曼司戏剧也作为当代叙述混合物的一部分继续发展，出现了以下突出的叙述，如《太空堡垒卡拉狄加》（*Battlestar Galactica*，2004），一部布什时代真实的美国荷马史诗，《指环王》三部曲（*Lord of Rings Triology*，2001—2003），以及最近有罗曼司色彩的史诗《权力游戏》（*Game of Thrones*，2012），彼得·F.汉密尔顿（Peter F. Hamilton）的科幻小说，政治上保守，但史诗成分也非常显著——1000多页的小说，3卷本丛书，包含几乎难以驾驭的大量人物，事件吸收了来自神话、政治学、科幻小说中的元素，又含有大量原创元素。进入21世纪第二个十年，对于年轻一代叙述消费者来说，史蒂芬妮·梅尔（Stephenie Meyer）的吸血鬼罗曼司系列非常受欢迎，但是受到关注也是因为继续了罗曼司传统。

叙述可以轻易融合叙述历史的各个阶段证明了21世纪流行叙述的杂糅性（hybridity）。例如《国土安全》（*Homeland*，2012）是一部悬疑电视剧，围绕观众对一位前美国海军的背景故事的猜测而展开，同时剧中一位患阿斯伯格综合征的中央情报局探员也试图做同样的事。叙述必然部分采用了现代主义印象派的倒叙序列，这样相对容易与电视观众交涉。这种"淡淡的现代主义色彩"也塑造了其他当代叙述的特点，比如《幽魂古宅》（*Marchlands*，2011）和《时光的痕迹》（*Lightfields*，2013）这样的鬼故事系列电视剧中的平行历史。然而一种浓重的现代主义色彩也出现在流行的叙述中：法律剧《裂痕》（*Damages*，2007）情节中交织着充满大量人物的倒叙和预叙，而大卫·皮斯

(David Peace)的小说史诗（sagas）几乎完全是由在心理上和环境上都遭到挑战的人物的自由间接引语构成，到了"东京三部曲"（2008—）出版的时候，已经发展成了对读者的挑战。叙述中破碎的意识已经变得充分自然化，因为在叙述历史中，它也与不同阶段的其他叙述实践相结合。《豪斯医生》（House，2004）显然是一部以大量场景和异常鲜明的对话为中心的医疗剧，其特点是包含了各种倒叙、梦序列以及来自人们身体内部的各种视角。后面这个非人类而拟奇幻性的视角在当代故事讲述中非常常见，他认为这是布莱恩·理查德森（Brian Richardson）（2012：24）所宣称的自阿里斯托芬（Aristophanes）和彼得罗纽斯（Petronius）以来就已经存在的叙述的反模仿性特点，他建立了"非自然叙述学"去研究这一传统（Richardson 2006，2012；也可参见 Alber et al. 2010）。《少年派的奇幻漂流》（*Life of Pie*，2001 and 2012）无论是小说或电影版本，从某种意义上来看都是一部史诗故事，大部分主要描写了船上的两个人物，他们中只有一个是人类。故事的展开围绕着第二个人物———一只老虎，真实的、寓言性或元小说性的状态，以及派最后不得不讲述的有关其冒险的故事。如果"现代主义"和"后现代主义"曾经是两种简单的叙述划分，那么《少年派的奇幻漂流》使它们之间的边界遭到质疑。《火星生活》（*Life on Mars*，2006）描写了一个当代侦探，不知出于何种原因，被传送回 20 世纪 70 年代的警察部门工作。他随后因一系列对当时的文化对象产生的幻想而质疑自己是否精神正常并质疑自己的存在，也对自己所存在的那个故事产生怀疑。同时，在侦缉总督察金·亨特（Gene Hunt）［菲利普·格林尼斯特（Philip Glenister）饰］的监督下他也帮助破案。该剧的关键主题除了其（后）现代主义，就是要重估亨特的人格面具所代表的近来的政治错误性；但是这不妨碍亨特成为一个受欢迎的英雄人物，根据公众的要求，他还复兴了一批延伸剧集，称作《灰飞烟灭》（*Ashes to Ashes*，2008）。

　　戏剧叙述常常倾向于不仅开发自己的过去，也开发其他叙述的过去。在 21 世纪早期，很多流行的戏剧是由电影改编而来的。反过来，也有一些史诗类戏剧被改编为电影，例如《悲惨世界》（*Les Miserables*，2013）。但是很多新的戏剧，特别是音乐剧，都是派生的，常常是组合了众多来自流行歌曲的叙述［《妈妈咪呀!》（*Mamma Mia!*，1999），2008 年拍成电影；《将你震撼》（*We Will Rock You*，2002）］。然而，新的富有创造性的音乐剧并没有被消除。例如，《杰里·斯普林格：歌剧》（*Jerry Springer: the Opera*，2003）为《摩门之书》（*The Book of Mormon*，2011）这类的表演铺平了道路。

　　叙述领域最关注创新性的是电影，尽管只是以一种有限而不是总体的形式。

第八章 结尾：开端

当然，21世纪早期重新启动了特许权，虽然近年来衰落了，诸如《星际迷航》(Star Trek, 2009)、《超凡蜘蛛侠》(The Amazing Spiderman, 2012)、《蝙蝠侠：侠影之谜》(Batman Begins, 2005)以及一些作品续集，比如《007：大战皇家赌场》(Casino Royale, 2006)。同样的情况也发生在电视领域，例如《神秘博士》(Doctor Who, 2005)。然而电视也开创了叙述的新风格，进入了新的周期。杰弗里·斯康斯(Jeffrey Sconce, 2002)观察到"智能"(smart)电影的发展，这种电影是由一小圈子电影导演开创的。像小说家戴夫·艾格斯(Dave Eggers)一样，他们注意到自己出生得太晚以至于已经无法真正感受到那种驱使他们必须要作出回应的现代主义或后现代主义。除表达反讽性的脱离、不参与和背叛以外，托德·索伦兹(Todd Solondz)、尼尔·拉布特(Neil LaBute)、霍尔·哈特利(Hal Hartley)、亚历山大·佩恩(Alexander Payne)、安德森(P. T. Anderson)的电影还表现出一种"敏感性或'感觉结构'，明确表达了20世纪90年代的历史时刻：被遗忘一代(Generation X)的后现代敏感性。斯康斯认为其特点是混合了愤世嫉俗、反讽、世俗人文主义和文化相对主义"(Buckland 2012：1)。巴克兰(Buckland)认为"新真诚"(new sincerity)产生于"智能"电影，当然在一定程度上与之多少有些冲突，这些电影同时包含后现代主义反讽和真诚的叙述。在这方面的典范是维斯·安德森(Wes Anderson)的电影，他的电影试图真实地在叙述中表现"后现代"时刻(Buckland, 2012)。

电影叙述中的创新在很大程度上发生在电影导演的风格这个层面。更为广泛的可能算是上个十年中电影的"谜题"怪圈("puzzle" circle)，特别是在其中时间被重新概念化，而叙述也十分复杂。这种"谜题"怪圈来源于21世纪头十年，某些叙述复杂的电影的流行与成功，特别是《记忆碎片》(Memento, 2000)。该片是一个反向叙述，从一个患了短期记忆丧失症的人的视角来讲述。另外一部是《少数派报告》(Minority Report, 2002)，这个叙述是关于调查"预先啮合"(precogs)所预测到的"未来犯罪"。不仅又是巴克兰描绘了谜题电影的轮廓，也是他注意到当电影技术发展到有利于推动复杂叙述的时期时才迎来了谜题电影，但是谜题电影的出现同样也是因为经验和见证过程的碎片化导致媒介的碎片化（参见 Buckland 2009b）。很多这类电影都是混合物，比如科幻罗曼司《源代码》(Source Code, 2011)以及《命运规划局》(The Adjustment Bureau, 2011)，或是回应后"9·11"世界的惊悚电影，在这些电影中见证遭遇麻烦也造成麻烦，例如《刺杀据点》(Vantage Point, 2008)。电视叙述中与叙述复杂的谜题电影有共同特征的是前面提到的《火星生活》

（*Life on Mars*）以及《未来闪影》（*Flash Forward*，2009）。这种复杂叙述的起源是多变的，但是近几年来一个突出的影响肯定是《低俗小说》（*Pulp Fiction*，1994），它悄然抓住了流行电影中的后现代时刻，违反了传统的线性叙述时间概念。鲜为人知的是《异世浮生》（*Jacob's Ladder*，1990）这部不该被忽略的原型谜题（proto-puzzle）电影对安布罗斯·比尔斯的《枭河桥记事》（*An Occurrence at Owl Creek Bridge*，1891）的改写。

我们所说的"网络叙述"（network narrative）与叙述复杂的谜题电影并非完全无关（Bordwell 2008）。当代的网络叙述与好莱坞的多段式电影甚至插曲式、流浪汉小说叙述有着相同的血统，它似乎是受后网络时代人与人之间有不同联系的概念影响，这种概念被曼纽尔·卡斯特（Manuel Castells）和其他学者理论化。这类电影有时包含多个地方［例如《通天塔》（*Babel*，2006）；参见 Kerr 2010］，但有时也充满了彼此不相关的各种不同人物，他们被聚集到一个地方［例如《撞车》（*Crash*），2004］。网络叙述中令人感到奇怪而意外的联系在近来的电影，如《捷径》（*Short Cut*，1993）中已出现过，还明显地出现在《低俗小说》以及一系列电视系列剧中，特别是肥皂剧。从某种意义上来讲，最近几年来一个关键的网络叙述应该是《社交网络》（*The Social Network*，2010），它将不同的关键人物以及不同的时间地点汇入一场法律诉讼中，围绕脸书（Facebook）这个社交媒体网站的早期建立展开。在上个十年一直没有发生叙述革命，可能这符合叙述过去的 5000 年——有限的模板，但是似乎众多不同种类的叙述有着不同的复杂层次。因此在这里强调当代多样性，我们不是简单宣告多元论而是也要注意当下的很多叙述在主题和观点方面也常常受到限制。它们常常是工业的产物，一贯遵循规则性以及托马斯·卢克曼（Thomas Luckmann 2009）所描述的文化中的"标准化"。

在过去一百多年由于叙述的多样性，读者可能一直处于犯错的危险中，因为他们没有能力选择什么叙述适合他们，什么能够提供潜在的娱乐。20 世纪见证了叙述"体裁"这一术语的更新，这点很重要。各种体裁在广播、电影、书本、电视和网络中都非常兴盛。其中的很多体裁也有很深的渊源：悲剧、喜剧和史诗显然是发源于古希腊。然而 20 世纪更为僵化的一些流行体裁有其深远的传统：科幻的发源可以追溯到 17 世纪的乌托邦叙述，更具体的是追溯到玛丽·雪莱《弗兰肯斯坦》（*Frankenstein*，1818）中对科技傲慢的批判。惊悚片的开端通常与 19 世纪 40 年代埃德加·爱伦坡（Edgar Allan Poe）的作品相联系，特别是他的推断或"推理"故事；现代罗曼司体裁根源于与其不同的一种形式，中世纪罗曼司，但它是在 19 世纪诸如简·奥斯丁（Jane Austen）

和夏洛蒂·勃朗特（Charlotte Bronte）等小说家生产的叙述模式中确立起来的。其他在今天容易识别的体裁有着略微不同的根源：舞台和电影音乐剧源自戏剧传统，在好莱坞电影中达到顶峰；肥皂剧则不同，是一种根据其表述来定义的体裁，它们是由肥皂剧公司投资赞助，在美国广播公司长期上演的系列剧，最后演化成一种电视形式，典型的例子诸如以下这些系列：《冷暖人间》（*Peyton Place*，1964）、《家族风云》（*Dallas*，1978）、《王朝》（*Dynasty*，1981）。

在某种意义上，当前叙述中流行体裁的重要性是作者身份死亡的一个指示符，也指示某些口头叙述前提的回归，意味着规则和重复比识别个体生产者更为重要。然而弄清楚叙述的体裁和准则不是一回事很重要。尽管洛德提出口头诗人将带来新的创新，但叙述的规则会基本保持不变。然而如果观众能够一再从同样的规则中获得享受，这就意味着尽管在每种情况下规则可能展示的方式相同，但是观众从中获得的快乐却是在发生变化。规则重复的相同体验从娱乐方面来看并无益处；规则的变化体验，从另一方面来说，即使是变化非常小或甚微，也提供了更大的愉悦潜力。在后面这种情况下，这种变化可能涉及口头故事讲述者的不同表演或与叙述略微不同的内容；同样，这也有可能是因为受到表演或内容变化的驱使，读者改变了投入。

虽然规则存在，但其接受并不容易定义。体裁与规则相对，所考虑的正好是观众如何接受叙述传统的问题（Cobley 2000：15-33）。每一个叙述的消费者大致了解"体裁"是什么意思：一种简略的文本分类，决定某种特定的虚构作品是否如预期那样符合消费者的文本体验。那么照此，体裁可能使读者怀有一种"想法"和"期待"（Cobley 2005）。然而，学术评论不断假定：体裁指明了一个客观具体的实体，就像规则一样。学界认为叙述的内在因素如结构、情节、人物和场景构成体裁，这是起源于亚里士多德的分析。20世纪的批评家如弗拉基米尔·普罗普（Vladimir Propp 1968）和诺斯洛普·弗莱（Northrop Frye 1957）试图通过把叙述的各元素压缩到一定数量的有限"功能"或"原型"来定义体裁。虽然一个体裁文本可能显示具有体裁理论家所识别的内在文本结构，表现出各种关键元素，如英雄、问题处理等等，这些特征的阅读方式存在更多问题。

这些关于体裁的论据显示了普遍意义上有关叙述的大量信息。显然所有文本甚至非叙述文本也携带多重意义或多种解释；然而当一个文本在一个体裁系统内运行时，潜在的各种不同的解释，用里克·阿尔特曼（Rick Altman）的话来说（1987：4），就会"短路"（short-circuited）。如阿尔特曼强调指出，"文本外有大量决定体裁的元素，这样一来不同的体裁对于不同的观众则不同"

(1999：207)。对阿尔特曼来说，一种文化商品，如体裁，是根据读者的行为来"制造"的，他们怀有对此商品的期待。这些期待不仅仅是有关叙述的宣传材料创造的，它们也并非只是现存信念的产物。反之，它们也是"知识、情感和愉悦"的产物（Jost 1998：106）。体裁意义部分来自阅读该种体裁的其他叙述的能力，但也来源于阅读具体叙述时所带入的更为分散的各种知识、态度、价值观和经历，这一切都处在一种相互作用中。

毫无疑问，短路对于体裁叙述起作用是必然的。除非对叙述规则的各种期待是有限的，否则叙述将会是多重性的且难以确定。因此与类型文本相关的选择现象和被抑制的期待就容易接受。毕竟体裁常常与叙述中发现的可还原的规则联系在一起。叙述可能在普遍意义上同样被认为是一种短路技巧，而且事实上，该原理被叙述分析者们奉若神明。让我们在下面一章的评论中来仔细考虑这个问题。

结尾、逼真性与叙述符号

在家庭录像出现的早期，我还是青少年。当时我看了一部录下来的20世纪70年代的偏执狂惊悚片《摩羯星一号》(*Capricorn*，1978)。电影的叙述是关于未来载人航天飞行的火星之旅。该计划在最后一分钟夭折，因为私人承包商无法维持安全标准而造成技术困难。官方对公众隐瞒了并未发生火星之旅这一事实，并且威胁宇航员在电影棚里表演了火星登陆，目的是让公众继续保持对太空计划的信心。当宇航员意识到官方将会向公众发布他们在重新进入地球气层时遇难的虚假消息时，他们决定逃脱控制，逃向附近的沙漠。其中的两个宇航员被抓获并可能被处死，但是一个特立独行的记者（Elliot Gould）救了其中一个（James Brolin）宇航员并把他带回了他的家乡，反讽的是刚好赶上出席宇航员自己的葬礼并向在场的媒体致意。这是电影的最后一个场景。然而我概述该电影的关键是要表明当我在看电影时，我母亲也在屋里，熨烫衣服的任务分散了她关注叙述的注意力。电影结束时她表示失望并提出她想继续看接下来应该发生的诉讼案件、媒体报道和阴谋者的最终命运。

我母亲的解读似乎引出了两个问题。一个与结尾的概念有关，另一个与逼真性有关。让我们首先来探讨一下结尾的问题。上面对《摩羯星一号》的解读包含关于叙述应该什么时候结尾或停止的具体观点，也就是说它涉及什么被再现以及什么被再现排除在外。几乎所有叙述分析都致力解释叙述如何处理现实，当前的分析也如是。从一开始我们就强调了叙述是通过什么方式来再现世

第八章　结尾：开端

界，它选择并说出其中一些事，同时排除另外一些。一开始，我们从再现事件序列、时间与空间，以及将再现过程区分为情节、故事和叙述这些方面来讨论再现问题。我们反复地讨论叙述的分析，试图说明叙述如何用特定的方式来接近或规避世界。叙述被用来储存关于身份的信息，同时也成为文化的基础；但是在完成某些使命时，叙述是选择性的，它排除文化构成中的一些细节而偏向另外一些。当叙述通过不同的科技或言说形式来体现时，它也会产生变形。口头叙述、书面叙述、印刷叙述、电影叙述、广播叙述、电视叙述以及赛博空间叙述之间的区别显而易见，即使它们是通过再现而不是呈现的方式得到统一。

我们已经看到模仿模式和诗人或叙述者声音的混合构成了叙述的说教性、教育性和权威性的推力。这又是关于某个再现世界的观点被废弃，另一个取而代之的问题。古典现实主义文本的分析者认为19世纪的主导模式——现实主义，建立了一种等级制度，在其中全知全能的叙述声音淹没或暗中破坏人物的声音。与之相对，早期现代主义叙述试图使叙述层次之间相互竞争，从而使叙述中卷入的选择性明显呈现。然而继续保持这种选择性，事实上在现代主义叙述中加强了对所选择的时刻和意识的关注。甚至是后现代主义试图对再现特点的关注也可能被解释成承认叙述在呈现世界方面的失败。

自20世纪60年代到90年代，有一个学科使关于叙述如何处理世界的相关争论一直持续，这一学科为叙述分析提供了关键的技术工具。"叙述学"关注叙述的基础成分，探索可以出现在叙述文本中的各种组合以及读者需要学习和接受的各种手段。关于这些我们在本书中已经看到了许多概念：从真实作者到真实读者的叙述层次，自由间接引语，全知全能叙述，干预性叙述，不可靠叙述，倒叙和预叙（cf. Genette 1982，1988；Rimmon-Kenan 1983，Chatman 1990）。确实叙述学也可以被看作我们在前文提到过的众多分析者们研究的继续，比如弗拉基米尔·普罗普、A.J. 格雷马斯（A.J. Greimas）、列维-斯特劳斯（Claude Levi-Strauss）以及诺斯罗普·弗莱（Northrop Frye）。此外，这些"原型-叙述学家"（proto-narratologists）的研究和叙述学本身在很大程度上促成了20世纪的体裁研究，他们更多的是识别所谓的构成体裁的规则和手段，没能够适当关注处理和接受的过程。

毫无疑问，以体裁研究、神话分析和叙述学为典型范例的文本细读分析非常有用，而且也确实不可缺少。然而当这种细致的文本分析在学院处于其衰退期时，叙述学被指责视界有限。弗鲁德尼克（Fludernick 1996：330）提出叙述学不具备充足的"整体性"（holistic），而吉布森（Gibson）认为叙述学是英美叙述分析中"几何学"趋势的结果，他命中了问题的核心（1996：5-6）。

139

对他来说，叙述学揭示了一种动力，能够"普遍化"和"基本化"叙述中可能发现的结构现象，这种趋势他从法国批评家热拉尔·热奈特追溯到美国批评家韦恩·布斯，再一直追溯到18世纪的英国小说家亨利·菲尔丁（Henry Fielding）（Gibson 1996：5）。吉布森明显相信叙述分析省略了一些对叙述来说绝对根本性的东西。在本书的第一章，我们看到利科对叙述学也有同样的感觉，或者他有些误导地将其称为"叙述的符号学"。利科的主要内容涉及叙述学如何倾向于对叙述"去时序化"，并将其简化为一系列主要的"聚合"功能，将事件序列交托给对时间进行线性解释的常识来决定。然而根据我们所说的叙述分析倾向于处理和再现世界的特性，利科的叙述学批评值得重访；特别重要的是利科对某些叙述分析以文本为中心的含蓄批评，以及对强化文本中心的符号概念的含蓄批评。

然而在进入这一点之前，我们应该先探讨另一个相关问题，它源自前文对《摩羯星一号》的解读。我们已经说过解读与叙述是否在恰当的时间结束有关，因此它涉及什么被再现以及什么被省略。然而这一观察也暗示了我们在很多场合都讨论过的关于叙述的一个更普遍的问题，也就是它的逼真性。在第三章，我们注意到理查森的小说中帕美拉对其婚礼当天事件的冗长重述损害了其可信性，因为大量事件让她没有时间来叙述如此之长的故事，还要把它们写入日记。同样，斯特恩小说中项狄对其生活冗长的叙述也引起了对其逼真性的一致诟病，因为如此冗长的讲述让他无法继续讲故事。在这些小说出版后的那个世纪，现实主义小说一方面通过场景中的细节描写模拟真实，一方面又在小说概述中操控时间、空间和人物，正是通过这种做法，现实主义在逼真性和操控性之间找到了平衡点。然而，尽管实现了某种特定的逼真性，弄清楚现实主义与逼真性是两码事是非常重要的。此外，这一区别重要不仅是因为这在叙述历史中是一个技术性问题，而且也因为它清楚地阐明了叙述符号的特性。

再来，对类型叙述的考虑有助于从总体上来理解叙述。托多罗夫（1977）确定了用于判定一部作品或一套陈述是否具有逼真性的两套标准："体裁的规则"以及舆论或普遍认同的观念。当某人在音乐剧中突然唱歌，根据特定的体裁规则，这并非是有悖于文本表现方式的不恰当行为；反之，歌曲是逼真性具体规范的一个部分，它符合观众的期待视野，这种行为，尽管在真实生活中极为少有，但是在体裁的界限内却具有合法性。同样，舆论与真实世界也不尽相同；它明显包含一系列期待和读者对世界的理解，而不是把世界视作一个指称对象，因此它本身就是一个逼真性体制。如托多罗夫所解释的（1977：87）把逼真性视作一种文本融贯性原则更精确，而不是将其视作在某个领域中存在虚构世界与真实世界之间的相关性。

因此逼真性是建立在舆论认为什么可信的基础之上的,它本身受制于其自身原则的改变、修正和重新学习,也受制于对不同种类的叙述会发生什么的认识,或者如布鲁纳所说,我们在第一章讨论过的,对什么是经典,什么不是的认知。模仿与叙述者声音的混合,或是场景与概述的混合,使现实主义成了一种如此恒久的叙述模式,使其符合逼真性。现实主义期待的基础是维持一种"可信性"的普遍标准,这一标准与普遍认同的观念所认定的"可信性"尽可能接近。如布伦纳指出,"讲述故事"的行为不能单单靠质询感知的逻辑原则和包含在行为中的参照来理解;反之,"我们通过故事的逼真性来解释故事、故事中的'真实相似性'(truth likeness),或更精确地说,故事中的'生活相似性'(life likeness)"。

现实主义这种持久的叙述模式试图在叙述再现的自洽性,模仿和叙述者声音的混合中,以及特定时刻大众在政治、社会和主题上所公认的真实性之间达到一种平衡。显然,这样导致的一个结果是很容易错误地以为现实主义比其他叙述模式更"真实"。然而,这也不应该导引叙述分析向相反的方向行进,过分强调叙述的结尾以及叙述无法充分呈现世界。尽管我们提出很多叙述分析都如此为之,但是也有一些分析叙述的方式关注叙述的目的、丰富性和潜在指称世界的广度。

本书中有关叙述的一个重要论点在讨论现实主义中尤为重要,这个观点是巴赫金有关多声性的观点。对他来说,小说叙述形式中的话语无法避免对话性。小说中的符号总是会与其他符号相联系,从而妨碍叙述声音可能试图实现的那种完结。也就是说,甚至是对人物来说他们之间传递的符号也是"具体的",是较量的处所,因为它们可以是有害的、有益的、恶意的、真实的以及很多其他的可能性。符号与其他符号之间的必然联系也暗示了现实主义叙述声称的封闭世界中包含的丰富性。

有关从另外一个不同的角度来讨论现实主义的丰富性问题,可能很多人会认为罗兰·巴尔特的 S/Z 一书揭露了现实主义的整个系统并敲响了其丧钟。毕竟,巴尔特采用了现实主义大家巴尔扎克的短篇小说,并展示它如何可以被拆解为不同的单元,并仅使用五种符码来分析。似乎这种实践与普罗普研究俄国民间故事或列维-斯特劳斯研究神话的方式类似。然而,S/Z 所揭示的却是巴尔扎克的短篇小说难以置信地充满了各种丰富的符号,它们不仅远远没有被符码简化,而且实际上是彼此之间形成了竞争。

在 20 世纪末,观众同样也必然对大卫·林奇(David Lynch)的电影《史崔特先生的故事》(*The Straight Story*) 感到惊奇。吊诡的是林奇被认为是一个后现代主义导演。也就是说在一个叙述的作者被消解或失去其权威性的时代，他被视作一个具有支配性的作者在场。然而，《史崔特先生的故事》具有最传统的现实主义的所有特点。叙述是关于一位老人阿尔文·史崔特（理查德·法恩斯沃斯饰）的，他听说他兄弟（哈利·迪恩·斯坦顿饰）刚刚遭遇了一次中风。出于某些他们现在大部分都忘记的仇怨，兄弟二人很多年没有说过话。他们两个相隔300英里远，且都很贫穷。阿尔文决定去见他的兄弟并乘坐自己唯一能够负担的交通工具——改装过的割草机出发了。电影完全没有将叙述变为一场喜剧，这场割草机之旅将叙述转变成为诗性的冒险；阿尔文的旅行在西方叙述惯有的传统中成了通向自我的航行。在阿尔文前往目的地的过程中有各种闲笔，其中包括他受到一个普通家庭的帮助，他们非常担心他的安康。同时在这个过程中他在一个酒吧中遇到了一些同类的老人，并讨论了在第二次世界大战中的经历。电影的剪辑和灯光都采用了传统方式，呈现了模仿性的场景，用美国中西部乡村的长距离高空镜头来概述广阔的背景和阿尔文冒险之旅的整个过程。

《史崔特先生的故事》建立在一系列真实事件的基础上，而且可巧这些事件的主人公在真实生活中被称作阿尔文·史崔特。几乎没有叙述如此这般直截了当。同时当然"直接的"（straight）一词有多重内涵。的确该电影所展示的要点与《米德尔马契》所展示给大卫·洛奇（David Lodge）的是一样的：并没有因为它试图用封闭、全面的方式来再现世界，以一种受支配的、作者型方式来践行模仿模式就说它变得封闭，而是说它"继续被阅读和重复阅读，从未封闭或穷尽"（Lodge 1981：236）。尽管是现实主义，《史崔特先生的故事》与其他现实主义文本一样，并不简单地指称现实。它确实再现世界，这是肯定的，但是它使用特定模仿手段来再现世界并不意味着这些手段的总和就是叙述的总和；换一种方式说，"人们不是逐一按事件来处理世界，也不是逐句来处理文本"（Bruner 1990：64）。叙述行为中重要的常常是另外的事：出于某个目的而再现世界。布伦纳将"祷告"与叙述作类比，因为诸如"我们今日用的饮食，今日赐给我们"这样的言语并没有被视为要求，而是一种尊敬或信任行为（64）。正如我们一开始便强调，叙述指称世界；但是其起源不在于指称，其目的在很大程度上是服务于人类确认和重复确认身份。

因此叙述符号携带了大量的包袱（baggage）。然而如我们前面所提到的，瑞士的语言学家费迪南德·索绪尔（1983）支持叙述学的符号概念，尽管他预测了一种普通的符号科学，索绪尔符号学（semiology），但他没有预料到这一

第八章　结尾：开端

包袱。在他的概念中，符号的使用者在一个抽象的符号系统——语言（la-langue）中活动。在这个系统中一个符号的"价值"只能由它与其他符号之间的差异决定。这样一个封闭的形式系统，当被用作叙述讨论的基础时，必然产生一种强调封闭性倾向的分析形式，也强调其充分指称世界的困难。它倾向于关注符号之间彼此结合的方式，而不是符号产生与符号连接背后的理据性。此外，索绪尔符号仅是一种语言符号；在任何情况下，它要适用于电影或电视叙述都有些牵强。本书所讨论的叙述目的，变形，叙述内或叙述背后的因果联系，它在口头、笔头、视觉、听觉和混合科技中所体现的不断变化，以及它的对话性特点表明了我们应该根据一种不同的、更为广义的符号概念来分析叙述。这种符号概念认可叙述指称特定对象，它们认可、鼓励且不能阻止指称超越那些对象，而且它们用于创造一个新的世界。这种概念是由查尔斯·桑德斯·皮尔斯的符号理论提供的。

叙述符号的未来

根据叙述生产中的技术水平，一个人能做得最糟糕的事情莫过于在故事快结束的最后阶段引入一个新人物。当这个人物是像皮尔斯这样的思想家，且所占戏份颇重，那么这个错误则非常复杂。在这种情况下，人物的推迟引入应该被原谅：尽管叙述化是无可避免的倾向，但本书不该是一个叙述。此外，我在本部分将简要评论皮尔斯符号理论所认可的叙述理解，但事实上这种对叙述的理解早已暗含在本书前面所有的讨论中。

皮尔斯的符号与其他大部分符号的概念化不同，因为它是三元的（1955）。他设想了一个"符号"或"再现体"，它作为实体，充当了另外事物的符号。那个"再现体"所指称的这个另外事物被他称作"对象"。"对象"可以是动力的（dynamic），存在于真实世界；但它也可以是直接的（immediate），也就是"对象"其实是在符号中再现。相较于索绪尔的语言符号所设想的声音模式和概念，我们所讨论的皮尔斯符号的第一个方面让符号更适宜于理解叙述。"再现体"能够与真实世界的对象相联系，也可以再现真实世界中不存在的事物；如皮尔斯所说：

> 对象——因为一个符号可能拥有任何数量的对象，每一个对象可能是单独存在之物或相信以前存在或期待将会存在之物，抑或是一些此类事物，或一种已知特性或关系或事实，任何对象都可能是一集合，或是诸多部分构成的整体，或是它可能有其他存在模式，比如一些被允许的行为，

143

其存在不会妨碍其对立面也同样被允许存在，或被渴望、需要或在某些普通情况下总是会发现的具有普遍特性的事物。(Peirce 1955: 101)

因此，皮尔斯的符号理论表明它可以容纳叙述的指称和虚构功能；皮尔斯符号能够代表人们相信曾经存在过的对象，比如19世纪80年代的伦敦，或期望会存在的事物，例如贝克街221B。

然而，皮尔斯的符号三分法（triad）中的第三个部分更有启发性。"再现体"与"对象"之间的关系受到第三个实体的影响，即皮尔斯所说的"解释项"（interpretant）。这不可与符号的"解释者"（interpreter）相混淆。如果我用我的手指（再现体）指向屋子中的一件物品（对象）且房中的某个人看向它，那么一个三分就完成了。这个人所发出的看向所指之物的行为是"解释项"，与"再现体"和"对象"相联系，包含了两种情况：第一，它是指向那件物品的结果或"意指效果"（significate effect）；第二，它是一个中介物，因为它将指示的手指和所指之物集中到一种被叫作"符号"的关系中。在索绪尔符号中没有意义的因果关系（sense of causality）：声音模式与心理概念之间的关系被解释为"任意的"，且符号的"价值"是它们与其他符号相区别的结果。与之相比，皮尔斯符号包含了因果律的内置倾向：与皮尔斯所说的"原因"（ground）有关，解释事情如何发生，例如指示的手指如何成为符号（1955：99）。因此符号的形成是某个原因的结果，无论这个原因是习俗甚或某种"再现体"与"对象"之间的某种相似性概念。

从一开始，我们就已经强调叙述与因果律密切相关。特别是情节将故事事件粘合在一起。对于利科来说情节化（emplotment）中的因果链确保了叙述是人类与时间的关系，甚至是那些常常被设想为缺乏情节的非虚构叙述也展现了某种理据性从而使他们讲述的事件融贯。那么解释项的中介作用则非常重要，因为它使得"再现体"与"对象"之间的关系被解释为符号成为可能，因此用不同于真实世界的原则，以特定的符号关系为基础，一个新世界得以创造。

此外，除了叙述内连接故事事件的内在因果律，叙述的背后存在更大的因果律。我们可以看到，叙述不仅指称世界，它是对世界的再现，其最初的目的是记录和储存关于身份的知识。叙述中的各种符号与世界中的符号并不相同：它们是世界的变形，并总是进入人类行为的故事。叙述符号是再现，尽管最终它们可能指称动态对象（dynamic objects）。它们是叙述特有的，作为叙述符号运行而不是某种其他的符号。这是因为解释项能够协调"再现体"与直接"对象"之间的关系；也就是，对象其实是被符号再现。因此根本上的非现实

第八章 结尾：开端

主义叙述理应缺乏指称性，例如音乐剧或幻想型科幻小说，但它们却能够具有逼真性或可信性，因为叙述内部"再现体"的自洽性代表直接"对象"而不是动力"对象"。

皮尔斯也说明了符号能够在不同的基础上活动，而不仅仅只是声音模式与心理概念之间的任意关系。事物能够变成符号是因为它具有某种品质，因为它存在或建立了一般规律；它指称对象可以通过相似性，被对象影响，或通过规律或规约。它可以是一个表示可能性的符号、存在的符号，或一个表示规律和规约的符号。事实上，皮尔斯识别了 10 种基本符号，而到他生命的尽头时他宣称识别了 59049 种不同的符号（Peirce 1966：407）。考虑到我们的论证目的，这一点说明符号的变化多样足以让它们可以在不同的叙述形式和媒介中得到体现。例如，电影中发现的叙述符号特点如下：它们通过摄像角度或灯光之类的手段显示出某种品质；它们给人的印象是它们以诸如演员或布景这样的方式存在；即使是当被投射到平面荧幕上时，符号也与对象在色彩、形状、声音以及其他因素方面相似；它们作为符号出现在荧幕上因为它们在场，影响着摄影机的视界；它们体现了一般规律，诸如英雄与"美德"之间的联系。正如这个例子所说明的，对叙述的适当解释要求能鉴别符号的普遍潜力。

最重要的是，皮尔斯的符号理论提供给叙述分析的是一种理解叙述的变形能力、对话性的开放以及动力性的方法。我们早已强调过发生在整个叙述中的因果链。然而，本章中解读《摩羯星一号》的电影例子说明了这一链条的动力特性：叙述不仅能够通过产生一种从起点移动到终点，中间产生各种闲笔的运动来建立符号之间的关系，它也有潜力使这一链条延伸到终点之外。毫无疑问，叙述根据其定义确实走向某种结局，这也已促使叙述分析家们特别关注结尾的问题。然而，通过使用相关的科技诸如书本或硬盘记录器，或通过 DVD 版本的视听叙述提供的"叙述补充"（参见 Cobley and Haeffner 2011），叙述的读者和观众能够停延一些时间来阅读某些叙述段落、重读或重播叙述，或是仔细思考它们，带它们跨越流程直达终点。在《摩羯星一号》中则与之相反，读者实际上想象了电影结尾之后会发生什么，渴望其叙述继续。

皮尔斯对符号的理解有两个重要特征，从中可以发现叙述能够以该种方式"超越自身"的主要原因。第一，正如在我们所看到的有关指示手指的例子中，符号要能成为一个符号，必须对某个人来说是个符号。在某种意义上，我的指向手指对我可以是一个符号，但是除非看向所指方向的另一个人识别了它，否则它无法成为符号。因此符号是对话性的：它必须总是开放且为了存在总是受到一个"他者"的影响。叙述中的符号对很多方式敞开，从而它们将会被不同

145

读者使用,包括那些会非常详细地思考它们的读者。

这里的第二个相关特征与第一个有关联。我的指向手指与所指之物之间的联系受到另一个人的影响,他/她通过转动他/她的头并看向正确方向的行为提供了解释项。如果我指向的那个物品是屋角的一团滚滚浓烟,另一个人将不仅会提供中介让我的指向行为成为一个符号,他/她也将很有可能开始他/她自己制造符号的过程:"起火了""我们快出去!""不要使用电梯!""走后楼梯!""我们能够安全到达外面"(cf. Merrell 2001)。确实,很容易看到这里几乎还是有点叙述存在。这是因为一个"解释项"总是有能力变成一个"再现体";一个"再现体"将因解释项的影响而与"对象"发生关联,而"解释项"也可以是一个"再现体",且"再现体"将与"对象"有关联,如此等等。这个过程不会永远继续的唯一原因是日常生活里的实际需求常常干扰这一过程。

因此叙述的真正本质的确就是它有结尾,同样人类除在链条上不断叠加新的解释项以外还有别的事可做。但是,虽然如此,开放的潜能在符号的对话性以及在增殖解释项的推动力中无所不在。叙述毫无疑问再现了世界的特征,省略了其中一些特征而偏爱另一些。它再现时间、空间和事件序列;它有助于身份的记忆与探索;它在其再现中渗透了因果关系;它设想了一个结尾;并且它做这一切都是基于它自身所嵌入的科技的特征。然而尽管存在所谓的叙述的有限情节,但它包含了惊人的复杂性,而且为我们提供了机会去参与到符号的无限可能中。

第九章 什么是叙述？

本书的目的是定义叙述：叙述是什么，它从何而来，它发展的条件以及表现叙述的各种形式。理论能够为我们更广泛地理解什么是叙述提供帮助，但本书的重点并非是讨论叙述理论。大约十多年前我在写作第一版《叙述》期间，出现了叙述探索、叙述理论和叙述研究的大爆炸，其中有很多发现无法写入本书的最终版本；也有很多尚未发表因而无法看到，从某种程度上来讲也就无法写入；因为我讨论的焦点相对集中，也有大量材料被我遗漏了。我过去所认为的叙述研究的努力消亡了——"叙述学"——与此同时得到了复兴。我曾经提出认知方式没有得到很好的发展，如今已经得到了充分发展。过去被认为边缘的研究领域，比如社会科学中的叙述研究，对于从整体上理解叙述来讲已颇具影响。还有其他突出的发展，在本书中也简略地讨论过。这些包括后现代主义之后叙述中的自我意识运动（特别是在电影中，参见第八章），叙述"起源"研究的新发现（参见第一章），并且回到第一版中一个粗略讨论过的主题，如今更明显地表现出来，即人类形式的符号活动一直包含叙述特性。

本章将要讨论叙述与叙述分析在20世纪开始的十多年中发展的各种方向。这样做不仅是为了提供一种形式上的理论视角，还因为所讨论的叙述理论的主要部分极大地改变了我们对叙述到底是什么的理解。叙述在社会科学研究中成了一个关键概念，特别是关于个人历史、传记以及应对疾病和构建身份（Berger and Quinney 2005；Clandinin and Connelly 2000；Crossley 2000，2003；Elliot 2005；Freeman 2003；Holloway and Jefferson 2000；Holstein and Gubrium 2012；Langellier and Peterson 2004；Maynes 2008；Nelson 2001；Ochs and Capps 2001；Riessman 1993）。认知科学方法试图让叙述在人类的意识和人类对世界的理解中起到重要作用（Dancygier 2011；Fauconnier and Turner 2002；Gerrig and Egidi 2003；Herman 2007a，2007b，2009；Turner 2003；Turner 2006；Zunshine 2012），包括诸如把"心智推测"当作"叙述实践假说"的观点（Hutto 2006，2007，2008；Hutto and Ratcliffe 2007）。《叙述》的第一版根据叙述在身份形成中的作用以及它作为与再现相关联的符号活

动形式而具有的特性，尝试对叙述对象进行历史性的阐释，本章将根据社会科学和"认知叙述学"中的叙述来重访身份问题。本章要回顾过去十年，从叙述学在诞生前后的过程看叙述个体发生的研究成果，以及其对人类交流能力提升所作出的贡献（Delafield-Butt and Trevarthen 2013；Gratier and Trvarthen 2008；Merker 2009；Trevarthen and Dlafield-Butt 2012；Trevarthen, Delafield-Butt and Scho.gler 2011；Wittmann 2009）。最后本章将回到的问题包括叙述作为具体的人类符号活动形式的问题，人类环境域的特点，以及叙述作为定义人类的必要因素的问题。

对很多人来说叙述研究的认知和社会科学方向，与更传统的、以文学为导向的叙述理论结合，实际上相当于"后经典"叙述学。该术语是由赫尔曼（Herman，1977）开创，而且他还注意到叙述理论"所经历的不是一场葬礼，也未被埋葬，而是经历了一场持续且有时令人惊奇的变形"（1999：1；也可参见 Alber and Fludernik 2010；Nunning 2003）。过去几十年在文学研究方面发生了更为广阔且精心策划的革新，"后经典叙述学"可以看成是这场革新的一部分，这场革新保卫了以文本为中心的文学研究中处于核心地位的案头研究，且常常其研究更适宜被称为"新叙述学"（参见 Cobley 2009）。社会科学在研究叙述方面的主要努力不可能是"后经典叙述学"的中心；然而，拥有如此悠久的传统，它也足以让我们了解今日叙述的概念化。

社会科学中的叙述

艾略特（Elliot 2005：5）提出社会科学中叙述的"明记利息"（explicit interest）可以追溯到 20 世纪 80 年代，特别是丹尼尔·贝尔托（Daniel Bertaux）编辑的文集，后来的十年间又涌现出了大量作品，从而在 1991 年达到顶峰：《叙述与生命历史》（*Narrative and Life History*）[现在被称为《叙述探究》（*Narrative Inquiry*）] 杂志设立，1991 年在美国发行，以及关于《生命的叙述研究》（*The Narrative Study of Lives*）的一系列丛书出版发行。有人可能会补充凯瑟琳·科勒·里斯曼（Catherine Kohler Riessman）关于如何做叙述研究的简短却颇具影响力的入门读本（1993）。更近期的还有《故事讲述、自我、社会》（*Storytelling，Self，Society*，2004）杂志的创立（2004），其宗旨是分析横跨所有领域的故事讲述的表现，而最近开创的致力广义叙述的杂志中，例如《故事世界》（*StoryWorlds*，2009）以及《故事讲述》（*StoryTelling*，2000），刊登的文章直接与社会科学的爱好有关。

巴尔特在叙述学传统中认定叙述包含我们所认为的众多形式，例如，神话、传奇、寓言、短篇故事、传说、史诗、历史、悲剧、戏剧、喜剧、哑剧、绘画、镶嵌在教堂的彩色玻璃窗、电影、漫画、新闻条目和对话，而里斯曼的研究对象也包括回忆录、传记、自传、日记、档案文献、社会服务和健康报告、其他组织文件、科学理论、民间歌谣、照片和其他艺术作品中含有的叙述（Riessman 2008a：4）。近来，残疾、创伤和医学的叙述维度受到密切注意（Dinerstein 2007，Couser 2007，Garland-Thomson 2007，Mansfield et al. 2010），恐怖主义也包含在内（Archetti 2013）。尽管里斯曼（2008a：15）认为这种"日常"叙述的调研继续了芝加哥学派建立于20世纪二三十年代的社会学调查传统，在社会科学中对叙述广泛的理解将其根源追溯到拉波夫（Labov）和沃勒斯基（Waletzky）有关识别和分析日常交流叙述之重要性的文章中，该文在发表时并未引起足够的重视。

对人类在相对世俗的交换过程中参与故事讲述的研究方面，拉波夫并非第一个权威。然而，他在钻研黑人方言英语的复杂性时，"偶然发现"了易于分析的数据，拉波夫因此为研究者在不常开采的领域凿出一条缝隙，或是说该领域的丰富性迄今被低估了。拉波夫在纽约市公开采访了120个人，近距离聆听他们对特定辅音和元音的发音。他发现发音的一系列规律与社会阶级密切相关。为了收集数据或是让受访者参与互动，拉波夫的调查有时候要求人们讲述关于自己的故事。收集了大量这种数据之后，他将一些抽样放在一起，写出了一篇有影响力的创新性文章来塑形"叙述分析"的领域。在社会语言学方法中，"叙述分析"表明故事讲述的不是民间故事、文学或媒介的问题，而是深深地嵌入人与人之间交流的模式，与欲望的表达、需要以及参与互动的人与人之间的关系密切相关。拉波夫的叙述分析对社会科学有如此大的吸引力更进一步的原因是：与叙述学和结构主义所提供的关于叙述的"中立"观点相比，"叙述分析"说明故事总是有偏向的。在该文出现三十年后，谢格洛夫（Schegloff）对其评论道：

> 在极大程度上，人们讲述故事是为了达成某事——控诉、夸口、告知、警告、戏弄、解释或辩解，或是提供一个互动的环境，在这个过程、语境或间隙中，能够实现这样的行为和相互作用的变化。（Schegloff 1997：97）

该文揭示了大量关于口头叙述的问题，但是谢格洛夫对其中一个事实进行了评价，该事实明显直接与采访对象的叙述有关：激发叙述的提示性问题极大地影响了文本的塑造。然而对拉波夫的叙述分析主要的一个批判是它是一种"事件中心"说（Paterson 2008），过于轻信个人逸事的真值（truth status），没有能够充分考虑语境，而且倾向于关注过去时态从句，将它们与其他所有副本（transcript）相隔离，而这些副本在一定程度上包含着正在自然发生的叙述。

这些保留意见不能阻止潜在使用者的"叙述分析"，但是对在没有发生叙述的地方还要寻找叙述的行为，我们应该提出严厉警告，"近来关于叙述信口胡说已司空见惯"（Riessman 2008b：152）。正如里斯曼所注意到的"故事讲述只是一种口头交流形式，其他的话语形式包括年鉴、报告、争论以及问答交流"（2008a：5）。然而在社会科学研究中也存在对叙述的有效而富有启发性的使用，从而有助于重新定义当代如何理解叙述是什么。

有三种研究彼此相隔一年相继出现，它们说明了叙述分析的解释力量以及对叙述地位的修正。第一是丽塔·卡戎（Rita Charon）的研究，她是一个医生，为将叙述方式引入医学做了大量贡献，同时也扩大了叙述的定义（参见Chron 2006）。在关于注意力、再现和亲和性的研究中，她利用案例研究来说明文学叙述的表述如何可以改变诊断和病人护理情况。她关注如何能够避免通常的"系统检查"及一连串询问，以建立医患之间的互动来收集患者的病史。这种互动以如下的陈述开始："我将是你的医生。我需要知道关于你的身体和健康状况以及生活的大量信息。请告诉我你认为我需要知道的关于你的情况的相关信息。"（2005：264）她随后会以一种"叙述学的方式"来聆听。她将自己的方法扩展应用到与一位中风的病患的关系中：

> 我并不只是要了解中风时病人大脑的哪部分梗塞的问题，而且我也需要了解中风对他有什么影响，造成了什么伤害，他要如何反击，他认为自己能恢复多少，他是否还会是以前的自己。（265）

通过这一叙述模板，并将细读实践与对病患话语的具体的叙述学式的研究连接起来，卡戎认为医生与病人的注意力增强相应提高了叙述再现能力，从而又反过来增强了注意力。

史密斯（Smith）和斯巴克斯（Sparkes 2005）也进行了有效的叙述研究，其研究成果为重新定义什么是叙述提供了很大帮助。在调查脊椎损伤患者对参加运动受伤的回应时，史密斯和斯巴克斯发现这些人所表达的最常见的希望类型是由西方文化中流传的三种重要叙述类型构成的。第一是由*恢复型叙述*（*restitution narrative*）形成的"具体希望"（concrete hope）；在这方面，一些研究中的病患承认他们以前身体健康，但是现在生病了，而未来他们希望会再次康复。第二种是由*远征型叙述*（quest narrative）形成的"超验希望"（transcendent hope），将所要面对的损伤和与之伴随的经历视作必须要勇于直面的事情，从而可以从被视为消极负面的困境中获得积极的因素。最后史密斯和斯巴克斯识别了由*混乱型叙述*（chaos narrative）形成的"绝望"（despair），其特点是失去了所有希望，恐惧永远不会恢复，或者甚至变得更差。这实际上是缺乏叙述顺序和情节。他们注意到其病患依靠希望，但是他们能够用来"重构身体－自我关系"的不同类型的叙述有所不同（2005：1105）。他们所询问的很多病患倾向于恢复型叙述，但是任何叙述倾向的形成都受到其所内含的文化和亚文化的影响。史密斯和斯巴克斯承认他们的采访在其中起到了一定作用，因为他们鼓励表达希望叙述，他们的患者可能认为他们是被迫说出这些希望叙述的。

这里要探讨的第三种重要的研究是贝恩（Beyon）对狱中囚犯叙述的研究，在监狱这样的环境中谎言普遍流行，显然"无人有罪"。如贝恩所说（25），他在监狱中所接触的叙述与他以前面对的任何叙述都不同，"之前的实地调研延续了三十多年（包括对初中和小学、医院、传媒机构、运动领域以及警察和缓刑服务的研究）"。他注意到囚犯独特的混乱经历以及他们试图创造"情节"来处理这些经历。因此，贝恩认为叙述"是'文化脚本'，根植于时空，通过某个结构和视角来赋予生活中的事件以秩序、融贯性和结构"（2006：8）。其中一个囚犯，哥特（Goth），与跟他一起监禁的其他男性相比，他是一个清瘦而又略为女性化的囚犯。他跟"很多男孩一样"，不断重复讲述某个幽默的故事，在其中他是英雄，智力上战胜并羞辱了曾经那个好事的监工。斯图尔特（Stuart）是一个被控性侵犯脑受损的年轻男子的男性囚犯，正在等待审判，他以一种类似恍惚的状态来讲述自己的叙述，深入到表面看起来无关联的过去事件中。贝恩主张斯图尔特寻求的是诸如史密斯和斯巴克斯所认为的"希望"叙述这类，但他也提出斯图尔特可能忙于"为自己制造借口"（24）。因此，贝恩认为它所分析的"指称性"和"评估性"叙述挑战了实地调查，这种实地调查是"基于所言之事的绝对精确性"，关于这一点监狱官从一开始就警告了他。然而尽管很容易认为这类叙述是谎言而不予理会，但分析得出的一个重点是叙述在监狱环境中发挥了重要功能。特别是在哥特的案例中，他通过叙述扭曲了监狱中的人员对他身份的评估，因此叙述成了他的一种生存机制。最后，贝恩总结到他的文章实际上应该被称作"作为身份表达的谎言"。

尽管事实上他所处理的是一个非常具体和罕见的叙述环境，但贝恩的观点却对理解所有的叙述研究非常重要。卡戎认为她在研究和实践中所遇到的叙述不应该被视作"一种复制再生产";相反,"再现行为发生在观看的主体,被看的客体,观看的视角,孕育出丰富视野的美学子宫内膜,以及作为再现接收者的观众中"(2005:266)。同样史密斯和斯巴克斯强调他们的发现是启发性的,而不是决定性的,依然存在关于"叙述地图"随着时间的推移在不同的语境下如何建构的问题(2005:1104)。贝恩更坦率地指出,"我们必须不断提醒自己大多数的叙述远远不是对真实发生的事件的精确记录"。因此,卡戎证明了叙述是增强注意力(在医学中)的特殊方法,史密斯和斯巴克斯说明了叙述是希望框架,而贝恩则呈现了叙述以惊人的方式成为身份特定的、策略性的规划者。简而言之,叙述不该被解释为一种对事件的简单重述。对伯杰(Berger)和奎宁(Quinney 2005:9)来说,叙述细节不遵从科学有效性的标准,而是"描绘生活经验的鲜活性",这一事实让帕特森(Paterson 2008:37)从"经验"论的角度把叙述看作"通过第一人称对过去、现在、未来或想象经历的口述把个人经历的故事整合到一起而产生的文本"。

首先我们要承认存在很多有关叙述重要性的难题,但很重要的是我们也要认识到研究本身常常也要用叙述来表达。埃利奥特(Elliott 2005:13)因而区分了"一级"("first-order")叙述,源自研究主体的个人讲述;以及研究者所建构的"二级叙述"(second-order narratives),用于赋予社会世界和其他人的经历以意义。这个问题也与被称作"小故事"和"大故事"的构想有关(Bamberg and Georgakopoulou 2008;Georgakopoulou 2006,2007;Bamberg 2006)。小故事倾向于以个人为导向而"自然发生"的叙述,发生在日常的人类交往中;就其本身而言,它们常常是"听不到的"。大故事是我们已经列出来的叙述研究的素材:以社会为导向的自传和传记,回忆录、通常在研究过程中发生的奇闻逸事(cf. Andrews et al. 2008:7)。这些并不是固定不变的范畴(Bamberg 2006);确实,如所看到的,卡戎研究的叙述可能同时既是"大"叙述又是"小"叙述。此外,朗布鲁(Lambrou)(2014a,2014b)对"9·11"和"7·7"事件后的创伤进行的人种志调查表明,作为叙述活动的社会特性常常阻止对"大"和"小"的方法论进行区分。然而,这些范畴所认定毋庸置疑的,以及研究在这里所讨论的,是要证明一个重要的叙述定义,它与过去一个世纪中不断发展的交往理论中出现的言语行为理论是相一致的。在这里讨论的这些研究所要表明的是一个非常重要的叙述定义,它符合所有关于言语行为的发现,其产生于交往理论出现后近一个世纪(Cobley 2006)。也就是说,叙述不仅描述事件而且实际上通过其言说来行事。而且其行事可能发生在比我们之前所认为的更深的层面。如弗里曼（Freeman）（2001：297）所论争的，将关于叙述和身份的争论从纯粹的"社会性"转移出来，叙述认知是诗性的，也就是具有创造性（poiesis）特征。

叙述与认知

在过去十五年里，作用于重新定义叙述的其中一个主要力量被称为认知叙述学或简单地称作"叙述的认知方法"。受到布伦纳（Bruner）的启发，对叙述与认知关系的研究，正如我们所看到的，为叙述的起源提供了新理论（参见第一章）。随着近几十年来国际上认知科学经费的增长，其发现已逐渐被人熟知，而且也在很多领域积极地发展起来，包括叙述研究。特纳（Turner）（1996：4）在关于文学的认知论文中提出叙述是理性能力所依靠的"思想的基本工具"，它是预测能力、计划能力以及处理空间能力的基础（20）。以认知为导向的叙述研究非常广泛，但这里为了阐述清楚，可以将其分成几个主要主题。认知过程涉及"认知地图"（cognitive maps）、"框架"（frames）、"脚本"（scripts）、"图式"（schemata）或"组块"（chunking）：大卫·赫尔曼（David Herman）把叙述中的这一现象称作"制造世界"（worldmaking），它与"移情"（empathy）密切相关，而且与反复出现的"心智推测"也关系密切。

"脚本"与"框架"的概念相互替换使用（参见 Fludernik 2003：244 n. 2），而且它们是认知"图式"或"地图"这一更广泛概念的一个子集，分别是由尚克（Schank）和阿贝尔森（Abelson 1977）以及明斯基（Minsky 1975）介绍引入。赫尔曼（2003）使用的"组块"概念补充了原有的概念，该概念来源于现在人们所熟知的知识：关于经验丰富的棋手如何可以认知到棋盘的构成，并能够根据原本难以处理的整体中的组块来策划具体的棋局（Simon and Chase, 1973）。格里沙科夫（Grishakova）简洁地总结道："框架和脚本是知识成规的贮藏所，这些知识支持熟悉的语境中自发的、自动或半自动的、基于规则的行为"（2009：189）。在"认知叙述学"中，理论源于这样的一个观念：把知识分类为各种固定形式的方式都有其叙述框架。例如弗卢德里克（Fludernik 1996, 2003）识别了行动（ACTION）、讲述（TELLING）、体验（EXPERIENCING）、观察（VIEWING）和反思（REFLECTING）框架[①]。作者与读者之间建立起来的熟悉程度是波动性的，所能达到的程度是：当作者偏离图式（即共享的文化

---

① 此处英文单词大写遵从原著——译者注。

脚本）时，它们能够被识别（Margolin 2003：277）。然而，帕尔默（Palmer）非常有说服力地表明了叙述中涉及了大量框架（2003：325–326）。他重访了尚克和阿贝尔森的相关例子："警察举起手示意停车。"在这句话中，他们只需要读者简单理解脚本中的细节，而不需要读者对寓意进行解读，也不需要读者分析文中的隐喻。模仿微软的推理过程，与人类程序不同，帕尔默以新句子的形式列出了对原始句子的机械处理中必然涉及的九种不同推论。那么可以理解的是像帕尔默一样，认知方式力图解除很多叙述中涉及的不同框架或脚本，是为了说明叙述不只是一种"思考方式"，而是一种令人困惑的多样性的思考方式。然而这也不是所有。格里沙科夫强调大量框架、脚本、地图和图式的存在，允许对叙述的不同解读，"然而还有大量数据存在于框架之外，存在于推测和假说的领域中"（2009：195）。如果我们根据本书前面已经介绍过的皮尔斯符号学来处理这个问题，逻辑推理的方式可能会被驳回，换而采用叙述中人物和读者常常参与的那种"试推"或"猜测"方式（Cobley 2009）。

认知科学倾向于避免心理过程的不精确性，并已尝试消除罗伊·哈里斯（Roy Harris）所说的"粗俗的心理言语"（vulgar mindspeak），而赞成使用更科学化的术语〔哈里斯不避讳将其称作"认知乱语"（cognobabble）。认知研究在其中寻求精确的一个领域被称作"心智推测"（Theory of Mind，ToM），尽管詹赛恩（Zunshine 2008：58）即刻注意到心智推测也可以叫作"常识心理"（folk psychology）以及"心智解读"（mind reading）。然而詹赛恩之所以认为该概念重要，其原因是双重的。她提出"小说吸引、逗弄，并将我们的心智解读推至我们设想的极限"（2012：locs 155–156）。也就是说，故事，特别是通过对人物心理的描述，来练习人类推理他人的思想或性情的能力。引用来自进化心理学（evolutionary psychology）的文献，詹赛恩提出存在一种心智推测"模块"（module）（一种基因遗传的内驱力），它的进化和发展是因为人类祖先需要像他们小社群中的其他人那样理解空间和居住在相同的空间（2012：locs 206–209）。她提出虚构叙述设法"欺骗"心智推测机制采取行动，就好像它们是在回应真实的人（2012：locs 223–225）。她认为小说"满足了认知适应（cognitive adaptations）渴望再现的强烈情结，其存在的条件需要一种恒定的社会刺激，这种刺激要么是由跟其他人的直接互动发出，要么是由近似的想象互动所发出"（2012：locs 235–238）。

赫尔曼（2011a：10）认同心智推测的一般论点，他提出叙述中产生的用于理解虚构心理的各种方法补充了其他地方理解心理的各种方式。他将这一观点有效使用到充分论证海明威的故事《白象似的群山》（*Hills Like White*

Elephants，1927）的分析中，该叙述初看来似乎无法用认知或心理推测来分析。赫尔曼巧妙地说明故事如何牵涉了心理定位（吉格和叙述者处于一系列自我与他者的定位行为中）、具身性（embodiment）（提出该故事探索了关于世界所能看到的或知道的事物如何随着发出观看行为的具象自我的空间坐标而发生变化）、分布式心理（跨越最终居住在"故事世界"的故事参与者）、"情感学"（emotionologies）（参与者在话语中所调动的情感术语和概念系统，将情感归因于他们自己和同伴，由人物使用直到达到话语分歧或话语极限）以及感觉（qualia）[赫尔曼将其定义为人们感觉或经验世界的方式，使"海明威的文本（……）通过参与说话场景，感觉和经验事件意义的参与者能够使用的话语方式，成为一个积极的、持续建构的故事"]（Herman 2010a：162—174）。在阅读诸如《白象似的群山》这样的叙述中，有人主张"读者"有关虚构心理的知识通过相同的推理草案来调整——也就是，关于人们行动原因的推理，调解与日常心理的冲突（Herman 2011 a：11）。此外，对心理的误读（例如弄错喜极而泣和悲伤而涕）也可以接受，只要它还是一种"心智解读"（Zunshine 2012：locs 255—258）。

在具体的"心智解读"中，很少会有两手准备。认知方法中发现的读者与人物之间关系的特殊领域涉及"移情"。在 20 世纪 90 年代晚期，在猕猴身上所做的实验开始得到广泛报道，因为这些实验提供了"镜像神经元"（mirror neurons）的证据；简言之，这些实验表明动物大脑中的神经元在动物发出行为时会激活，但是当动物观察其他动物发出的行为时，这些神经元也会激活。这些试验的结果被广泛推演到人类身上，并且根据它们对移情的神经基础的证明来设想试验结果（Gallese 2005）。毫不奇怪，叙述，特别是在其虚构的、人物丰富的多样性方面，已成为后镜像神经元推测的焦点。幸运的是，苏珊娜·基恩（Suzanne Keen）的叙述中对移情的核心研究是慎重的也是适度的。从一开始，她就注意到叙述虚构中对移情的推测并非是新的，"正如任何学习 18 世纪道德感伤主义的学生会断言的"（2006：207），她（2006：209）区分了"移情"和"同情"，前者等于"我感受到你所感"（例如痛苦），而后者等于"我感觉到一种支持的情感"（对痛苦表示同情），尽管弗洛伊德认为同情也可能是攻击性的。移情所表现出来的不仅仅是与人物的认同，尽管基恩（2006：217）注意到：如格里格（Gerrig 1990）指出由于移情的原因，扁平人物可能比以前所认为的要包含更多能引起移情的因素。这些包括*有限型策略性移情*（*bounded strategic empathy*），它在小集团内运行，起源于相关经历并导向与熟悉的他者同感（2006：215）。这种移情映射了安德森根据威廉斯理论提出的社群中的"同时关系"。对于这点,基恩补充了*使节型策略性移情*(ambassadorial strategic empathy),"它只针对被选择的他者,目的是培养他们对本团体的移情,常常是达到一个具体的目标"。此外还有一种*散播型策略性移情*(broadcast strategic empathy),它"号召每一个读者与某个团体产生同感,其策略是通过普遍性再现来强调共同的弱点或希望"(2006:215)。

正如通读本书可以注意到,这个普遍性趋势存在一个问题,因为划分团体的行为总是边缘化或排除他者。出于这个原因,基恩对于宣称叙述性质的普遍性保持警惕。然而她确实提出殖民支配下的作家强烈地支持普世主义(universalism)并发现它是有益的(2006:224)。她注意到对叙述性质的评论常常假定特定的政治、伦理和情感效果,缺乏小心的实证检验,从而增强了对认知方法的辩护。她提出"为了坚持将有利的技巧认定为具有移情作用从而忽略了可能有利于移情效果的一整套技巧,这仅是使叙述移情的研究成为一种印象主义的努力"(2006:226)。关于叙述的移情也是有问题的,因为它暗示一种不变的心理现象。这是一个熟悉的问题。当我4岁时,我父母和兄长第一次带我去电影院看电影。可能他们有欠考虑,所选的电影是《祖鲁战争》(*Zulu*, 1964),是一个关于罗克渡口保卫战的叙述。在这一场1879年英国-祖鲁之战中150名英国士兵被4000个祖鲁战士围攻。电影看到一半我的兄长和父母注意到我正在哭泣,开始他们以为我是因为暴力和流血而不安。我到今天还清晰地记得,事实是我被电影中所展示的绝望困境和他们惊人的勇气深深感动。在写作这最后一句的一个星期之前,我带儿子去电影院看《巨人捕手杰克》(*Jack the Giant Slayer*, 2013),该电影的高潮部分类似于我小时候看过的那场绝望的围攻,大规模的巨人袭击国王布拉姆韦尔的城堡。我与观看《祖鲁战争》时所经历的移情式反应完全不同,因为年龄不同、事件的虚构性、奇幻体裁,也因为经验的累积以及其他的一些原因。基恩注意到(2006:214)叙述中移情的时机和语境是至关重要的。但是正如社会科学在叙述方面的研究所示,经验发展也同样重要。

在提出将叙述重铸为移情载体的可能性时,基恩也小心地避免夸大移情的结果,并考虑到了事实上移情可能并非是好事。她写道:

> 我已经指出与虚构人物产生同感和真实的人发出行动之间的关联是极其微弱的,而且是否有关联也有待证实。要么是通过对阅读效果的实证研究来证实,或者通过分析作为文化现象的小说阅读和在小说阅读兴盛的社会中的历史变化之间明显的因果关系。(Keen 2007: locs 2474—2475)

她注意到存在对移情的批判，这些批判指出移情在面对有组织的仇恨（organized hatred）时对呼吁人性所表现出的无力感，而且移情也可能会阻止或替代人类真实行为的发生（2007：locs 2495—2497）。引用威廉斯的论点"工人的介入不是因为阅读工业化小说而发生"（2007：locs 2567—2569）。

还存在其他充分的理由说明我们需要谨慎对待叙述的移情作用，这些理由与在本书中发展起来的论点产生了共鸣。科尔姆·霍根（Colm Hogan）（2004：146—147）中肯地提出发展主人公的主体性，以及培养对主人公的移情都有可能会危害人物应该承担的重要叙述功能。正如我们所看到的，这些功能对戏剧化和纪念社群的继续维持有重要作用。那些引起同情的反面人物能够转换叙述中某些假定的功能。例如随着《太空堡垒卡拉狄加》（*Battlestar Galactica*，2004）的继续，不仅很多塞隆人（Cylons）得到细致入微的心理描述和获得同情，而且一些迷人的英雄人物也被揭露是塞隆人。该系列剧因此从星际剧集（space opera）上升为一种新的史诗。同样，当对英雄人物的移情增加时，英雄的典型功能则可能被破坏。再次，在《太空堡垒卡拉狄加》的后半段，阿达玛上将［Admiral Adama，爱德华·詹姆斯·奥莫斯（Edward James Olmos）饰］和罗斯林总统［Roslin，玛丽·麦克唐纳（Mary McDonnell）饰］都逐渐因为对领导权的欲求和不断增长的专横而困扰。在最后几集中，所有剧中的英雄（以及剧中的一些"坏人"）都经历了救赎，人类的脆弱又一次被英雄品质战胜。

在叙述的发展中，移情不仅是西方传统中心理学和因果律的累积红利，该传统由奥尔巴赫提出，在本书中也有所回应。而从某种程度上来说移情是叙述的一个问题倾向。基恩表达了一种担忧："我们当代对多样性和差异的颂扬可能导致很难被注意到我们的相似性。"（2007：locs 2785—2786）然而最后基恩总结道，如果"叙述移情能够被证明渗透到亲社会行为中"，那么人类则被迫认同那些最高效的叙述，因为它们能够促进有利的行为产生。

丹尼尔·D. 赫托（Daniel D. Hutto）所构想的"叙述实践假说"（"Narrative Practice Hypothesis"，NPH）也包含了一个相关的使命。他以心智推测观念作为起点，但是他最终的分析却明显反对它。一些基因决定论者、进化论心理学家、自闭症评论家以及不少研究叙述的认知方法的学者假定大脑中可能存在一个心智推测模块（Theory of Mind Module，ToMM），赫托对此表示怀疑（例如，Zunshine，Scalise Sugiyama and Boyd）。赫托更常使用的一个同义短语是"常识心理"（FP）（Hutto 2008），他观察到FP是一种叙述实践，人类在其中建构和消费叙述。然而，他也指出当儿童接触到具体的那种明

显允许并鼓励理解信仰和欲望（心理状态）的叙述时，他们才能获得 FP "能力"（Hutto 2009a：9-11）。这并非是一个小的发现，正如他所说：

> 如果我们理解自己和他者的能力不是天生的——如果它依靠参与特别的社会实践——那么这会影响我们应该怎样思考很多重要的问题。这将有关我们如何理解特定的心理功能障碍以及我们可能怎样尝试治疗它们……但是当关系到决定我们应该为孩子提供什么样的教育机会时，它同样重要。而且，如果我们理解自己和他者的能力并非完全是天生的话，那么人们就更可能认为，即便是成人，我们也可能可以改善和提高他们的这种能力。（Hutto 2011）

对 NPH 持反对意见的人提出心智推测能力是 50000 年前进化而来的，而第一个书面叙述在 5000 年前才出现（史诗《吉尔伽美什》——参考本书第一章）（Hutto 2011）当然，叙述的口述形式显然在《吉尔伽美什》出现之前就存在了很久，尽管多久不得而知。另外的一个异议是心智推测模块必须在儿童开始参与故事前就存在于他们的大脑中。赫托对此的回答似乎在关涉叙述定义的发展方面言之成理，这点我们将进行简短讨论。他提出儿童最初对故事讲述实践的参与"将是部分的、有限的以及零碎的"（Hutto 2011）。孩童对心理状态的部分理解并不等于实现了心智推测能力。同样这可能意味着无论是从种系发生的或是个体发生的角度来说，寻找一种成熟的叙述模块或能力就是一种错误。

赫尔曼（2008，2009）认清了赫托的 NPH 如何重新定义了叙述。然而他补充了从中得出的一般结论，提出"意向性系统建立在故事讲述实践的基础之上"（2008：240-241）。叙述因此被视为一种"跨情境认知框架和交往实践"，它提供了一种环境——"意向姿态"（intentional stance）（2008：241）。换一种方法说，是叙述促进了 FP 和 ToM 而不是它们促进了叙述。意向性通常被认为是叙述的特点，也常常设置于作者（或作者"功能"）、隐含作者或叙述者身上。但是在这个构想中，意向性在人类发展中并不先于叙述能力而是与之孕育而生，即意向从作为内在的心理对象转换为作为知识结构（2008：24）。赫尔曼认为这一转变给叙述研究带来了深远的后果，这一观点非常正确。这并不是只因为它根据赫尔曼主张的"制造世界"理论重新定义了叙述（2008：249；2012a：14），也是因为其他的认知方式似乎甚少关心定义叙述在认知中的地位，而更多的是使叙述符合认知能力的某个特定观点和它们的起源。

照此，除了"移情"和"意向性"，一些基于进化心理学的认知方式试图重新引入一系列老问题。所谓的文学达尔文主义者通过鼓吹"进化论"是证明"艺术"的功效的可靠证据来获得广泛认可［参考 Max 2005 以及《风格》(Style) 增刊中有关进化方式的文章］。阅读博伊德（Boyd）的书中有关故事起源的观点令人想起生物社会学的全盛时期，例如在某种程度上近来的心理学研究表明人类在小说中偏爱某个主要人物，因为在试验中，参加试验的人发现主角人物更容易追踪（2005：157-158）。那么就很可能听到这样的提议：百万富翁倾向于居住在顶层公寓，因为他们的统治地位部分是一种动物性遗传，从远处观察敌人是一种进化优势。面对比尔•盖茨居住平房的证据，生物社会学家们毫不犹豫地说动物的进化优势在于丛林中捕食或逃避被捕获。克拉姆尼克非常全面地把文学达尔文主义中很有争议的问题提出来，以供论争。然而，人们很难避免会认为叙述的"进化"被重塑为一种与适应性相关的必然的认知能力，因为叙述的认知理论向移情、意向性和普遍性敞开大门。赫尔曼和基恩非常谨慎地对待自己的观察，避免叙述的机械论断，霍根也如此，事实上他在假定"叙述普遍性"方面并不是还原论者，他依据了丰富的跨文化例子。与此相反，文学达尔文主义宣称艺术和文学提供超然存在（transendence）(Boyd 2001)，它们在"生物学上就属于我们人类"，因为它们曾经（或至少曾经）有利于我们（参见 Kramnick 2011：324）。这种重新引入"繁殖"（breeding）并把叙述研究只当作生物学的必要文献的成分来处理的策略与主张"适当的"的音乐无异，这些音乐有教养也懂礼仪，后来那些下流的庞克摇滚以他们的 3 弦革命破坏了其规则。

20 世纪 60 年代叙述学开创了跨媒介叙述研究的转向，从而有效地废除了"艺术"与"文学"概念的价值取向，以及利维斯式的道德与精神包袱。然而对叙述学某些缺点普遍强烈的反对——认为它缺少对叙述动态性、观众和影响的解释——导致了其衰退。将赫托合理的 NPH 理论视作一种挑衅（Hutto 2009b）表明了在这个领域某些思想变得多么保守。在当下，思考叙述在人类身份和认知中所扮演的角色是一项非常微妙的工作。关于叙述的一些轻率定义和草率的结论以及叙述与身份的关系在上个十年出现，现在我们必须要转向这些问题。

叙述与身份重访

在本书第一版的开头，我曾斥责过当代报纸杂志的某些专题新闻，以《星期日泰晤士报》的布莱恩•艾波雅（Bryan Appleyard）为代表，因为他们发

表的那些关于故事的论断言过其实、权力无限、自命不凡、无事实根据以及显而易见。艾波雅写到我们"对自己讲述故事",关于"我们是谁以及我们想成为谁的故事",关于历史、政治、民族、种族和宗教。他宣称这些故事将我们置于时空之中,慰藉我们,让我们的生命有意义,可大(陷入爱情)可小(喂猫),或是关于为救赎或自由斗争一生(Appleyard 1999:39)。我对他们的斥责并非是有先见之明的。事实上它来得太晚,因为20世纪90年代末和21世纪初见证了主流思想中关于叙述的类似见解大规模增长,从而它们变得司空见惯了。显然叙述处处可见,里斯曼明显早就及时对这种观点的流行提出过警告,我们之前也看到过。我们应该注意不要试图硬要从叙述不一定必然发生的领域找出叙述。然而,比文学达尔文主义者古怪的人文主义论调(humanist confection)更有问题的是,越来越多人假定叙述、身份和美好生活之间的关系。

与此相反,哲学家伽林·斯特劳森(Galen Strawson)(2004a,2004b)对某些理论家、哲学家和外行的评论员所传播的关于叙述和身份的某些更为假定性的构想表示怀疑。《叙述》杂志即刻发表了对斯特劳森立场的评价,有一位学者尖锐地反对(Eakin 2006),但是也有两位学者明显欢迎(Phelan 2005;Battersby 2006)。学者们对斯特劳森的案例进行了严密而具有逻辑性的论争,可以总结如下:他不认同人类典型地是把生活当作叙述来观看,或者是像叙述一样过活或经历生活——"心理叙述性主题"(*psychological narrativity thesis*);这一点他结合伦理叙述性主题(*ethical narrativity thesis*)共同讨论,该理论认为将人的生活作为叙述来经历或设想是好事(2004a:428),并引用哲学家查尔斯·泰勒(Charles Taylor)、保罗·利科(Paul Ricoeur)、阿拉斯代尔·麦金泰尔(Alasdair MacIntyre)、玛雅·沙克曼(Marya Schechtman)和丹尼尔·丹尼特(Daniel Dennett)、心理学家杰罗姆·布鲁纳(Jerome Bruner)和神经学家奥利弗·萨克斯(Oliver Sacks)来讨论这一点,外行的评论员如艾波雅也可以被添加到此名单中。斯特劳森直面这两种观点,他提出有人认为人类要过得幸福就得像叙述一样经历其人生,但情况并非如此简单,我们应该注意到有些人的确如此为之,但也有其他人并非如此。前者他大体命名为"历时型"(Diachronic),是指那些从过去、现在以及未来的联系中来看待自己的人;后一种分类他命名为"插曲型"(Episodic),是指那些认为不必要将自己视为连续的,或是那些认为过去的事件已经大都从现在的"我"中移除,因此它们没有发生在现在的"我"身上(344)。斯特劳森提出,对一些人来说,将他们的生活看作叙述可能是最能够实现伦理性的方式。然而,在一处很重要的脚注中，他补充道："有关于此的一个问题，一个很深层次的问题是，人们用一种略带感伤主义的方式，几乎总是对自己的故事了解有误。"（437 n. 20）一个很恰当的案例是电视系列剧《广告狂人》（*Mad Men*，2007）中的人物唐·德雷伯（Don Draper），为了维持表面的伦理行为，他需要摆脱过去，特别是关于在朝鲜战争中，他与一个死人交换身份的那个时刻。

斯特劳森超越"小"与"大"故事的分类，将一些叙述，如冲杯咖啡，定义为"琐碎之事"，而将其他则定义为"非琐碎之事"。他提出叙述不会应用到"任意或完全无关联的事件序列，即使是它们按顺序，而且是按时间顺序连续排列"（439－440）。然而如果叙述要满足心理叙述性主题的要求就必须这么做。因此，斯特劳森提出叙述与身份的"伦理"构想所包含的"故事讲述倾向"可能存在问题，因为它非常容易（即使是无意识地）与创造、歪曲、虚构或修正主义相混淆（442－443）。出于这个原因，从叙述的角度来看待人们的生活可能妨碍人们认识那些有价值的真理或真实地感知真理，更糟的是它会变成自我辩白的工具。前面讨论过贝恩在研究中呈现出斯图尔特明显的不道德生活就属于后面这种情况。

正如我们在本书中所看到的，试图通过叙述将"坏的"排除，通常以自我欺骗告终。因此斯特劳森认为把人生在世的一切都看作叙述是误入歧途，这一观点是非常有说服力的。叙述存在并与人的生活息息相关；同时，叙述与非叙述现象也相关，叙述与非叙述的一般存在和它们的原叙述性（proto-narrativity）相关。对斯特劳森立场的其中一个批评关注到插曲型或是历时型都被还原为一种个人选择，因而他没能够说明社会性因素，而且插曲型/历时型不可能完全摆脱群体压力，纯粹是行动主体性的结果（Ritivoi 2009：30）。这样的批判显然是得到认可的。然而，斯特劳森显然认为将叙述特点强加给世界上过多的事物和过程，宣称它们"好"并声明其占多数，这是有问题的，这种错误与普遍主义相关。把叙述等同于"美好生活"似乎与文学达尔文主义所说的"艺术"与"文学"的"适应度"密切相关。这点在后经典叙述学的文学偏向方面也很明显。在一篇较为轻率的论文中，尚（Shang）宣称后经典叙述学是多元论者，因与其多样性互补。其轻率性最明显的是体现在论文宣称后经典叙述学的跨媒介性：它在传播、媒介和文化研究早已赢得了战争之后才挥舞着双臂进入战场。后经典叙述学一直由文学研究占主导地位（参考，例如赫尔曼等富有启发性，但坚决经典化的方法）。出于那个原因，人们才更容易重复看到对伊恩·麦克尤恩某部小说的资产阶级性的评价，而甚少看到关于足球的赛后故事中的概念整合的相关分析，也甚少能看到对《粉红猪小妹》（*Peppa*

Pig)中非人类聚焦的分析。后经典叙述学所声称的包容性是指那些并非完全专注于文学文本的叙述学著作,而诸如本书的第一版(2001)、洛特(Lothe 2000)和阿特曼(Altman 2008)的著作都几乎完全没有被名副其实的后经典叙述学家引用过。

大部分后经典叙述学和叙述的认知方法、文学达尔文主义以及叙述与身份之间关系的自由性-规定性说法都有一个突出的问题,它们在于严格地锁定在人(person)。就颇多关于叙述的调查来说(某种程度上包括本书),它们一直专注于心理学。当然,人类主体在很多方面对叙述很重要;然而叙述的定义并没有普遍被推动去探讨个体人类"成为"人或主体之前叙述可能存在何处;从种系发生学上来说,也没有研究去调查在人类发展故事讲述之前,或除此之外,哪里能够找到叙述的遗迹。例如,心智推测和叙述的研究暗中忽略了学前叙述(一个主要而又复杂的商业利益区域,参见 Steemers 2010),因为心智推测能力通常在人类4~5岁时才发展。学前叙述是一个非常有趣的案例,因为它的低因果律商数(causality quotient)以及对感觉(qualia)的强调。赫尔曼在很多情况下,回到了叙述的感觉问题(2010a,2010b),将其构架为"感知"或"事物看上去像那样"的问题,提出人的整体意识。然而,早在1866年,在对他的符号学进行预测时,皮尔斯,作为术语"感觉"的提出者之一,把感受性表现得更为碎片化,它是一个关于最基本印象或"假设属性"的问题(1982:472)。感觉的观点似乎是建议一种比叙述更"原始",然而对叙述很重要的现象。与其说感觉是"它像什么",不如说是"它像是什么"的组成成分。

考虑到本章讨论的理论视角,在叙述的定义中还存在两个更进一步的相关问题。第一,关系到叙述的小成分或原型叙述。斯特劳森所思考的是非叙述经历,但是也存在"前叙述"(antenarrative)现象,这一点在系统研究中得到确认(Boje 2001;cf. Czarniawska 1999,2011)。这被定义为片段(snippet)或是未成形叙述(not-yet-formed),缺乏因果或结尾;博耶(Boje)(2001:3)给出了一个例子,一个女人,她母亲患了老年痴呆症,她试图解释其母亲的状态,但无法产生情节。表面上看来与之相关的是赫托所说的"推理解释"(reason explanations),给出某人的理由回答某个问题。例如,"我出去买了些牛奶"——"对于受过良好训练的人来说,他只需要讲述本可以是更长的故事中最相关的部分"(Hutto 2009a:11 n.4)。鉴于这一点,似乎有理由提出可能还有其他种类的碎片化叙述,从中可以推断出叙述"适当",以及推断出本书第八章所讨论的对《摩羯星一号》解读出的叙述之"延续"。

第二,这里回顾的大量研究中一个惹人注意的问题是缺乏一个符号活动的普遍理论。认知叙述学的大量工作被定位为具有符号学性，但是因为它并非有意为之，因此常常无法得出结论说明叙述是如何构成的。索绪尔符号学催生了叙述学，几十年来一直遭到强烈反对。当代符号学与之不同，它运用了"模塑"概念，该概念说明了符号的工作、符号的构成，也说明了它们在个体发生叙述中发现的相一致的部分。这将在下个部分讨论。

叙述模塑

符号以及构成符号的元素，构成了库尔（2001a，2001b）所说的环境域（Umwelt）（这不是后经典叙述使用的术语，尽管赫托2011年差点儿使用这个概念，而该概念在赫尔曼最近的研究中很重要，2011b，2012b）。环境域理论假定所有物种生活在一个由他们自己的符号构成的"世界"中，后者是他们自己创造符号和接收符号能力的结果（例如，苍蝇与人类相比有非常不同的创造和接收符号的感觉器官）。在那些符号活动能力之外有一个世界，某种意义上来说是那个"真实"的世界，这个世界无法触及。然而，确实在一个物种的环境域内可能存在各种幻觉——由于对符号的误解，对符号的忽略以及符号不能够百分之百完全再现现实——特定环境域中存活的物种证明了环境域是现实较好的指南。符号学是对各种环境域（Cobley 2010）的比较研究，因此必须要涉及动植物交流，同时主要致力于人类环境域，其包含叙述的诸种特征。

人类环境域可以理解为源自先天的"模塑"方式，通过它我们能够辨别世界。我们能够以各种形式来使用我们的感觉中枢，这远远超越了苍蝇和其他形式的生命，尽管这些生命形式可能有其感官独特的组成元素（例如，能听见高分贝声音的能力），比我们优越。这一物种特有的模塑方式显然在300万年前的能人（*Homo habilisc*）时期就存在于人类，它先于并且也是构成发展于智人时期（Homo sapiens）（约30万年前）的文字编码和解码的基础。在之前的几千年，人类之间的交流似乎完全是靠非语言交流来实现的；语言交流、讲话和书写是功能变异而非适应（Gould and Vrba 1982，也参见下文）。照此，人类的模塑在动物中是独一无二的，因为它同时具有非语言和语言交流的特征（Sebeok 1988），或者如迪肯（Deacon 1997: 5）所说，我们是"猿猴加语言"。

这里要表明的一点是人类符号活动以及其构成的人类环境域不仅是口头性（verbality）或语言（language）或语言交流（linguistic communication）的问题，而且从个体发生学和种系发生学两方面来看，无论是"语言"还是口头叙述都不是顷刻就出现的，本身也并不完整；反之，它们与非语言交流之间有复杂的关系，它们本身也是在非语言交流内部产生出来的。西比奥克信奉洛特曼和库尔的理论。对他来说，从个体发生学和种系发生学上来看，人类环境域显示出了三种模塑，它们同时内在于成人身上，但是在相继的阶段出现。它们是：一级（Primary）（来源于先天区别能力的世界）；二级（Secondary）（建构于语言表述中的世界）；三级（Tertiary）（产生于复杂的文化形式的世界，以一级和二级模塑为基础）（Sebeok 1988）。皮尔斯的分类，第一性（Firstness）（不涉及关系的纯粹特性）、第二性（Secondness）（纯粹的现实与关系）以及第三性（Thirdness）（规则与投射）大体上映射一级、二级和三级模塑（Sebeok and Danesi 2000）。它们也大体映射唐纳德的人类文化和认知进化领域，也出现在"三个连续阶段"：模仿阶段（the Mimetic）（大约 300 万年前）、神话阶段（the Mytic）（大约 15 万年前）以及理论阶段（the Theoretic）（2000 年前）。早期人类的大脑具有基本的语言能力，但是几千年都没有说话，因此他们的文字交流、叙述和其他形式文化的发展在不同阶段的推进是从非文字阶段产生的，最初开始于模仿性的符号活动（Donald 2001，2006）。由于个体发生总是能概括体现种系发生，毫不惊奇类似的阶段也在人类发展中可以观察到。

特热沃森（Trevarthen）、德拉菲尔德－巴特（Delafield-Butt）、格兰蒂尔（Gratier）以及其他人受符号学影响产生的研究都参考了新生儿时期和产前那段时间中叙述如何发展，以及如何为将来的叙述做好准备。不同于认知方式，包括那些声称大体上识别了艺术的进化"功能"的认知方式，特热沃森等的研究观察到新生儿和成人看护者之间在手势、音乐和语言方面的互动中形成了叙述。斯特恩（Stern）在儿童的早期发育中观察到了他所说的"原型叙述信封"（proto-narrative envelopes）是一种有意图的动机或是一种能力，能够"系统化叙述式的思维模式的原始形式中的互动事件"（1995：93）。根据他关于新生儿发育开创性的见解，他总结出文字语言有助于让叙述明确显现，但是"某种叙述模式可以先于语言"（2000：xxiv）。对他来说，新生儿交流中的原型叙述就"像一粒沙展现的世界"（2000：xxxvi）。斯特恩（1998：7）注意到孩童从一开始就被带入一个叙述世界，因为父母倾向于创造有关婴儿个性的故事，例如婴儿的表达（expressions）与某位亲属的表达相似，这可能是出于早期与婴儿的互动。更直接地说，马洛赫（Malloch）和特热沃森关注到自 20 世纪 70 年代至今的研究发现（他们的研究也包含其中）："一直以来，无论是在苏格兰、尼日利亚、德国、瑞士或是日本，研究者发现母亲用类似的节奏和语调跟婴儿说话，而婴儿的活动则保持一致节奏。"（2009：2）成年人不仅只是一直对新生儿讲话，而且边讲边伴随着一系列手势和"音乐性"，在这里后者不仅是意味着歌唱（尽管歌唱可能存在，Delafield-Butt and Trevarthen 2013），而且是活动和说话的一种特定节奏（Gratier and Trevarthen 2008；Trevarthen 1999；Malloch 1999）。这种以唱歌式的方法跟婴儿的说话叫作"妈妈语"（motherese）（Delafield-Butt and Trevarthen 2013），通常都能够观察到，而且好像几乎是自动的，尽管内容对于孩童来说无法理解：如"那么，谁是个乖小孩？"然而除了非语言交流，成人很难理解婴儿所能识别的语调的细微差别，因为成年人依赖有无限潜能的文字交流，常常"忘记"非文字符号有多么重要且能产生共鸣（对于成人，参见，例如 Sebeok and Umiker Sebeok 1980；关于孩童，参见斯特恩的自传性笔记 1998：4）。虽然如此，婴儿会说话之前，注意听的音节串在一起所形成的词必然表达的是代表当地共通意义的事物，他们被卷入了模仿表达（mimetic expression）以及感应行为（sympathetic action）的非文字符号活动，这已经是人类独有的特点了。

正如格兰蒂尔和特热沃森注意到（124）口头叙述的叙述者随着故事的发展而变化，他不仅用言语讲述故事，而且伴随着细微的变化，应用适当的手势表达感情，并与观众建立良好的关系，观众成为故事的共同讲述者（cf. Peterson and Langellier 2006；Turner 1996：24）。这样，口述文化中的戏剧、表演和仪式叙述则与新生儿与亲密的成人之间的个体叙述相似。在这个阶段，成人不对没有理解力的婴孩讲述事件。那么格兰蒂尔和特热沃森（128）则会问情节在哪里，叙述的单元是什么，它们怎样结合到一起，以及谁讲述/倾听？为了回答这些问题，他们提出叙述

> 是在有活力的表达规则中发现，这些表达规则控制和指导着建立在母亲与婴儿的节奏性互动基础上的整个生态交往。成人即兴的言语和歌曲的音乐性，包括肢体活动、手势和面部表情驱使婴儿加入了节奏性的活动中，共同的节奏，抓住支配所有动物活动的基本脉搏，从而使未来的行动可预测，这可能是人类交往最基本的分布结构。（Gratier and Trevarthen 2008：131）

此外，他们提出（133）协同作用将母亲与婴儿导向各种想象的世界。这些世界的建构是通过共同分享的时间，赋予这些世界一个叙述结构，并且也在情节素和常规的历史基础上传达叙述内容。这些情节素和常规一旦建立，就会刺激预期的行为并有助于促成一种主体间的情感经历。与马洛赫（1999）一样，特热沃森、德拉菲尔德－巴特（2012：174）注意到母亲与六周大的婴儿之间音乐性的对话如何通过在互动中调整双方声音的音高来表示"引言、发展、高潮

和结尾"。这也创造了有关意图的期待。众所周知的韵文,"绕着、绕着花园"("Round and round the garden"),反复地沿着孩童的臂膀和手表演,结尾是在小孩腋下挠痒。这一表演是合作性的,在有限时间内走向高潮并成为婴儿可预测的一个仪式(Trevarthen and Delafield-Butt 2012:188)。正如格兰蒂尔和特热沃森所注意到的(2008:135),"我们不需要'心智推测'能力来认识到意图,特别是当它们被编织进有目的、嬉戏式的交流所构成的社会文化结构"中时。这一见解似乎是支持赫托的观点,ToM或FP,如果它确实有发展,是被包含在叙述中,而不是反过来,它同时也证明了赫尔曼的见解:符号学结构使交流意图的存在一开始成为可能(Herman 2008:255)。

然而不仅是在新生儿与成人之间的非语言符号活动方面的发现挑战了叙述的认知方法的某些前提,在研究产前的叙述倾向时,还同时有别的发现。后者来自"调整我们的身体如何自然活动的先天能力",它推进了"叙述创造作为一种社会表现形式,展示经验意图在身体中运作过程"(Trevarthen,Delafield-Butt and Schogler 2011:25)。德拉菲尔德-巴特与特热沃森(2013:207)认为"量化运动分析表明,在婴儿三个半月大,敏感触摸引起的手和指头的微小动作会呈现为一种激活状态下,具有调制性的行为序列模式,这给'叙述想象'提供了基础"。在子宫中,循环的连续活动变得协调一致,"用一种先天的时间感知创造了各种表达内在生命力规则的叙述"(211)。"很快在孩子出生并开始与成人互动之后,就出现了自发的指示与用眼睛和手指示的叙述运动。"(211)

这一切强烈建议从其起源来看,叙述并不像认知学家所相信的与心理推测能力密切相关;反之,叙述是由大量非文字的符号活动特征构成的,它们具有"原型叙述"的特点。这些进入个体发生后期阶段的"语言"叙述中,由于我们对历史和考古记录的精通也让我们可以看到,这些也进入种系发生的各个阶段(Sebeok and Danesi 2000;Donald 2006)。也就是说叙述来自人类环境域,独一无二地混合了非语言和语言活动。正如本书一直所讨论的,叙述在文字和口头表现中具体化从而有助于社群记忆,而且斯卡莱斯·杉山指明了,叙述毫无疑问也赋予了狩猎采集社会某些优势(参见本书第一、二章)。正如意识产生于物质,语言产生于模仿,第三性产生于第一性和第二性,以及二级与三级模塑产生于一级模塑,因此我们可以说叙述不是无源之水。很多运用认知科学发现的人都在寻找一种符合最近的叙述发展的模块或成熟的心理学。确实,令人惊奇的是这些评论员中没有人尝试发表一篇可能成为摇钱树的文章,名为《叙述本能》(*The Narrative Instinct*)[尽管戈特沙尔(Gottschall)的想法在2012年已经非常接近了]。然而,寻找这样的事物是徒劳无功的:1982年古尔德（Gould）和韦尔巴（Vrba）就警告绝对不要将"适应"（该些特点是建立在对其现在角色的自然选择的基础上）与现有效用（current utility）（当下提高适应性的特点，无论它们是怎样产生的）混为一谈。生命体中，现在提高适应性，但过去不是取决于当下作用的自然选择而建构的很多特征，逐渐在其后代身上增补为有意义的用途。古尔德和韦尔巴把这个过程命名为功能变异（exaptation）。语言交流（二级模塑）是对人类语言能力中的固有特征和提供敏锐区别能力的先天（一级）模塑方法的一个功能变异。叙述同样是构成人类环境域的非语言和语言符号活动相同或相关特征的功能变异，而不是一种"适应""模块"或独立的类似的生物实体。

由于专注于适应性，"文学达尔文主义者"似乎被迫完全依据人物行为和心理来看待叙述。当然叙述不仅只关乎此些事物。例如叙述也同样关涉感觉，关涉移情。斯卡莱斯·杉山（Scalise Sugiyama）解释叙述在更新世时期（Pleistocene period）可能是什么样时，对信息的强调是很有启发性的，但是它远远没有考虑到叙述符号与人类主体之外的其他符号是交叠在一起的。它没有考虑最广义的可能，包括情感（affect）。她解释了怪物故事如何兴起，认为它是用于警告小孩不要离开社群的营地，尽管在其解释中甚少涉及情感因素（Scalise Sugiyama and Sugiyama 2012）。说叙述仅仅是提供信息，与说叙述能够刺激情感或引起悬疑相比，前者让叙述发挥了较少的功能，而且这样的理论会冒机械论和决定论的风险。

叙述消费者不只是在理性层面或高度的心理发展层面回应具有投射性的逻辑——被皮尔斯称作"第三性"的科学性特点，他们也在"诗性"层面回应感觉领域。例如，叙述中即使无法驱动扁平人物，使他们能够达到基恩（2006：217）和格里格（1990）认为可能达到的心理真实性或深度，他们也可以获得人们的喜爱。叙述类型，如惊悚故事、恐怖故事和罗曼司呼吁超越人物心理的一致性，而让偏执狂、悬疑、恐惧、魅力、爱等并存于其中。后经典叙述学似乎已经忽略了"节奏刺激"（rhythmic impulse）（Trvarthen 1999），我们可以看到这一点在产前阶段很明显，同时它也在婴儿与成人互动的音乐性中得到促进。就模塑来说，这种节奏是一级与非语言性的；在唐纳德看来则是模仿阶段；而皮尔斯则认为是孩童的纯粹品质——第一性，它出现，随着不断重复，进入时序、期待和程序，进入互动中的第二性，随着后来的发展，再进入第三性的投射、前瞻性领域，这是叙述本身所固有的。大部分叙述是用第三性来表达，但是这违背了第三性依靠第一性和第二性的事实（语言交流和非语言符号活动产生感觉）。关于皮尔斯的分类与叙述的关系，其中一位最深刻但被忽略的评论员谢里夫（Sheriff）强调："皮尔斯，尽管不是艺术家或艺术批评家，把艺术的意义（significance of art）视为其第一性品质，而不是其第三性的规约。"（1989：86）他补充道：

> 无法否认我们不能逃离语言，逃离第三性，皮尔斯向我们证明第三性（语言，象征符号）能够象征性地代表第一性。根据他的符号理论，文学艺术是一种语言［述位象征（Rhematic Symbol）］用来展示、描绘和象征直接意识的品质，那对于意识来说是永远非直接的。（Sheriff 1989：89）

将叙述植根于节奏、品质、非语言符号活动和一级模塑非常重要，原因有很多。

第一，关于什么是叙述和什么不是叙述以及什么是原型叙述给出了更精确的概念。如特热沃森、斯特恩和其他人所证明的，如果我们知道要找什么，那么原型叙述就能找到。第二，它显示了叙述有不同的"成分"，而这些不仅仅是认知心理过程，如心智解读或构想。准确地说，他们是节奏性、情感性和非语言性的。第三，这些原型叙述成分并不是突然出现：它们在叙述中发生了功能变异，但是在生物圈的其他地方具有不一样的存在，因为并不只有人类使用符号，其他生命体也使用。第四，这一根源让人们对叙述的"功能"有了新的认识。明显的是文学达尔文主义对待功能的问题非常不细致，认为"艺术"，包括叙述和故事，服务于直接的心理目的或古老的共同目的。本书从开头就一直论证：叙述的过去，功能的残留，以及叙述所有存在的问题，如成见和再现，都能够在从荷马到现在的叙述形式的历史中找到。然而，很明显大部分叙述缺乏能够轻易识别的机械功能。西比奥克在1979年发表的文章中提出了一个类似的问题，他的文章汇集了关于动物的"艺术"活动的现存知识。在全面考察了大猩猩的"舞蹈"、园丁鸟装饰鸟巢以及其他动物的活动之后，他总结出"美学行为"对于那些沉溺于其中的人，显然于求生存无益。然而，吊诡的是它的确通过间接方式对生存起到帮助作用，因为它提高了辨别能力。这是模塑世界所要求的，促使动物有能力用一种新的眼光去理解世界。然而在人类的叙述能力领域，无论我们寻找多少功能，叙述最绝妙的是它经常没有任何直接功能。这个结论并不意味着像某些哲学家所认为的那样，叙述能让人们成为更好的人，然而它能够帮助我们更精确地辨别世界。叙述终将会与其他大量的非叙述方式一起，有机会让世界变"美好"。

术语表

导演主创论（Auteur theory） 该术语来自电影研究理论，主张尽管电影叙述形式以及为这些形式提供资金的工业力量占主导地位，但是创造性的个体可以生产出艺术性的电影作品，超越这些限制。个体演员或编剧本身也可以被视作电影作者，但是电影作者的身份通常是与电影导演的工作相关。

吟游职能（Bardic function） 吟游职能是口述诗人的职能。他们通过传播自己的叙述来维持文化。随着电视在20世纪末成为社会的中枢机构，电视也行使这一功能，并被认为能够传播和加强公共观点。

"大"与"小"叙述（"Big" and "Small" narratives） 这两个概念在班贝克（Bamberg）、乔夏科珀娄（Georgakopolou）以及其他学者的研究中得到区分，关涉面向个人，"自然发生"的叙述，日常的人类互动——如对话，以及面向社会交流的叙述——自传和生活史、回忆录、逸事等等，通常在研究过程中推导而出。在这个不精确的分类方法中，第一种为"小"，第二种为"大"。

组块（Chunking） 是一种普遍的心理过程，由西蒙（Simon）和蔡斯（Chase）命名。重要的信息碎片——如在某个特定的游戏时刻棋盘上棋子的位置、可能的游戏等——"组块"到一起构成一个完整结构。另请参见**脚本**、**认知地图**、**框架**、**图式**。

古典现实主义文本（Classic realist text） 该术语特指19世纪小说，在这类叙述中存在严格的层级结构，包含从属话语（模仿说提出的人物话语）和主导话语（叙述者的声音）。古典现实主义中的叙述者声音因为与叙述中提供概述和细节的任务密切相连，看似几乎是"客观的"，因此比人物更加可靠。确实，叙述者话语直接在文中表达而不是置于引号中，似乎是抹去了其作为某个声音的身份，仅成了"评论"。

认知地图（Cognitive maps） 托尔曼（Tolman）引入的概念，最初是来源于老鼠实验，提出无需向人类提供最佳路线的明确说明，人类也能够达到空间上的目的地或其他目标。另请参见**脚本**、**框架**、**组块**、**图式**。

认知叙述学（Cognitive narratology） 把认知科学的发现借用到叙述学的

研究。另请参见**后经典叙述学**。

赛博空间（Cyberspace） 该术语是威廉·吉布森（William Gibson）在其1984年小说《神经漫游者》（*Neuromancer*）中提出的，指出"空间"的概念如何能在计算机活动中概念化。术语中的赛博（cyber）部分是来自控制论（cybernetics），它在20世纪中期是一门关涉机械与系统的科学。然而，"赛博"实际上来源于希腊词，意为航行。赛博空间一词现在是指微小的计算机设备与其几乎无法想象的强大能力相结合来执行任务，包括通过叙述来创造新世界。

迂回（Detours） 参见**阐释符码**。

对话（Dialogue） 对巴赫金来说，对话是人与人之间所传递的符号的决定性特征。无论符号使用者如何认为她/他与另一个他者不处在对话关系中，对话意味着符号使用者之间总是处在一定的关系中。在小说叙述中，构成语言的多声性（heteroglossia）是特定情境中个体间对话的结果，它是重塑性的；决定特定语言存在的不同社会情境通过人物的言语在叙述中得到**重塑**，但是人物的声音总是处于与叙述者声音的对话关系中。

话语（Discours） 法国语言学家埃米尔·本维尼斯特（Emile Benveniste）所识别的语言的顺序。话语与故事（histoire）不同，话语发生在现在时，假定一个说者和听者，可能被指称为我和你。话语相当于元小说（metaficiton）中的干预，叙述者直接对隐含读者（implied reader）讲话，由此产生的断裂效果（rupturing effect）打断了眼下发生的故事。话语在视听叙述和书面叙述中都能找到。

早期现代主义（Early modernism） 大约出现在现代主义（modernism）之前19世纪末、20世纪早期的叙述生产阶段。现代主义叙述避免线性时间概念并增强真实效果（reality effect），但早期现代主义叙述倾向于挑战现实主义模式，它聚焦于"理性自我"与"非理性他者"的主题。该主题的表现与人物有关，通过叙述层次（narrative levels）的实验来实现。

剪辑（editing） 参见**平行剪辑**。

史诗（Epic） 指大规模叙述，常常与民族或文化身份主题相关。欧洲主要的史诗原型是荷马的叙述：《伊利亚特》（*The Iliad*）与《奥德赛》（*Odyssey*）。史诗尽管最初是用诗写成的，但与戏剧不同，它混合了模仿和"诗人的声音"来讲述英雄主义的故事（通常是神话的）。史诗强烈地影响小说的发展，而且早期的一些小说，例如菲尔丁的《汤姆·琼斯》本身被认为是史诗。一些大型的电影和电视剧生产因涵盖广阔的地域且涉及的主要主题是英雄主义，也被称为"史诗"。

法布拉（fabula） 这是俄国形式主义批评家提出的术语，指构成故事素材的事件的时间顺序。该术语指定哪些作为"优先事件"被优先叙述，无论是虚构的或是真实的。

第一性（Firstness） 皮尔斯对现象的三种分类之一，指纯感觉领域，不受任何关系的影响。

流程（Flow） 一系列节目如何构成不止一个叙述而是不同种类叙述节目的序列或是叙述加非叙述的节目序列。电视节目，由模仿现代工作周的时间表决定，更加关心频道忠实（channel loyalty）以及观众对一系列节目的选择消费，而不是像消费电影一样极为注重个体叙述。心理学家，米哈伊·柴科金特米哈伊（Mihalyi Csikszentmihalyi）也使用术语"流"来表达完全不相关的意义，是指在某些职业和消遣中感觉到一种巨大的满足、投入、恢复甚至是欢乐的人类能力。这种能力的激发常常与早期叙述作为一种使世界有意义的工具有关。

常识心理（Folk psychology） 心智推测的同义词，尽管"常识心理"并不意指大脑或心智的一种固定能力。

狩猎采集社会（Forager societies） 斯卡莱斯·杉山和其他人认为更新世末期（约125000到12000年之前）狩猎-采集者的口头文化是叙述的种系发生的摇篮。

FP 参见**常识心理**。

框架（Frames） 该概念由明斯基提出，用于解释人类知识的一般形式。它大致与图式（Schemata）同义。明斯基也提出框架与它们的不同在于框架涉及人工智能的概念。另请见**脚本**、**认知地图**、**组块**。

自由间接话语（Free indirect discourse） 英语术语，是对模仿（mimesis）的声音和诗人或叙述者声音的混合模式的延伸。在自由间接引语中，人物的声音嵌入叙述者的声音中，因此人物的言语习惯得到呈现，但是直接模仿及引号则缺场。巴赫金把这称为自叙述（skaz）或一种对他者语言的倾向。

类型（Genre） 普遍被认为是一种文本"类型"（type），尽管要回答什么是"类型"这个问题有隐性的困难。最初，在古希腊的批评中，主要类型存在于戏剧中，悲剧和喜剧，与非戏剧类型的史诗（Epic）形成对比。从此时起，某种类型的文本具有可识别的特征让人们相信类型是与叙述中可能发现的规则相关的客观范畴。随着大众类型的扩散和不断重叠，很明显术语"类型"

更适合指涉读者对给定叙述及其逼真性（verisimilitude）的一系列期待。

宏大叙述（Grand narratives） 利奥塔认为宏大叙述是能够"证实"科学知识有效的哲学叙述。这类叙述在后现代主义时期（postmodernism）被认为走向衰退。他认为科学知识，特别是在上几个世纪，试图使自己合法化，但不是通过证实自己内部程序的有效性而是借用外在于自身的叙述，一种"宏大叙述"。一般来说，他发现了两种宏大叙述在科学的合法性中起作用：一种与启蒙运动相关，关心将人类从束缚和压迫中解放出来；另一种是哲学叙述，与一种更有人类自我意识的发展或进化的"精神"相关。两种都包含一种有益于更大的人类利益的叙述发展。令人疑惑的是，利奥塔有时认为宏大叙述是"元叙述"，该术语在后现代虚构叙述中专用于讨论断裂效果（rupturing effect），但也出现在他将"后现代"定义为"对元叙述的质疑"中。

白描式叙述（Hard-boiled narrative） 这种叙述形式源于欧内斯特·海明威和其他作家的的散文风格，但是其发展主要与美国 20 世纪二三十年代的低俗侦探小说相关。白描式叙述由其散文风格定义，包含对物和人严格的描写，"没有无意义"的描写，避免过多使用复杂的动词、形容词、从句和其他"文辞华丽"的效果。时常，宣称大胆陈述事实的白描式句子通过并置能够产生复杂的新意义。

阐释符码（Hermeneutic code） 罗兰·巴尔特在 S/Z（1974）中提出的叙述中的符码。该符码具有双重功能，涉及叙述"空间"和"时间"的建立，因为它（a）将叙述向前推去揭露事实真相；（b）同时又阻止叙述的进程。该符码通过故事（story）特征，例如"含糊的措辞""陷阱""错误回答"显现于叙述事件中。布鲁克斯（1982）将这类事件称作*迂回*。

多声性（Heteroglossia） 字面意是指不同的语言。对巴赫金来说，语言不该被看作一种统一的现象；反之，它是"多声部的"。它被分为代表不同对话关系内部利益的各种语言，如具体的语言使用促进特定社会群体内、专业群体内和特定的类型中人与人之间的交流。"文学"语言本身是这一多声现象的组成部分，而且它本身进一步分为特定的多声部语言使用，例如对话（dialogue）中的人物根据其社会的、专业的或一般的地位来使用。小说（novel）的多声性比其他任何诗性的话语形式都更加明显，因为它能够呈现大量人物和情景，能够转述或重新生产言语，特别是它能够戏仿不同的语言使用，将它们嵌入普遍的"叙述""作者"或"诗人"的声音中。

故事（Histoire） 指语言的顺序，特别是在写作中。由法国语言学家埃米尔·本维尼斯特提出。*故事*是一种"历史性"的言说，总是表现过去的事件，也常常由历史学家使用。在故事中不存在"说话者"或"言说者"来干预要写什么；使用故事的历史学家不用人称代词如我或你，而且与现在时相关的一切都被排除。故事试图不带个人情感，甚至是客观的。另请见**话语**（discours）。

杂糅性（**Hybridity**）　该术语用于描述文化为什么永远不会被看作"整体的"或"有机的"。反之，文化是杂糅的；文化在尝试建构关于自身的叙述时，被迫在编辑中删除可能会出现在叙述中的他者、异族文化的特征。叙述的再现可能可以促进这样一种"纯粹"文化的建构过程，因为它拒绝叙述特定文化中不断渗入的公认的"他者"文化，或特定文化与他者文化的对话（dialogue）。

超文本（**Hypertext**）　出现在计算机中的文字文本，特别是在网页上，用"超文本标记语言呈现"（html）。超文本允许文本的特定部分得到强调，因此用鼠标点击这些部分会立即转换到赛博空间（cyberspace）的另一个地址。在这个地址，会呈现另一个独立的页面，也是由超文本写成。

身份（**Identity**）　因为共同的经历、地位和物理存在而对属于某个特定群体的感知或感觉。这些共同性可能围绕社会阶级、性属、性向、年龄、职业、种族、民族等。身份也可能来源于对更多的本土现象的经历，例如个人或家庭环境。自早期口述文化开始，叙述已经是一种传统，但常常是非正式的方式，通过人类行为故事中所体现的事实或事件来维持和记忆身份。

隐含作者（**Implied Author**）　文本的组织原则，负责指引文本的素材按一定的方式呈现。隐含作者是叙述层次间的实体，负责排列场景、促进特定对象和事件的叙述和非叙述以及架构情节等等。另请参见**真实作者**、**叙述者**、**受述者**、**隐含读者和真实读者**。

隐含读者（**Implied Reader**）　指特定的阅读理解，是对隐含作者各种顺序安排过程的详细回应。照此，隐含读者是一种人格化：它是对叙述的一种理解，不偏离阅读指令，也不偏离诸如对情节或事件序列这类叙述特征的编排所给出的解释。另请参见**真实作者**、**叙述者**、**受述者和真实读者**。

解释项（**Interpretant**）　再现体和对象之间关系的第三个元素，它不仅作用于再现体和对象之间的关系，也是其关系的结果。解释项不能与符号（sign）的"解释者"混淆。如果我用我的手指（再现体）指向屋里的一件物品（对象）且房中的一个人看向它，那么一个三分就完成了。这个人发出看向所指之物的行为是"解释项"，与"再现体"和"对象"相联系。一方面，它是指向那件物品的结果；另一方面，它是一个中介物，因为它将指示的手指和所指之物集中到一种被叫作"符号"的关系中。除此之外，建立再现体与对象之间关系的行为创造了这一全新的符号，在这个过程中，解释项作为一个新符号在由一个新的解释项调节的关系中，能够与另一个对象产生关系。这一过程如果被允许则可能无限继续。

介入型叙述者（Intrusive narrator） 直接对隐含读者或受述者讲话的叙述者，使用诸如"亲爱的读者"这类的短语。正如他/她在口头叙述中的祖先一样，介入型叙述者常常用"让我给你讲一个故事……"这样的模式来开始一个叙述。

文学达尔文主义（Literary Darwinism） 21世纪前十年叙述研究的倾向，以乔纳森·高特肖（Jonathan Gotsschall）、约瑟夫·卡罗尔（Joseph Carroll）、布莱恩·波伊德（Brian Boyd）及其他人的研究为代表，他们将用社会生物学的进化心理学研究所得出的原理来证明"艺术"和"文学"所应该具有的功效的生物和认知基础。

元小说（Metaficiton） 书面小说，其特点是充满各种断裂效果（rupturing effect）。它通常与后现代主义（postmodernism）关联，因为它牵涉一种叙述模式，使另一种"断裂"、遭到"破坏"或使之"无效"，如一种叙述模式，如话语（discours），可能使故事（histoire）遭到质疑。

模仿（Mimesis） 在柏拉图的著作中，模仿被认为是世界的"永恒模式"在语言、哲学家的思想以及物质中的反映；它被看作是对视觉的、行为的或模仿类的模仿；它讨论的是诗歌、音乐和舞台艺术的形象的创造。自柏拉图开始模仿频繁地被认为只是一种对事件和人物的戏剧性模仿（imitation）。模仿所报告的人物和事件不是"讲述"叙述中发生了什么，也不易于倾向说教性。与之相反，模仿在这一构想中，仅仅是向读者或观众"展示"叙述中发生了什么。后面的观点在很大程度上来源于亚里士多德在《诗学》中的粗略评论。

心智解读（Mind-reading） 参见**心智推测**。

镜像神经元（Mirror neurons） 镜像神经元是在猕猴的运动前区皮层发现的神经元。当猕猴发出行动或观察其他猕猴发出类似的行动时，镜像神经元都会被激活（Rizzolatti et al. 1996）。神经元的这种表现表明"观察者"与"行动者"之间的距离缩短，这种意见出现在大量关于美学艺术品如何运作的思考中。

模塑（Modelling） 该术语是伴随着雅各布·冯·岳克斯库尔的研究及其环境域（Umwelt）概念、洛特曼和西比奥克的研究而产生的。模塑指某个物种根据该物种的感觉中枢及其所允许的符号活动来理解世界的特定方式。根据这个理论，人类模塑是以非语言和语言能力为基础，固定在人类大脑中的，它允许世界可以存在普遍差异（一级模塑），同时还伴随着语言和非语言表达的双重能力的发展（或功能变异）以及各种复杂形式的产生（包括叙述形式和虚构形式），它们包含非语言和语言符号活动并提供一种"文化"。

现代主义（**Modernism**）　　现代主义是艺术和科学探索的一个阶段，特别是在 20 世纪前半叶。在某种程度上，它包含了对之前各种思潮的反对，特别是 19 世纪的思潮。现代主义思想的一个重要部分是它认为身份（identity）是复杂的、建构的并缺乏统一性，这样的看法使知识向前发展了一大步。在叙述中，这在艺术手法中很明显，从而表明了探索人类身份的一种新信念。19 世纪的现实主义（realism）提供了对叙述内容的大量组织，特别是通过一种对时间的线性解释，离散的时间沿着直线得到呈现，而现代主义则试图增强真实效果（reality effect）。因此，很多现代主义叙述的特点在于详细叙述各种小细节和映象，明确违反了等比例的时刻沿着线性的时间向前行进的概念。

演示（**Monstration**）　　该术语用于讨论早期电影着重于向观众"展示"的一种表演。电影的"演示者"作为场景的摄像师，在摄像机后面操作，并且/或者作为电影院的演出者，他所扮演的角色更接近马戏演出指挥而非一个深思的叙述者（Narrator）。除了电影院中的现场音乐，电影在 1910 年之前都常常伴随着一个现场演示：由电影院的某个"演说者"对情节发表评论（现代版本的演示之变体属于叙述电影中的画外音手法）。早期电影使用的另外一个演示手法是使用字幕图片：电影的镜头可以通过使用包含对话或情节评论的字幕图片来说明。也参见**模仿**。

音乐性（**Musicality**）　　该术语由马洛赫（1999）提出，用于描述新生儿与成人看护者之间的早期互动存在的一种叙述形式，它建立在非语言符号活动（包括对声音的类音乐性和音乐性使用）与语言表达（所包括的与前者相同）的基础上。

受述者（**Narratee**）　　理论上，受述者是文本对其叙述的一个理想实体，一个很大程度上不加批判地接受文本所提供的一切并接收文本提供这一切所采用的方式。为了让某个受述者存在，她/他必须要由接受叙述的某个人来体现。有趣的是，《黑暗的心脏》的主要叙述者也是马洛叙述的其中一个受述者。在缺少具象的受述者的叙述中，通常不可能把这一实体和隐含读者分开。另请见**真实作者**、**隐含作者**、**叙述者**和**真实读者**。

叙述（**Narrative**）　　从开头到结尾的运动，伴随着闲笔，包含故事事件的展示或讲述。叙述是一种事件的再现，而且主要是通过人类或类人的行动主体来再现时间与空间。

"叙述分析"（**"Narrative analysis"**） 与（没有引号的）叙述分析相对，这个是指，特别是20世纪80年代以来，将叙述用来分析社会科学的研究对象，例如回忆录、生命史、自传、对话、病例史等等。大部分"叙述分析"的使用都参考了拉波夫（Labov）和沃勒斯基（Waletzky）所发起的研究的益处或缺点（1967）。

叙述层次（**Narrative levels**） 参见**真实作者、隐含作者、叙述者、受述者、隐含读者、真实读者**。

叙述实践假说（**Narrative Practice Hypothesis，NPH**） 赫托引入的概念，提出当儿童接触到特定叙述种类，明显允许或鼓励对信仰或欲望（心理状态）的理解时，他们才能获得FP"能力"。这个概念挑战了"模拟的"ToM，同时也质疑ToMM的概念。

自然性发生叙述（**Naturally occurring narratives**） 参见"大"和"小"叙述。

叙述学（**Narratology**） 关注叙述的基本成分的学科，探索能够出现在叙述文本中的各种组合以及读者学习和接受的方法，例如叙述层次（narrative levels）。尽管20世纪60年代之后叙述研究激增，但是叙述学也可以被看作继续从事结构主义和叙述与神话的结构研究的分析者的研究，例如弗拉基米尔·普罗普（Vladimir Propp）、A. J. 格雷马斯（A. J. Greimas）、克劳德·列维－斯特劳斯（Claude Levi-Strauss）和 诺斯洛普·弗莱（Northrop Frye）。这项研究大部分是以"文本为中心"，并将读者的被动性视为理所当然。可能因为这个原因，利科（Ricoeur）略微谬误性地将叙述学研究称作"叙述的符号学"。

叙述者（**Narrator**） 用第一人称或第三人称讲述故事的叙述声音，例如有时作为故事中的人物，有的情况甚至是通过全知全能的叙述。另请参见**真实作者、隐含作者、受述者、隐含读者和真实读者**。

自然主义（**Naturalism**） 小说形式内部的思想运动，源自法国学者依波利特·丹纳（Hippolyte Taine）的研究，以埃米尔·左拉（Emile Zola）的小说和批评著作为代表。丹纳的"实证主义"心理学、历史、哲学和文学理论试图强调遗传和环境在人类生命中持久的作用。自然主义，在左拉和他人的著作中体现了社会和自然力量对个人声音的主宰，这似乎使叙述声音显得多余。在美国19世纪末，这一运动发生了特别的变形，成了"美国自然主义"。

非虚构小说（**Non-fiction novel**） 20世纪60年代到70年代发展起来的

一个类型，特别是美国的杜鲁门·卡波特（Truman Capote）、E. L. 多克托罗（E. L. Doctorow）、诺曼·梅勒（Norman Mailer）和威廉·斯泰伦（William Styron）这些作家。这些小说采用现实的、真实的、文献的主题并明确通过与虚构叙述相关的手法来再现它们，例如逐字的对话、情节的参与者/人物的视角以及对人物衣服、职业等的详细描述。

小说（Novel） 一种长的叙述形式，主要发展于 18、19 世纪，其前身是史诗、罗曼司甚至是一世纪的"古代小说"。小说主要是以书面散文的形式表现，包含模仿和"诗人"的声音的混合模式，因此促进了其本身特殊的多声性（heteroglossia）。小说也涉及个人心理，特别是心理如何影响复杂情况下的社会关系。自 19 世纪，如叙述一般，小说也从属于它们自己的形式。例如，19 世纪当小说通常是连载于期刊中时，小说叙述被要求是插曲式的。小说对后来叙述技术的影响非常之大，如电影、收音机、电视和计算机。

NPH 参见**叙述实践假说**。

对象（Object） 符号或再现体指称的事物。对皮尔斯来说，对象是再现于符号中的任何事物。对象可以是"直接的"，也就是对象实际上作为符号再现给人类；或者它也可以是"动力"的，促使符号中的再现发生，但它不一定要出现于再现中。

全知全能叙述（Omniscient narration） 全知的，如上帝般的叙述。在再现行为中，全知全能的叙述选择某些领域的知识用于叙述，同时筛掉其他的，但它总是具有关于被叙述的人物、时间和空间的全部知识。在印刷的叙述中，全知全能叙述非常明确；在电影叙述中更难于辨识，因为电影框架提供的有限视角为了超越其限制总是必须使用剪辑（editing），从而让人质疑摄像机是否能"看"和"知道"全部。

平行剪辑（Parallel editing） 电影制作的过程，指在不同时间分别拍摄的行为能够在完成的电影中拼接在一起，目的是有助于描写某个事件序列中同时发生或几乎是同时发生的行为。例如在电影《寒夜青灯》（*The Blue Lamp*，1950）的高潮部分，我们看到伦敦西部上演的追车大战中穿插着帕丁顿区的警察控制室的镜头，在那里埋头事务的警方操作员们参与到追踪歹徒的平行行动中，把他的当前位置通过无线电发送出去。这种平行剪辑的源起时常与美国电影制作人 G. W. 格里菲斯（D. W. Griffith）的研究有关。有时平行剪辑也被称为"交叉剪辑"。

情节（Plot） 情节是指一种因果链，它决定故事事件之间都有一定联系，因此应该根据相互关系来描述。"情节"，或按利科的术语（来自亚里士多

德），情节（muthos）或情节化（emplotment），驱动故事事件。

后经典叙述学（Postclassical narratology） 赫尔曼（1997）提出的术语，用于描述大量探讨叙述理论的作品，其超越了20世纪60年代到80年代期间以文本为中心的叙述学。后经典叙述学包含认知叙述学（cognitive narratology）、叙述分析（narrative analysis）以及"非自然叙述叙述学"（unnatural narratology）或"多模态叙述学"（multimodel narratology）等研究，但也排除了很多其他的研究。

后现代主义（Postmodernism） 该术语用于描述20世纪后半叶的一个艺术和科学危机时期。后现代主义与被称作"现代性"或有时被称作"后现代性"的现象共存。在（后）现代性中，存在一系列新的物质条件，源自批量生产的衰退，转向对弹性专业化的支持。信息和服务业的势头超过了传统的制造业商品；强调消费而不是生产；传统以阶级为基础的政治分解为以"身份"为核心的政治；传播科技的发展有助于缩短全球人民之间的距离，从而也使再现更易通达。有时后现代主义与后现代性相混淆，但更多情况下，后现代主义被认为包含再现的风格和批判性思考的特点，这些由后现代性的物质条件造成，或者说与后现代性的物质条件共存。叙述对于后现代主义之所以十分重要是出于一种再现的感知危机。一方面，这一现象在很多个体（individual）后现代叙述中存在断裂效果（rupturing effect），表现明显。另一方面，因为世界叙述的普遍命运，知识的地位被认为需要重新思考，特别是宏大叙述（Grand Narrative）的衰退证明了这一点。

现实主义（Realism） 该术语用来描述一种特定的再现与所描述世界之间的关系，特别是在19世纪的小说中。"现实主义"意指一种描写模式，人们普遍假定它比其他描写模式，如被贬称为"浪漫主义的""理想化的"或"感伤的"形式更为真实地表现公认的生活现实。尽管18世纪的小说家在其叙述中尝试"现实主义"描写，但直到19世纪小说才开始体现现实主义。最初是关注描写复杂的历史与个人关系，通过真实效果（reality effects）详细描写人物众多的背景。19世纪现实主义也强调个人心理学和日常存在的危机。与史诗（Epic）一般，小说中现实主义依靠模仿（mimesis）和叙述者声音（Narrators' voices）的结合，调和可能过于冗长的模仿场景（scene）和叙述者（Narrator）的概述（summary），试图避免令人困惑的跳跃和让人困扰的并置。现实主义中的时间总是被呈现为各种离散的时刻并沿着直线分布，而且发生在任何事件上的延长逗留都是为了叙述者的阐述或概述，而不是像常常出现在现代主义（modernism）中的那样是因为人物的主观印象。另请参见**古典**

现实主义文本。

真实效果（Reality effect） 罗兰·巴尔特认为叙述中的逼真性是依靠对细节的描述，例如房屋的内饰、次要人物的外貌、天气、背景声音等等。对于结构主义和叙述与神话的结构研究（structualism and the structural study of narrative and myth）来说，真实效果代表了一种困境，因为它所涉及的细节与叙述的主要功能或叙述的表述相比显得是多余的。后者常常涉及情节，而真实效果中的细节更常是一个"指称精确的问题，高于所有其他功能"（Barthes 1992：138）。偶尔，真实效果细节本身也有重要功能：它们可能是阶级、地位、行为、心理等的重要标志；在侦探小说中它们可能也是构成情节的重要线索。而在现代主义（modernism）中则只是为了增强真实效果本身。

再现体（Representamen） 一个指称或代替某物但实际上不是该物的实体。再现体代替与它不同的对象。例如，人类手指有其独立存在，但可能手指在指向的行为中变成一个再现体。在这一行为中，手指被带入与对象（它所指之物）的关系中，对象是与其本身不同之物。

罗曼司（Romance） 12、13世纪发展起来的叙述形式。最初，如该术语所示，是"以罗曼司语的形式"，但后来通过诸如《高文爵士与绿衣骑士》（*Sir Gawain and the Green Knight*）（14世纪末）以及马洛里的《亚瑟王》（*La Morte d'Arthur*）（1470）这样的著作而在英语中发展起来。罗曼司在伊丽莎白时期继续发展并有助于小说形式的发展。在20世纪，源自19世纪小说家的模式，例如简·奥斯丁的浪漫主义小说，转化为一种以描写有骑士风度的英雄为主的流行类型（genre）。这种也被称为"罗曼司"。

断裂效果（Rupturing effect） 该术语被刚宁（Gunning）用来描述早期的电影总是与假定的观众建立联系的现象。它通过表演者打断自己的表演，直接对着摄影机说话，以及通过联想直接对电影观众讲话。在这个过程中，表演者提醒观众他们正在看的是电影，是从一个特定的视角来建构的。总的来说，这一行为有时被称作"犯框"。这种效果与戏剧中的"间离"效果或"陌生化"效果类似，特别是受到布莱希特影响的戏剧（1964）。从对18世纪的早期现实主义（realism）的戏仿，到特别是20世纪末的后现代主义（Postmodernism），它同样也与书面小说中的*话语*（*discours*）类似。

场景（Scene） 事件、地点、时间和人物的详细展示（*showing*）。如戏剧一样，对场景中事件的描述通常包含口头话语（speech），这在书面叙述中可以通过使用引号来模仿。另请见**模仿**。

连续剧（Serial） 包含很多不同集数的叙述，每一集都有完全相同或相似的长度并每隔一定时间播放。连续形式在19世纪非常流行，因为小说是委托期刊发表。随后在20世纪20年代末和30年代初，这种形式被广播采用。到20世纪50年代这一形式被证明非常适合电视节目制作。一些电视剧持续一季之长，而其他的，特别是"肥皂剧"类型，可能不断推迟决定性的结尾从而持续几十年。这种连续形式在计算机产生的叙述中也建立起来，成为不断更新的网站上总体文化的一部分。

系列剧（Series） 系列剧是从书面小说中发展起来的叙述形式，但是可以证明，其根植于口述文化，如辛巴达这样的个人故事集或者是特洛伊英雄的群体故事。与连续形式不同，系列形式不急于发展和走向结局。它典型地是包含个人在生活和事业中连续不断的冒险。在19世纪末，系列剧围绕人物如夏洛克·福尔摩斯或尼克·卡特发展，他们连续的壮举在杂志上按期连载讲述。当时一些早期的喜剧也依靠系列人物。系列形式后来在电视中找到了最坚固的立足点，在电视中一些系列剧，特别是"情景喜剧"类型，能够持续上演几十年。

图式（schemata） 指心理结构，首先由巴利特（Barlett）（1932）观察到，在其中记忆将所记起之物常规化（conventionalized）。当研究人工智能的研究者如明斯基（1975）认为知识在机械中和人类身上可能以一般形式（generic form）再现时，图式概念得到发展。

脚本（Scripts） 尚克和阿贝尔森（1977）引入的概念，提出图式中部分的人类认知是由行为的一般序列组成。另请见**框架**、**认知地图**、**组块**。

第二性（Secondness） 皮尔斯三分现象中的一个，指最基础的关系和对立的领域。

符号（Sign） 符号是任何代表其他事物的实体，而且是对于解释者如此。从人类的角度来看，符号是"对话性"的，因为要成为符号，它需要被某人解释为符号。此外，解释者可能转换和增加符号。叙述符号代表借助再现关系构成的世界，也就是说，对空间、时间和序列之间关系的再现。因此叙述符号可以指称具体的、虚构的或真实的对象；它们能够促使指称超出那些对象，而且也可以用作创造新世界。另请见**对话**。

休热特（Sjuzet） 俄国形式主义批评家提出的术语，指故事中以时间为顺序的素材的组织方式。叙述再现的故事事件可能以特定的时间序列发生；休热特能够"重新安排"这个序列或者确保某些事件的叙述比其他的更全面。另请见**概述**、**场景**。

自叙述（Skaz） 参见**自由间接话语**"小"叙述；参见"大"与"小"

叙述。

故事（Story） 叙述中描述的所有事件，通过情节来连接。

结构主义与叙述和神话的结构研究（Structuralism and the structural study of narrative and myth） 对叙述的理解。这种理解认为叙述的整体"结构"携带根本的意义。一旦这个结构被确认，它可以被认为是如"语法"一般，也就是说它被发现能够"产生"新叙述。另外，叙述的"结构"可以被认为是一个容器，新的内容可以倾倒入内；句子和内容本身没有赋予其形式的结构重要。克劳德·列维-斯特劳斯确认了一系列处于基本对立关系的神话结构。然而正如相关的叙述理论家的研究一样，如克劳德·布雷蒙（Claude Bremond）、A.J.格雷马斯、弗拉迪米尔·普罗普和诺斯洛·弗莱，也很难证明这些结构是客观实体。

概述（Summary） 叙述中的一种散文形式，例如小说，*讲述*（*tell*）事件或人但不模仿它们。它总结事件、地点、时间和人而不是对它们进行详细说明。概述允许小说向下一个时间点移动，快速掠过被叙述事件之间所发生的一切；另外，概述允许在同一个时间框架内从一个地方移动到另一个更远的地方。另请参见**休热特**。

超现实主义（Surrealism） 现代主义运动，包含绘画、电影制作、表演尤其是写作。超现实主义主要关心弗洛伊德无意识的多方面特性，最为重要的是，意识再现的模式并不是人类唯一可用的模式这一观念。一些超现实主义电影试图将叙述驱逐出它们的再现中，而另一些电影，如《安达鲁之犬》（1929）在某种程度上间接肯定叙述。

心智推测（Theory of Mind） 普瑞马克（Premack）和伍德拉夫（Woodruff）在1978年发表的名为《黑猩猩是否有心智推测》的文章中设想的概念。它是灵长类动物的一种能力，特别是人类，是发展一种能够推测其他智人意向的能力。该文提出这种能力只是对他者心智的了解，要获得这种能力依靠一种推测能力。随着理论的发展，一些人提出这种能力是先天的，包含一个心智推测模式（Theory of Mind Module）（ToMM）。另外一些人则提出这种能力是将自身投射到或模仿他者的意向性情境（Carruthers and Smith 1996）中。赫托的叙述实践假说（NPH）质疑"模仿"模式和ToMM。

心智推测模式（Theory of Mind Module）（ToMM） 认知科学中巴伦·科恩（Baron-Cohen）（1995）等提出的概念，指出人类生来就具有一种先天的推测机制。这种机制被认为大约在4~5岁期间得到发展，并包含识别其他人类具有信仰、欲望和意向的能力（包括有时是错误的认识）。一些叙述的认知方法提出读者参与叙述中人物的心理是该"模式"的一种实践练习。

第三性（Thirdness） 皮尔斯三分现象的其中一个，指规则、普遍性、投射、预测的领域。

时间位移（Timeshifting） 科技所促成的电视观看的过程，它允许流程中断。最初这个问题是在20世纪80年代家庭录像机中被发现的，时间位移也是其他科技所提供的观看经验的特点，例如数字化通用光盘（DVD）、硬盘存储器、硬盘数字录像机（TiVO）和其他观看方式，它们允许电视节目暂停，还有，网络平台允许电视节目不需要在其播放时观看。例如特定频道的"追看"节目服务，诸如BBC的iPlayer和再现视频站点YouTube。这些科技也允许叙述内的时间位移，视频可以倒回、快进、选择场景和重播特定的序列以核实细节或重新经历叙述。

ToM 参见**心智推测**。

ToMM 参见**心智推测模式**。

叙述传输模型（Transmission model of narrative） 对叙述生产的认识，其最简单的表现形式涉及一个作者发出一个信息，这个信息随后毫无疑问地被读者解码和理解。这一模型在叙述的研究方法中含蓄地得到扩展，这些研究方法依靠传记或高尚化作家的个人"天赋"。

环境域（Umwelt） 雅各布·冯·于克斯库尔提出的概念，指世界如何理解或被不同的物种如何模塑。环境域是指一个物种通过其特别的感觉器官参与其特定的符号活动，又反过来构成或再现其世界。这个物种模塑一个环境或物理世界，但是环境域只能是接近这个世界，因为没有任何物种的感觉器官能够全方位地理解环境的整体。

逼真性（Verisimilitude） 不是指完全详细地描写对象，而是指描写的对象之间有逻辑和意义联系。不同于什么是"现实主义"的严格定义，逼真性包含一系列读者的期待：什么合理，什么可信，以及什么符合群体智慧，从而对于叙述再现可接受。逼真性能够涉及完全非现实主义可接受的行为，如在音乐剧中突然唱歌，因此它是一种文本融贯的原则而不是指对虚构和真实世界之间的关系不存在疑问。

声音（Voice） 对柏拉图来说，史诗诗人如荷马使用了两种叙述再现模式：一种是由模仿人物的声音构成的，另外一种不是模仿性的，被称作"诗人自己的声音"。后者明显混淆了"作者"与叙述者（Narrator）的作用。巴赫金提出人物的声音和作者/叙述者声音之间的区别，当必然被用来再现小说中的多声性时，则构成一种"双声话语"。也就是说即使人物的言语是一种置于引号中的直接模仿,其声音也由叙述者表现。就好像叙述者的声音与人物的声音始终处于交谈或对话(Dialogue)中。人物的声音因此总是与叙述者的意向绑在一起,而叙述者的声音则总是被卷入产生多声性的社会环境中。

Bibliography

Abbott, H. P. (2005) 'The future of all narrative futures' in J. Phelan and P. J. Rabinowitz' (eds) *A Companion to Narrative Theory*, Oxford: Blackwell.

Achebe, C. (1998) 'An image of Africa: racism in Conrad's Heart of Darkness' in A. M. Roberts (ed.) *Joseph Conrad*, Harlow: Longman.

Adorno, T., Benjamin, W., Bloch, E., Brecht, B. and Lukacs, G. (1980) *Aesthetics and Politics*, London: Verso.

Anebrink, L. (1950) *The Beginnings of Naturalism in American Fiction: A Study of the Works of Hamlin Garland, Stephen Crane, and Frank Norris with Special Reference to Some European Influences*, Cambridge, MA: Harvard University Press.

Alber, J. and Fludernik, M. (eds) (2010) *Postclassical Narratology: Approaches and Analyses*, Columbus: Ohio State University Press.

Alber, J., Iversen, S., Nielsen, H. S. and Richardson, B. (2010) 'Unnatural narratives, unnatural narratology: beyond mimetic models', *Narrative*, 18 (2): 113−36.

Alexandrian, S. (1989) *Surrealist Art*, London: Thames and Hudson.

Altman, R. (1987) *The American Film Musical*, Bloomington: Indiana University Press.

——(1999) *Film/Genre*, London: British Film Institute.

——(2008) *A Theory of Narrative*, New York: Columbia University Press.

Ammons, E. (1995) 'Expanding the canon' in D. Pizer (ed.) *The Cambridge Companion to American Realism and Naturalism: Howells to London*, Cambridge: Cambridge University Press.

Anderson, B. (1991) *Imagined Communities*, rev. edn, London: Verso.

Anderson, M. (1998) 'Folklore, folklife and other bootstrapping traditions' in R. Kevelson (ed.) *Hi-Fives: A Trip to Semiotics*, New York: Peter Lang.

Andrews, M., Squire, C. and Tamboukou, M. (2008) 'What is narrative research?' in Andrews, Squire, and Tamboukou (eds) (2008) *Doing Narrative Research*, Los Angeles and London: Sage.

Appignanesi, L. and Forrester, J. (1992) *Freud's Women*, London: Weidenfeld and Nicholson.

Appleyard, B. (1999) 'The millennium', *Sunday Times Magazine*, 7 February: 39.
Archetti, C. (2013) 'Narrative wars: understanding terrorism in the era of global interconnectedness' in A. Miskimmon, B. O'Loughlin, and L. Roselle (eds) *Forging the World: Strategic Narratives and International Relations*, Ann Arbor: University of Michigan Press.
Aristotle (1996) *Poetics*, trans. and intro. M. Heath, Harmondsworth: Penguin.
Arnold, M. (1980) *Culture and Anarchy* in L. Trilling (ed.) *The Portable Matthew Arnold*, Harmondsworth: Penguin.
Atkins, J. (1964) *The Art of Ernest Hemingway: His Work and Personality*, London: Spring Books.
Auerbach, E. (1968) *Mimesis: The Representation of Reality in Western Literature*, Princeton: Princeton University Press.
——(1984) *Scenes from the Drama of European Literature*, Manchester: Manchester University Press.
Austen, J. (1985) *Persuasion*, Harmondsworth: Penguin.
Baines, J. (1971) *Joseph Conrad: A Critical Biography*, Harmondsworth: Penguin.
Bakhtin, M. M. (1981) *The Dialogic Imagination: Four Essays*, Austin: University of Texas Press.
——(1984) *Problems of Dostoevsky's Poetics*, ed. and trans. Caryl Emerson, London and Minneapolis: University of Minnesota Press.
Balzac, H. de (1992) 'Balzac on his role as secretary to society' reprinted from the preface to *The Human Comedy* in L. Furst (ed.) *Realism*, Harlow: Longman.
Bamberg, M. (2006) 'Stories: big or small? Why do we care', *Narrative Inquiry*, 16:1, 139–47.
Bamberg, M. and Georgakopoulou, A. (2008) 'Small stories as a new perspective in narrative and identity analysis', *Text & Talk*, 28 (3): 377 - 96.
Baron-Cohen, S. (1995) *Mindblindness*, Cambridge, MA: MIT Press.
Barron, J. and Nokes, D. (1993) 'Market, morality and sentiment: the eighteenth century novel' in A. M. Roberts (ed.) *The Novel: From its Origins to the Present Day*, London: Bloomsbury.
Barthes, R. (1974) *S/Z*, trans. R. Howard, New York: Hill and Wang.
——(1992) 'The reality effect' in L. Furst (ed.) *Realism*, Harlow: Longman.
Bartlett, F. C. (1932) *Remembering*, Cambridge: Cambridge University Press.
Battersby, J. L. (2006) 'Narrativity, self, and self-representation', *Narrative*, 14 (1): 28 - 44.
Baudrillard, J. (1981) *For a Critique of the Political Economy of the Sign*, trans. C. Levin, St Louis: Telos.
——(1983) *Simulations*, New York: Semiotext(e).

——(1988) *The Ecstasy of Communication*, trans. B. Schutze and C. Schutze, New York: Semiotext(e).

——(1995) *Simulacra and Simulation*, trans. S. F. Glaser, Ann Arbor: University of Michigan Press.

Beattie, O. and Csikszentmihalyi, M. (1981) 'On the socialization influence of books', *Child Psychology and Human Development*, 11 (1): 3 - 18.

Bell, M. (1990) 'How primordial is narrative?' in C. Nash (ed.) *Narrative in Culture*, London: Routledge.

Bell, M. D. (1993) *The Problem of American Realism: Studies in the Cultural History of a Literary Idea*, Chicago and London: University of Chicago Press.

Belton, J. (1994) *American Cinema/American Culture*, New York: McGraw-Hill.

Bennett, T. (1990) *Outside Literature*, London: Routledge.

Benveniste, é. (1971) *Problems in General Linguistics*, trans. M. E. Meek, Coral Gables: University of Miami Press.

Berger, A. A. (1997) *Narratives in Popular Culture, Media and Everyday Life*, Thousand Oaks and London: Sage.

Berger, R. J. and Quinney, R. (2005) 'Introduction' in Berger and Quinney (eds) *Storytelling and Sociology: Narrative as Social Inquiry*, Boulder and London: Lynne Rienner.

Bernal, M. (1987) *Black Athena: The Afro-Asiatic Roots of Classical Civilization*, vol. 1, London: Free Association Books.

Bertens, H. (1995) *The Idea of the Postmodern: A History*, London: Routledge.

Berthoff, W. (1981) *The Ferment of Realism: American Literature*, 1884 - 1919, Cambridge: Cambridge University Press.

Bettelheim, B. (1976) *The Uses of Enchantment: The Meaning and Importance of Fairy Tales*, Harmondsworth: Penguin.

Beynon, J. (2006) '"Lies" or "identity projects"? Inmate narratives in HMP. Cityton', *Subject Matters*, 2 (2): 1 - 32.

Bhabha, H. K. (1990a) 'Dissemi Nation: time, narrative and the margins of the modern nation' in H. K. Bhabha (ed.) *Nation and Narration*, London: Routledge.

——(1990b) 'The third space: interview with Jonathan Rutherford' in J. Rutherford (ed.) *Identity: Community, Culture, Difference*, London: Lawrence and Wishart.

Biressi, A. and Nunn, H. (2005) *Reality TV: Realism and Revelation*, London: Wallflower Press.

Bishop, J. P. (1959) 'Homage to Hemingway' in M. Cowley (ed.) *After the Genteel Tradition: American Writers Since 1910*, Gloucester, MA: Peter Smith.

Boje, D. M. (2001) *Narrative Methods for Organizational and Communication Research*,

London: Sage.

Booth, W. C. (1961) *The Rhetoric of Fiction*, Chicago: University of Chicago Press.

Bordwell, D. (1985) *Narration in the Fiction Film*, London: Methuen.

——(2008) *Poetics of Cinema*, London: Routledge.

Bordwell, D. and Thompson, K. (1993) *Film Art: An Introduction*, 4th edn, New York: McGraw-Hill.

Bordwell, D., Staiger, J. and Thompson, K. (1985) *The Classical Hollywood Cinema: Film Style and Mode of Production to 1960*, London: Routledge.

Borus, D. H. (1989) *Writing Realism: Howells, James and Norris in the Mass Market*, Chapel Hill and London: University of North Carolina Press.

Boyd, B. (2001) 'The origin of stories: Horton Hears a Who', *Philosophy and Literature*, 25 (2): 197 – 214.

——(2009) *On the Origin of Stories: Evolution, Cognition and Fiction*, Cambridge, MA and London: Harvard University Press.

Bradbury, M. and McFarlane, J. (1976) 'The name and nature of modernism' in M. Bradbury and J. McFarlane (eds) *Modernism*, Harmondsworth: Penguin.

Branigan, E. (1992) *Narrative Comprehension and Film*, London: Routledge.

Brantlinger, P. (1985) 'Heart of Darkness: anti-imperialism, racism or impressionism', *Criticism*, 27: 363 – 85.

Brecht, B. (1964) *Brecht on Theatre*, ed. and trans. J. Willett, London: Methuen.

Breton, A. (1991) *What is Surrealism?* London: Pluto.

Brewster, B. and Jacobs, L. (1997) *Theatre to Cinema: Stage Pictorialism and the Early Feature Film*, Oxford: Oxford University Press.

Brink, A. P. (1998) *The Novel: Language and Narrative from Cervantes to Calvino*, London: Macmillan.

Brockmeier, J. and Carbaugh, D. (eds) (2001) *Narrative and Identity*, Amsterdam: John Benjamins Publishing Company.

Brooks, P. (1982) 'Freud's master plot' in S. Felman (ed.) *Literature and Psychoanalysis The Question of Reading: Otherwise*, Baltimore and London: Yale University Press.

——(1984) *Reading for the Plot: Design and Intention in Narrative*, Cambridge, MA: Harvard University Press.

Bruner, J. (1990) *Acts of Meaning*, Cambridge, MA and London: Harvard University Press.

Buckland, W. (2009a) 'Introduction' in Buckland (ed.) *Puzzle Films: Complex Storytelling in Contemporary Cinema*, New York: Wiley-Blackwell.

——(ed.) (2009b) *Puzzle Films: Complex Storytelling in Contemporary Cinema*, New York: Wiley-Blackwell.

——(2012)'Wes Anderson: a"smart"director of the new sincerity?' *New Review of Film and Television Studies*,10(1):1-5.

Budd,L. J. (1995)'The American background' in D. Pizer (ed.) *The Cambridge Companion to American Realism and Naturalism: Howells to London*,Cambridge: Cambridge University Press.

Burch,N. (1990)'A primitive mode of representation?' in T. Elsaesser with A. Barker (ed.) *Early Cinema: Space,Frame,Narrative*,London: British Film Institute.

Butler,C. S. (1994) *Early Modernism: Literature,Music and Painting in Europe*,1900-1916,Oxford: Clarendon Press.

Byrne,T. (1981) *Local Government in Britain: Everybody's Guide to How It All Works*,Harmondsworth: Penguin.

Calvino,I. (1982) *If on a winter's night a traveller*,London: Picador.

Campbell,J. (1975) *The Hero with a Thousand Faces*,London: Abacus.

Cantril,H. ,Gaudet,H. and Herzog,H. (1940) *The Invasion from Mars*,Princeton: Princeton University Press.

Capote,T. (1966) *In Cold Blood: A True Account of a Multiple Murder and Its Consequences*,Harmondsworth: Penguin.

Cardwell,D. (1994) *The Fontana History of Technology*,London: Fontana.

Carr,D. (1991)'Discussion: Ricoeur on narrative' in D. Wood (ed.) *On Paul Ricoeur: Narrative and Interpretation*,London: Routledge.

Carruthers,P. and Smith,P. K. (1996) *Theories of Theories of Mind*,Cambridge: Cambridge University Press.

Caughie,J. (ed.) (1981) *Theories of Authorship*,London: Routledge and Kegan Paul in association with the British Film Institute.

Chanan,M. (1996) *The Dream that Kicks: The Prehistory and Early Years of Cinema in Britain*,London: Routledge.

Chandler,R. (1944)'The simple art of murder',*Atlantic Monthly*,December: 62-68.

——(1948) *The Big Sleep*,Harmondsworth: Penguin (originally 1939).

——(1984)'Letter to Frederick Lewis Allen,May 7,1948' in D. Gardiner and K. Sorley Walker (eds) *Raymond Chandler Speaking*,London: Allison and Busby.

Charon,R. (2005)'Narrative medicine: attention,representation,affiliation', *Narrative*,13 (3): 261-70.

——(2006) *Narrative Medicine: Honoring the Stories of Illness*,New York: Oxford University Press.

Chatman,S. (1978) *Story and Discourse: Narrative Structure in Fiction and Film*,Ithaca and London: Cornell University Press.

——(1990) *Coming to Terms: The Rhetoric of Narrative in Fiction and Film*, Ithaca and London: Cornell University Press.

Chaucer, G. (1966) *The General Prologue to the Canterbury Tales*, ed. J. Winny, Cambridge: Cambridge University Press.

Christie, I. (1994) *The Last Machine: Early Cinema and the Birth of the Modern World*, London: British Film Institute.

Clandinin, D. J. and Connelly, F. M. (2000) *Narrative Inquiry: Experience and Story in Qualitative Research*, San Francisco: Jossey-Bass.

Clark, R. W. (1982) *Freud: The Man and the Cause*, London: Granada.

Cobley, P. (2000) *The American Thriller: Generic Innovation and Social Change in the 1970s*, London: Palgrave.

——(2005) 'Objectivity and immanence in genre theory' in Dowd, G., Stevenson, L. and Strong, G. (eds) *Genre Matters: Interdisciplinary Perspectives*, London: Intellect.

——(2006) 'General introduction' in *Communication Theories*, 4 vols, London: Routledge.

——(2009) 'Time, feeling and abduction: towards a new theory of narrative' in Deely, J. and Sbrocchi, L. (eds) *Semiotics 2008*, Ottawa: Legas.

——(2010) 'Introduction' in *The Routledge Companion to Semiotics*, London: Routledge.

Cobley, P. and Haeffner, N. (2011) 'Narrative supplements' in R. Page and B. Thomas (eds) *New Narratives: Stories and Storytelling in the Digital Age*, Lincoln: University of Nebraska Press.

Cohn, D. (1966) 'Narrated monologue: definition of a fictional style', *Comparative Literature*, 18 (2) Spring: 97 – 112.

Collins, J. (1989) *Uncommon Cultures: Popular Culture and Post-modernism*, London: Routledge.

——(1992) 'Television and postmodernism' in R. C. Allen (ed.) *Channels of Discourse Reassembled: Television and Contemporary Criticism*, London: Routledge.

Conboy, M. and Johnson, S. (2010) *The Language of Newspapers: Socio-Historical Perspectives*, London: Continuum. Connor, S. (1989) *Postmodernist Culture: An Introduction to Theories of the Contemporary*, Oxford: Blackwell.

Conrad, J. (1973) *Heart of Darkness*, Harmondsworth: Penguin (originally 1902).

Corner, J. and Harvey, S. (1996) 'Introduction' in *Television Times: A Reader*, London: Arnold.

Cornford, F. (ed. and trans.) (1945) *The Republic of Plato*, Oxford: Oxford University Press.

Coupe, L. (1997) *Myth*, London: Routledge.

Couser, G. T. (2007) 'Undoing hardship: life writing and disability law', *Narrative*, 15 (1):

71 - 84.

Cowley, M. (1959) 'Foreword: the revolt against gentility' in M. Cowley (ed.) *After the Genteel Tradition: American Writers Since* 1910, Gloucester, MA: Peter Smith.

Cowley, S. J., Moodley, S. and Fiori-Cowley, A. (2004) 'Grounding signs of culture: primary intersubjectivity in social semiosis' *Mind, Culture and Activity*, 11 (2): 109 - 32.

Crews, F. (1975) 'Conrad's uneasiness-and ours' in *Out of My System*, New York: Oxford University Press.

Crossley, M. (2000) *Introducing Narrative Psychology: Self, Trauma and the Construction of Meaning*, Buckingham: Open University Press.

——(2003) 'Let me explain: narrative emplotment and one patient's experience of oral cancer', *Social Science & Medicine*, 56 (3): 439 - 48.

Crystal, D. (1998) *Language Play*, Harmondsworth: Penguin.

Csikszentmihalyi, M. (1992) *Flow -The Psychology of Evolution*, London: Rider.

——(1994) *The Evolving Self: A Psychology for the Third Millennium*, New York: HarperCollins.

——(1996) *Creativity: Flow and the Psychology of Discovery and Invention*, New York: HarperCollins.

Cubitt, S. (1991) *Timeshift: On Video Culture*, London: Routledge.

Czarniawska, B. (1999) *Writing Management. Organization Theory as a Literary Genre*, Oxford: Oxford University Press.

——(2011) 'Narrating organization studies', *Narrative Inquiry*, 21 (2): 337 - 44.

Dancygier, B. (2011) *The Language of Stories: A Cognitive Approach*, Cambridge: Cambridge University Press.

Danesi, M. (2002) *Understanding Media Semiotics*, London: Arnold.

Davies, P. (1996) 'What happened before the Big Bang?' in J. Brockman and K. Matson (eds) *How Things Are: A Science Tool-kit for the Mind*, London: Phoenix.

Davis, L. J. (1983) *Factual Fictions: Origins of the English Novel*, New York: Columbia University Press.

Delafield-Butt, J. and Trevarthen, C. (2013) 'Theories of the development of human communication' in P. Cobley and P. J. Schulz (eds) *Theories and Models of Communication*, Berlin: de Gruyter.

Denzin, N. K. (1991) *Images of Postmodern Society: Social Theory and Contemporary Cinema*, London: Sage.

Derrida, J. (1984) *Margins of Philosophy*, trans. A. Bass, Hassocks: Harvester.

Deutsch, D. (1997) *The Fabric of Reality*, Harmondsworth: Penguin.

Dewberry, E. (1996) 'Hemingway's journalism and the realist dilemma' in S. Donaldson (ed.) *The Cambridge Companion to Ernest Hemingway*, Cambridge: Cambridge University Press.

Dinerstein, R. D. (2007) '"Every picture tells a story, don't it?": The complex role of narratives in disability cases', *Narrative*, 15 (1): 40 – 57.

Dinwiddy, J. R. (1979) 'Luddism and politics in the Northern counties', *Social History*, 4: 33 – 63.

——(1986) *From Luddism to the First Reform Bill*, Oxford: Basil Blackwell.

Donald, M. (2001) *A Mind So Rare: The Evolution of Human Consciousness*, New York: Norton.

——(2006) 'Art and cognitive evolution' in M. Turner (ed.) *The Artful Mind*, New York: Oxford University Press.

Donaldson, S. (1978) *By Force of Will: The Life and Art of Ernest Hemingway*, Harmondsworth: Penguin.

Doody, M. A. (1998) *The True Story of the Novel*, London: Fontana.

Drakakis, J. (1981) 'The essence that's not seen: radio adaptations of stage plays' in P. Lewis (ed.) *Radio Drama*, London and New York: Longman.

Durant, W. (1935) *The Story of Civilization Part 1 Our Oriental Heritage*, New York: Simon and Schuster.

Durgnat, R. (1977) *Luis Bunuel*, Berkeley: University of California Press.

Eagleton, T. (1976) *Criticism and Ideology*, London: Verso.

——(1996) *The Illusions of Postmodernism*, Oxford: Blackwell.

Eakin, P. J. (2006) 'Narrative identity and narrative imperialism: a response to Galen Strawson and James Phelan', *Narrative*, 14 (2): 181 – 87.

Easthope, A. (1983) *Poetry as Discourse*, London: Methuen.

Eco, U. (1985) *Reflections on The Name of the Rose*, trans. W. Weaver, London: Secker and Warburg.

Eisenstein, E. (1979) *The Printing Press as an Agent of Change: Communications and Cultural Transformations in Early-Modern Europe*, 2 vols, New York: Cambridge University Press.

Eisenstein, S. (1985) 'The cinematographic principle and the ideogram' in G. Mast and M. Cohen (eds) Film *Theory and Criticism: Introductory Readings*, 3rd edn, Oxford: Oxford University Press.

Eliot, G. (1965) *Middlemarch*, ed. W. J. Harvey, Harmondsworth: Penguin.

Elliott, J. (2005) *Using Narrative in Social Research*, London and New Delhi: Sage.

Ellis, J. (1992) *Visible Fictions: Film, Television*, Video, 2nd edn, London: Routledge.

Elsaesser, T. (1990) 'Afterword' in T. Elsaesser with A. Barker (ed.) *Early Cinema:*

Space, Frame, Narrative, London: British Film Institute.

Elsaesser, T. and Barker, A. (1990) 'Introduction to Part III' in T. Elsaesser with A. Barker (ed.) *Early Cinema: Space, Frame, Narrative*, London: British Film Institute.

Ermarth, E. D. (1998) *Realism and Consensus in the English Novel*, 2nd edn, Edinburgh: Edinburgh University Press.

Etherington-Smith, M. (1992) *Dalí*, London: Sinclair-Stevenson.

Evans, R. O. (1956) 'Conrad's underworld', *Modern Fiction Studies*, 2: 56 – 62.

Fauconnier, G. and Turner, M. (2002) *The Way We Think: Conceptual Blending and the Mind's Hidden Complexities*, New York: Basic Books.

Feder, L. (1955) 'Marlow's descent into Hell', *Nineteenth Century Fiction*, 9: 280 – 92.

Finley, M. I. (1979) *The World of Odysseus*, Harmondsworth: Pelican.

Fish, S. E. (1980) *Is there a Text in this Class? The Authority of Interpretive Communities*, Cambridge, MA: Harvard University Press.

——(1981) 'Why no one's afraid of Wolfgang Iser', *Diacritics*, 11 (March): 2 – 13; repr. in P. Cobley (ed.) *The Communication Theory Reader*, London: Routledge, 1996.

Fiske, J. (1987) *Television Culture*, London: Routledge.

Fiske, J. and Hartley, J. (1978) *Reading Television*, London: Methuen.

Fitzgerald, F. (1996) 'Apocalypse Now' in M. C. Carnes (ed.) *Past Imperfect: History According to the Movies*, London: Cassell.

Fleischmann, A. (1967) *Conrad's Politics: Community and Anarchy in the Fiction of Joseph Conrad*, Baltimore and London: Johns Hopkins University Press.

Fludernik, M. (1996) *Towards a 'Natural' Narratology*, London: Routledge.

——(2003) 'Natural narratology and cognitive parameters', in D. Herman (ed.) *Narrative Theory and the Cognitive Sciences*, Stanford: CSLI.

Forster, E. M. (1962) *Aspects of the Novel*, Harmondsworth: Penguin.

Fothergill, A. (1989) *Heart of Darkness*, Milton Keynes: Open University Press.

Foucault, M. (1971) *Madness and Civilization: A History of Insanity in the Age of Reason*, London: Tavistock.

——(1986) 'What is an author?' in P. Rabinow (ed.) *The Foucault Reader*, Harmondsworth: Penguin.

Fowles, J. (1977) *The French Lieutenant's Woman*, London: Panther.

Freeman, M. (1998) 'Mythical time, historical time, and the narrative fabric of the self', *Narrative Inquiry*, 8 (1): 27 – 50.

——(2001) 'From substance to story' in J. Brockmeier and D. Carbaugh (eds) *Narrative and Identity*, Amsterdam: John Benjamins Publishing Company.

——(2003) 'When the story's over: narrative foreclosure and the possibility of selfrenewal'

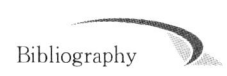

in M. Andrews, S. Day Sclater, C. Squire and A. Treader (eds) *Lines of Narrative*, London: Routledge.

Freud, S. (1962) 'The question of lay analysis' in *Two Short Accounts of Psychoanalysis*, Harmondsworth: Penguin.

—— (1973a) 'Femininity' in *New Introductory Lectures in Psychoanalysis*, Pelican Freud Library 2, Harmondsworth: Penguin.

—— (1973b) 'Fixation to traumas-the unconscious' in *Introductory Lectures in Psychoanalysis*, Pelican Freud Library 1, Harmondsworth: Penguin.

—— (1973c) 'Symbolism in dreams' in *Introductory Lectures in Psychoanalysis*, Pelican Freud Library 1, Harmondsworth: Penguin.

—— (1976a) *The Psychopathology of Everyday Life*, Pelican Freud Library 5, Harmondsworth: Penguin.

—— (1976b) *The Interpretation of Dreams*, Pelican Freud Library 4, Harmondsworth: Penguin (originally 1899).

—— (1977a) 'Female sexuality' in *On Sexuality*, Pelican Freud Library 7, Harmondsworth: Penguin.

—— (1977b) 'Three essays on the theory of sexuality' in *On Sexuality*, Pelican Freud Library 7, Harmondsworth: Penguin.

—— (1984a) 'Repression' in *On Metapsychology*, Pelican Freud Library 11, Harmondsworth: Penguin.

—— (1984b) 'Negation' in *On Metapsychology*, Pelican Freud Library 11, Harmondsworth: Penguin.

Friedman, N. (1955) 'Point of view in fiction: the development of a critical concept', *PMLA*, 70: 1160 – 84.

Frye, N. (1957) *The Anatomy of Criticism*, Princeton: Princeton University Press.

Fukuyama, F. (1992) *The End of History and the Last Man*, Harmondsworth: Penguin.

Furst, L. (ed.) (1992) *Realism*, Harlow: Longman.

Gallagher, T. (1986) 'Shoot-out at the genre corral: patterns in the evolution of the Western' in B. K. Grant (ed.) *Film Genre Reader*, Austin: University of Texas Press.

Gallese, V. (2005) '"Being like me": self-other identity, mirror neurons, and empathy' in S. Hurley and N. Chater (eds) *Perspectives on Imitation: From Neuroscience to Social Science*, Vol. 1, *Mechanisms of Imitation and Imitation in Animals*, Cambridge, MA: MIT Press.

Garland-Thomson, R. (2007) 'Shape structures story: fresh and feisty stories about disability', *Narrative*, 15 (1): 113 – 23.

Gaudreault, A. (1990a) 'Film, narrative, narration: the cinema of the Lumière bothers' in T.

Elsaesser with A. Barker (ed.) *Early Cinema: Space, Frame, Narrative*, London: British Film Institute.

——(1990b) 'The infringement of copyright laws and its effects' in T. Elsaesser with A. Barker (ed.) *Early Cinema: Space, Frame, Narrative*, London: British Film Institute.

——(1990c) 'Showing and telling: image and word in early cinema' in T. Elsaesser with A. Barker (ed.) *Early Cinema: Space, Frame, Narrative*, London: British Film Institute.

——(1990d) 'Detours in narrative: the development of cross-cutting' in T. Elsaesser with A. Barker (ed.) *Early Cinema: Space, Frame, Narrative*, London: British Film Institute.

Gay, P. (1989) *Freud: A Life for Our Time*, London: Macmillan.

Gee, J. (1991) 'A linguistic approach to narrative', *Journal of Narrative and Life History*, 1: 15–39.

Genette, G. (1982) *Narrative Discourse*, Oxford: Basil Blackwell.

——(1988) *Narrative Discourse Revisited*, Ithaca and London: Cornell University Press.

Georgakopoulou, A. (2006) 'Small and large identities in narrative (inter)action' in A. de Fina, D. Schiffrin and M. Bamberg (eds) *Discourse and Identity*, Cambridge: Cambridge University Press.

——(2007) *Small Stories, Interaction and Identities*, Amsterdam: John Benjamins.

Germain, E. B. (1978) 'Introduction' in *Surrealist Poetry in English*, Harmondsworth: Penguin.

Gerrig, R. J. (1990) 'The construction of literary character: a view from cognitive psychology', *Style*, 24: 380–92.

Gerrig, R. J. and Egidi, G. (2003) 'Cognitive psychological foundations of narrative experiences' in D. Herman (ed.) *Narrative Theory and the Cognitive Sciences*, Stanford: CSLI.

Gottschall, J. (2012) *The Storytelling Animal: How Stories Make Us Human*, New York: Houghton Mifflin Harcourt.

Gershman, H. S. (1969) *The Surrealist Revolution in France*, Ann Arbor: University of Michigan.

Gibson, A. (1980) 'Authors, speakers, readers and mock readers' in J. P. Tompkins (ed.) *Reader-Response Criticism. From Formalism to Post-structuralism*, Baltimore and London: Johns Hopkins University Press.

——(1996) *Towards a Postmodern Theory of Narrative*, Edinburgh: Edinburgh University Press.

Giddens, A. (1991) *Modernity and Self-identity: Self and Society in the Late Modern Age*, Cambridge: Polity Press.

Gombrich, E. (1956) *The Story of Art*, London: Phaidon.

Goody, J. and Watt, I. (1968) 'The consequences of literacy' in J. Goody (ed.) *Literacy in Traditional Societies*, Cambridge: Cambridge University Press.

Gould, S. J. (1977) *Ontogeny and Phylogeny*, Cambridge, MA and London: Belknap Press.

Gould, S. J. and Vrba, E. S. (1982) 'Exaptation: a missing term in the science of form', *Paleobiology*, 8: 4–15.

Gratier, M. and Trevarthen, C. (2008) 'Musical narratives and motives for culture in mother-infant vocal interaction', *Journal of Consciousness Studies*, 15: 122–58.

Gray, A. (1984) *Unlikely Stories, Mostly*, Harmondsworth: Penguin.

Greenblatt, S. (1991) *Marvelous Possessions: The Wonder of the New World*, Chicago and London: University of Chicago Press.

Gribbin, J. (1999) *The Birth of Time: How We Measured the Age of the Universe*, London: Phoenix.

Griffin, J. (1980) *Homer*, Oxford: Oxford University Press.

Grishakova, M. (2009) 'Beyond the frame: cognitive science, common sense and fiction', *Narrative*, 17 (2): 188–98.

Gubrium, J. F. and Holstein, J. A. (1998) 'Narrative practice and the coherence of personal stories', *Sociological Quarterly*, 39 (1): 163–87.

Guerard, A. (1966) *Conrad the Novelist*, Cambridge, MA: Harvard University Press.

Gunning, T. (1990a) 'The cinema of attractions: early film, its spectator and the avant-garde' in T. Elsaesser with A. Barker (ed.) *Early Cinema: Space, Frame, Narrative*, London: British Film Institute.

——(1990b) '"Primitive" cinema: a frame-up or the trick's on us?' in T. Elsaesser with A. Barker (ed.) *Early Cinema: Space, Frame, Narrative*, London: British Film Institute.

——(1990c) 'Weaving a narrative: style and economic background in Griffith's Biograph films' in T. Elsaesser with A. Barker (ed.) *Early Cinema: Space, Frame, Narrative*, London: British Film Institute.

Hainsworth, J. B. (1992) 'The criticism of an oral Homer' in C. Emlyn-Jones, L. Hardwick and J. Purkis (eds) *Homer: Readings and Images*, London: Duckworth.

Hall, S. (1997) 'The work of representation' in *Representation: Cultural Representations and Signifying Practices*, London: Sage.

Halliwell, S. (1998) *Aristotle's Poetics*, London: Duckworth.

Harré, R. (1990) 'Some narrative conventions of scientific discourse' in C. Nash (ed.) *Narrative in Culture*, London: Routledge.

Harris, R. (2003) *Mindboggling: Preliminaries to a Science of the Mind*, Luton: The Pantaneto Press.

Harrison, T. (2006) 'Heredity' in *Selected Poems*, Harmondsworth: Penguin.
Hartley, J. (1982) *Understanding News*, London: Methuen.
Harvey, D. (1988) *The Condition of Postmodernity*, Oxford: Blackwell.
Havelock, E. A. (1963) *Preface to Plato*, Cambridge, MA: Belknap Press.
——(1976) *The Origins of Western Literacy*, Toronto: Ontario Institute of Education.
——(1986) *The Muse Learns to Write: Reflection on Orality and Literacy from Antiquity to the Present*, New Haven and London: Yale University Press.
Hawking, S. (1988) *A Brief History of Time: From the Big Bang to Black Holes*, New York: Bantam.
Hawthorn, J. (1997) *Studying the Novel*, 3rd edn, London: Arnold.
Hemingway, E. (1955) 'The Killers' in *Men Without Women*, Harmondsworth: Penguin.
Herman, D. (1997) 'Scripts, sequences, and stories: elements of a postclassical narratology', *PMLA*, 112 (5): 1046 - 59.
——(1999) 'Introduction: narratologies', in D. Herman (ed.) *Narratologies: New Perspectives on Narrative Analysis*, Columbus: Ohio State University Press.
——(2003) 'Stories as a tool for thinking', in D. Herman (ed.) *Narrative Theory and the Cognitive Sciences*, Stanford: CSLI.
——(2007a) 'Storytelling and the sciences of mind: cognitive narratology, discursive psychology, and narratives in face-to-face interaction', *Narrative*, 15 (3): 306 - 34.
——(2007b) 'Cognition, emotion, and consciousness' in D. Herman (ed.) *The Cambridge Companion to Narrative*, Cambridge: Cambridge University Press.
——(2008) 'Narrative theory and the intentional stance', *Partial Answers*, 6 (2): 233 - 60.
——(2009) 'Storied minds: narrative scaffolding for folk psychology' in D. D. Hutto (ed.) *Narrative and Folk Psychology*, Exeter: Imprint Academic.
——(2010a) 'Narrative theory after the second cognitive revolution' in L. Zunshine (ed.) *Introduction to Cognitive Cultural Studies*, Baltimore and London: Johns Hopkins University Press.
——(2010b) 'Directions in cognitive narratology: triangulating stories, media and the mind' in J. Alber and M. Fludernik (eds) *Postclassical Narratology: Approaches and Analyses*, Columbus: Ohio State University Press.
——(2011a) 'Introduction' in D. Herman (ed.) *The Emergence of Mind*, Lincoln: University of Nebraska Press.
——(2011b) 'Storyworld/Umwelt: nonhuman experiences in graphic narratives', *SubStance*, 40 (1): 156 - 81.
——(2012a) 'Exploring the nexus of narrative and mind' in D. Herman, J. Phelan, P. J. Rabinowitz, B. Richardson and R. Warhol *Narrative Theory: Core Concepts and*

Critical Debates, Columbus: Ohio State University Press.

——(2012b) 'Re-minding modernism: 1880 - 1945' in D. Herman (ed.) *The Emergence of Mind: Representations of Consciousness in Narrative Discourse in English*, Lincoln: University of Nebraska Press.

Herman, D., Phelan, J., Rabinowitz, P. J., Richardson, B. and Warhol, R. (2012) *Narrative Theory: Core Concepts and Critical Debates*, Columbus: Ohio State University Press.

Hirschkop, K. (1999) *Mikhail Bakhtin: An Aesthetic for Democracy*, Oxford: Oxford University Press.

Hogan, P. C. (2004) *The Mind and Its Stories: Narrative Universals and Human Emotion*, Cambridge: Cambridge University Press.

Holloway, W. and Jefferson, T. (2000) *Doing Qualitative Research Differently: Free Association, Narrative and the Interview Method*, London: Sage.

Holstein, J. A. and Gubrium, J. F. (2012) *Varieties of Narrative Analysis*, London: Sage.

Holub, R. C. (1984) *Reception Theory: A Critical Introduction*, London: Methuen.

Hunter, J. P. (1990) *Before Novels: The Cultural Contexts of Eighteenth-century Fiction*, New York and London: Norton.

Hutcheon, L. (1989) *The Politics of Postmodernism*, London: Routledge.

Hutto, D. D. (2006). 'Narrative practice and understanding reasons: Reply to Gallagher' in R. Menary (ed.) *Radical Enactivism: Intentionality, Phenomenology, and Narrative: Focus on the Philosophy of Daniel D. Hutto*, Amsterdam: John Benjamins.

——(2007) 'The narrative practice hypothesis: origins and applications of folk psychology' in D. D. Hutto (ed.) *Narrative and Understanding Persons*, Cambridge: Cambridge University Press.

——(2008) *Folk Psychological Narratives: The Sociocultural Basis of Understanding Reasons*, Cambridge, MA: MIT Press.

——(2009a) 'Folk psychology as narrative practice' in D. Hutto (ed.) *Narrative and Folk Psychology*, Exeter: Imprint Academic.

——(ed.) (2009b) *Narrative and Folk Psychology*, Exeter: Imprint Academic.

——(2011) 'Making sense of ourselves and others: narratives not theories', *Lecture at the University of Hertfordshire de Havilland Campus*, 23 March.

Hutto, D. D. and Ratcliffe, M. (eds) (2007). *Folk Psychology Re-assessed*, Dordrecht: Springer.

Huyssen, A. (1986) *After the Great Divide: Modernism, Mass Culture and Postmodernism*, London: Macmillan.

Hymes, D. (1996) *Ethnography, Linguistics, Narrative Inequality: Towards an Understanding of Voice*, London: Taylor and Francis.

Iser, W. (1974) *The Implied Reader: Patterns of Communication in Prose Fiction from Bunyan to Beckett*, Baltimore and London: Johns Hopkins University Press.

——(1981) 'Talk like whales', Diacritics, 11 (September): 82 - 87, repr. in P. Cobley(ed.) *The Communication Theory Reader*, London: Routledge, 1996.

——(1989) *Prospecting: From Reader Response to Literary Anthropology*, Baltimore and London: Johns Hopkins University Press.

James, M. R. (1992a) 'Preface' in *Collected Ghost Stories*, Ware: Wordsworth.

——(1992b) 'The Mezzotint' in *Collected Ghost Stories*, Ware: Wordsworth.

Jameson, F. (1991) *Postmodernism or, the Cultural Logic of Late Capitalism*, London: Verso.

Jaynes, J. (1990) *The Origins of Consciousness in the Breakdown of the Bicameral Mind*, Harmondsworth: Penguin.

Jean, M. (ed.) (1980) *The Autobiography of Surrealism*, Harmondsworth: Penguin.

Jenkins, H. (1992) *Textual Poachers: Television and Participatory Culture*, London: Routledge.

Jensen, K. B. (1995) *The Social Semiotics of Mass Communication*, London and New Delhi: Sage.

Jones, E. (1964) *The Life and Work of Sigmund Freud*, Harmondsworth: Penguin.

Josipovici, G. (1979) *The World and the Book*, 2nd edn, London: Macmillan.

Jost, F. (1998) 'The promise of genres', Reseaux, 6 (1): 99 - 121.

Joyce, J. (1964) *A Portrait of the Artist as a Young Man*, London: Heinemann.

Kaplan, E. A. (ed.) (1988) *Postmodernism and Its Discontents: Theories, Practices*, London: Verso.

Karl, F. R. (1989) 'Introduction to the Danse Macabre: Conrad's Heart of Darkness' in R. C. Murfin (ed.) *Heart of Darkness: A Case Study in Contemporary Criticism*, New York: St Martin's Press.

Keen, S. (1998) *Victorian Renovations of the Novel: Narrative Annexes and the Boundaries of Representation*, Cambridge: Cambridge University Press.

——(2006) 'A theory of narrative empathy', Narrative, 14 (3): 207 - 36.

——(2007) *Empathy and the Novel*, (Kindle edition), New York: Oxford University Press.

Kerr, P. (2010) 'Babel's network narrative: packaging a globalized art cinema', Transnational Cinema, 1 (1): 37 - 51.

King, S. (1991) 'A preface in two parts' in *The Stand: The Complete and Uncut Edition*, London: New English Library.

——(1992) *Gerald's Game*, London: Hodder and Stoughton. Knight, L. (1986) *Talking to a Stranger: A Consumer's Guide to Therapy*, London: Fontana.

Kovel, J. (1990) *The Complete Guide to Therapy*, Harmondsworth: Penguin.

Kozloff, S. (1992) 'Narrative theory and television' in R. C. Allen (ed.) *Channels of Discourse Reassembled: Television and Contemporary Criticism*, London: Routledge.

Kramnick, J. (2011) 'Against literary Darwinism', *Critical Inquiry*, 37 (Winter): 315 - 47.

Kress, G. R. (1999a) 'A creative spell', *Guardian Education*, 16 November: 8.

—— (1999b) *Early Spelling*, London: Routledge.

Kuhn, T. S. (1970) *The Structure of Scientific Revolutions*, Chicago and London: University of Chicago Press.

Kunelius, R. (1994) 'Order and interpretation: a narrative perspective on journalism', *European Journal of Communication*, 9: 249 - 70.

Labov, W. and Waletzky, J. (1967) 'Narrative analysis: oral versions of personal experience' in J. Helm (ed.) *Essays on the Verbal and Visual Arts: Proceedings of the 1966 Annual Spring Meeting of the American Ethnological Society*, Seattle: University of Washington Press, pp. 12 - 44.

Lacy, D. (1996) *From Grunts to Gigabytes: Communications and Society*, Urbana and Chicago: University of Illinois Press.

Lambrou, M. (2014a) 'Narratives of trauma re-lived: the Ethnographer's Paradox and other tales' in B. Thomas and J. Round (eds) *Real Lives, Celebrity Stories: Narratives of Ordinary and Extraordinary People Across Media*, London: Bloomsbury.

—— (2014b) 'Narrative, text and time: telling the same story twice in the oral narrative reporting of 7/7', *Language and Literature*, *Narrative* Special Edition.

Langellier, K. M. and Peterson, E. E. (2004) *Storytelling in Daily Life: Performing Narrative*, Philadelphia PA: Temple University Press.

Lapsley, R. and Westlake, M. (1988) *Film Theory: An Introduction*, Manchester: Manchester University Press. Lattimore, R. (ed. and trans.) (1967) *The Odyssey of Homer*, New York: Harper and Row.

Lawson, J. and Silver, H. (1973) *A Social History of Education in England*, London: Methuen.

Leavis, F. R. (1962) The Great Tradition: George Eliot, Henry James, Joseph Conrad, Harmondsworth: Penguin.

Lehan, R. (1995) 'The European background' in D. Pizer (ed.) *The Cambridge Companion to American Realism and Naturalism: Howells to London*, Cambridge: Cambridge University Press.

Lévi-Strauss, C. (1977) *Structural Anthropology 1*, Harmondsworth: Penguin.

Levine, G. (1997) 'The narrative of scientific epistemology', *Narrative*, 5 (3): 227 - 51.

Lewis, C. S. (1960) *A Preface to Paradise Lost*, Oxford: Oxford University Press.

——(1998) *Studies in Medieval and Renaissance Literature*, Cambridge: Cambridge University Press.

Lewis, L. A. (ed.) (1992) *The Adoring Audience*, London: Routledge.

Lodge, D. (1981) 'Middlemarch and the idea of the classic realist text' in A. Kettle(ed.) *The Nineteenth Century Novel: Critical Essays and Documents*, 2nd edn, London: Heinemann.

——(1992) *The Art of Fiction*, Harmondsworth: Penguin.

——(1997) *The Practice of Writing*, Harmondsworth: Penguin.

Loomba, A. (1998) *Colonialism/Postcolonialism*, London: Routledge.

Lord, A. (2000) *The Singer of Tales*, 2nd edn, ed. S. Mitchell and G. Nagy, Cambridge, MA and London: Harvard University Press.

Lothe, J. (2000) *Narrative in Fiction and Film: An Introduction*, Oxford: Oxford University Press.

Lotman, J. M. (1977) 'The structure of the narrative text' in D. P. Lucid (ed.) *Soviet Semiotics: An Anthology*, Baltimore and London: Johns Hopkins University Press.

Lovell, T. (1983) *Pictures of Reality: Aesthetics, Politics, Pleasure*, London: British Film Institute.

——(1987) *Consuming Fiction*, London: Verso.

Lubbock, P. (1926) *The Craft of Fiction*, London: Jonathan Cape.

Luckmann, T. (2009) 'Observations on the structure and function of communicative genres' in *Sociosemiotica*, *special issue of Semiotica* (eds P. Cobley and A. Randviir), 173 (1/4): 267–82.

Lukacs, G. (1969) *The Historical Novel*, Harmondsworth: Penguin.

Lukacs, J. (1990) *The Duel: Hitler vs. Churchill: 10 May – 11 July 1940*, London: Phoenix Press.

Lynn, K. S. (1989) *Hemingway*, London: Cardinal.

Lyons, J. (1981) *Language, Meaning and Context*, London: Fontana.

Lyotard, J.-F. (1984) *The Postmodern Condition: A Report on Knowledge*, trans. G. Bennington and B. Massumi, Manchester: Manchester University Press.

MacCabe, C. (1974) 'Realism and the cinema: notes on some Brechtian theses', *Screen*, 15: 7–27.

——(1977) 'Theory and film: principles of realism and pleasure', *Screen*, 17: 48–61.

——(1978) *James Joyce and the Revolution of the Word*, London: Macmillan.

Macherey, P. (1978) *A Theory of Literary Production*, trans. G. Wall, London: Routledge and Kegan Paul.

Malloch, S. (1999) 'Mothers and infants and communicative musicality', *Musicae Scientiae*, special issue, *Rhythm, Musical Narrative and Origins of Communication*: 29–57.

Malloch, S. and Trevarthen, C. (2009) 'Musicality: communicating the vitality and interests of life' in S. Malloch and C. Trevarthen (eds) *Communicative Musicality*, Oxford: Oxford University Press.

Mansfield, C. D., McLean, K. C. and Lilgendahl, J. P. (2010) 'Narrating traumas and transgressions links between narrative processing, wisdom, and well-being', *Narrative Inquiry*, 20 (2): 246 - 73.

Marcus, S. (1997) 'The logical and semiotic status of the canonic formula of myth', *Semiotica*, 116 (2/4): 115 - 88.

Margolin, U. (2003) 'Cognitive science, the thinking mind and literary narrative' in D. Herman (ed.) *Narrative Theory and the Cognitive Sciences*, Stanford: CSLI.

Masson, J. M. (1986) *A Dark Science: Women, Sexuality and Psychiatry in the Nineteenth Century*, New York: Farrar, Straus and Giroux.

Max, D. T. (2005) 'The literary Darwinists', *New York Times*, 6 November.

Maynes, M. J. (2008) *Telling Stories: The Use of Personal Narratives in the Social Sciences and History*, Ithaca: Cornell University Press.

McClary, S. (1998) 'The impromptu that trod on a loaf: or how music tells stories', *Narrative*, 5 (1): 20 - 35.

McKeon, M. (1987) *The Origins of the English Novel 1600 - 1740*, Baltimore and London: Johns Hopkins University Press.

McLuhan, M. (1962) *The Gutenberg Galaxy: The Making of Typographic Man*, Toronto: University of Toronto Press.

McLynn, F. (1993) *Hearts of Darkness: The European Exploration of Africa*, London: Pimlico.

McNair, B. (1996) *News and Journalism in the UK*, 2nd edn, London: Routledge.

McRobbie, A. (1994) *Postmodernism and Popular Culture*, London: Routledge.

Mellencamp, P. (1990) 'TV time and catastrophe or Beyond the Pleasure Principle of television' in *Logics of Television*, London and Bloomington: British Film Institute and Indiana University Press.

Merker, B. (2009) 'Ritual foundations of human uniqueness' in S. Malloch and C. Trevarthen (eds) *Communicative Musicality: Exploring the Basis of Human Companionship*, Oxford: Oxford University Press.

Merrell, F. (2001) 'Charles Sanders Peirce's concept of the sign' in P. Cobley (ed.) *The Routledge Companion to Semiotics and Linguistics*, London: Routledge.

Metz, C. (1982) *Psychoanalysis and Cinema: The Imaginary Signifier*, trans. C. Britton, A. Williams, B. Brewster and A. Guzzetti, London: Macmillan.

Meyers, J. (1987) *Hemingway: A Biography*, London: Paladin.

Miller, R. (1989) 'Killing time before Armageddon' (profile of Mickey Spillane), *Sunday Times Magazine*, 17 December: 34 – 36, 39.

Minsky, M. (1975) 'A framework for representing knowledge' in P. Winston *The Psychology of Computer Vision*, New York: McGraw-Hill.

Mitchell, J. (1973) *Psychoanalysis and Feminism*, Harmondsworth: Penguin.

Morley, D. (1986) *Family Television: Cultural Power and Domestic Leisure*, London: Routledge.

Murfin, R. C. (1989) 'Introduction' in R. C. Murfin (ed.) *Heart of Darkness: A Case Study in Contemporary Criticism*, New York: St Martin's Press.

Murray, J. H. (1997) *Hamlet on the Holodeck: The Future of Narrative in Cyberspace*, Cambridge, MA: MIT Press.

Nebel, F. (1965) 'Winter Kill' in R. Goulart (ed.) *The Hardboiled Dicks: An Anthology of Detective Fiction from the Pulp Magazines*, New York: Pocket Books.

Nelles, W. (2012) 'Microfiction: what makes a very short story very short?' *Narrative*, 20 (1): 87 – 104.

Nelson, H. L. (2001) *Damaged Identities, Narrative Repair*, Ithaca: Cornell University Press.

Nicholls, P. (1995) *Modernisms: A Literary Guide*, London: Macmillan.

Norris, F. (1903) *The Responsibilities of the Novelist and Other Literary Essays*, New York: Doubleday, Page and Company.

Nünning, A. (2003) 'Narratology or narratologies? Taking stock of recent developments, critique and modest proposals for future uses of the term' in T. Kindt and H.-H. Müller (eds) *What is Narratology?* Berlin: de Gruyter.

Ochs, E. and Capps, L. (2001) *Living Narrative: Creating Lives in Everyday Storytelling*, Cambridge MA: Harvard University Press.

Ogdon, B. (1992) 'Hard-boiled ideology', *Critical Quarterly*, 34 (1): 71 – 87.

Ong, W. J. (1982) *Orality and Literacy: The Technologizing of the Word*, London: Methuen.

Pakenham, T. (1994) *The Scramble for Africa*, London: Abacus.

Palmer, A. (2003) 'The mind beyond the skin' in D. Herman (ed.) *Narrative Theory and the Cognitive Sciences*, Stanford: CSLI.

Parkes, M. B. (1992) *Pause and Effect: An Introduction to the History of Punctuation in the West*, Aldershot: Scolar Press.

Paterson, W. (2008) 'Narratives of events: Labovian narrative analysis and its limitations' in M. Andrews, C. Squire and M. Tamboukou (eds) *Doing Narrative Research*, Los Angeles and London: Sage.

Pearsall, D. A. (1970) 'The Canterbury Tales' in W. F. Bolton (ed.) *The Middle Ages*, London: Sphere.

Peirce, C. S. (1955) 'Logic as semiotic: the theory of signs' in J. Buchler (ed.) *Philosophical Writings of Peirce*, New York: Dover.

—— (1966) 'Letters to Lady Welby' in P. P. Wiener (ed.) *Charles S. Peirce: Selected Writings*, New York: Dover.

—— (1982) 'Lowell lecture IX', in *Writings of Charles S. Peirce: A Chronological Edition* (ed.) M. H. Fisch, Bloomington: Indiana University Press.

Peterson, E. E. and Langellier, K. (2006) 'The performance turn in narrative studies', *Narrative Inquiry*, 16 (1): 173 - 80.

Petrilli, S. and Ponzio, A. (1998) *Signs of Research on Signs*, special issue of *Semiotische Berichte*, 22 (3/4).

Phelan, J. (2005) 'Editor's column: Who's here? Thoughts on narrative identity and narrative imperialism', *Narrative*, 13 (3): 205 - 10.

Picasso and Photography(1999) *Gallery Guide*, Barbican Art Gallery, London.

Pinker, S. (1994) *The Language Instinct*, Harmondsworth: Penguin.

Pizer, D. (1995) 'Introduction' in *The Cambridge Companion to American Realism and Naturalism: Howells to London*, Cambridge: Cambridge University Press.

Porter, R. (1990) *English Society in the Eighteenth Century*, 2nd edn, Harmondsworth: Penguin.

Premack, D., and Woodruff, G. (1978) 'Does the chimpanzee have a theory of mind?' *Behavioral and Brain Sciences*, 1: 515 - 26.

Prickett, S. (1996) *The Origins of Narrative: The Romantic Appropriation of the Bible*, Cambridge: Cambridge University Press.

Propp, V. (1968) *Morphology of the Folktale*, Austin: University of Texas Press (original Russian version: 1928; first English trans. 1958).

Rabelais, F. (1955) *Gargantua and Pantagruel*, Harmondsworth: Penguin.

Radway, J. A. (1984) *Reading the Romance: Women, Patriarchy and Popular Culture*, Chapel Hill and London: University of North Carolina Press.

Raleigh, W. (2000) *The Discovery of Guiana* (The Discovery of the Large, Rich, and Beautiful Empire of Guiana; with a Relation of the Great and Golden City of Manoa, which the Spaniards call El Dorado, and the Provinces of Emeria, Aromaia, Amapaia, and other Countries, with their Rivers, Adjoining. Performed in the Year 1595 by Sir Walter Raleigh, Knight, Captain of Her Majesty's Guard, Lord Warden of the Stannaries, and her Highness' Lieutenant-General of the County of Cornwall), Microsoft eBook.

Ransford, O. (1978) *Livingstone: The Dark Interior*, London: Hamish Hamilton.

Ray, W. (1990) *Story and History: Narrative Authority and Social Identity in the Eighteenth-Century French and English Novel*, Oxford: Basil Blackwell.

Read, D. (1958) '*Peterloo*': *The Massacre and Its Background*, Manchester: Manchester University Press.

Readings, B. (1991) *Introducing Lyotard: Art and Politics*, London: Routledge.

Rée, J. (2000) *I See a Voice: A Philosophical History*, London: Flamingo.

Reilly, J. (1993) *Shadowtime: History and Representation in Hardy, Conrad and George Eliot*, London: Routledge.

Reynolds, M. (1986) *Young Hemingway*, Oxford: Basil Blackwell.

Richardson, B. (2006) *Unnatural Voices: Extreme Narration in Contemporary Fiction*, Columbus: Ohio State University Press.

——(2012) 'Anti-mimetic, unnatural, and postmodern narrative theory' in D. Herman, J. Phelan, P. J. Rabinowitz, B. Richardson and R. Warhol, (2012) *Narrative Theory: Core Concepts and Critical Debates*, Columbus: Ohio State University Press.

Richardson, S. (1980) *Pamela*, Harmondsworth: Penguin.

——(1985) *Clarissa, or the History of a Young Lady*, ed. A. Ross, Harmondsworth: Penguin (originally 1747 – 48).

Richter, H. (1986) *The Struggle for the Film*, Aldershot: Wildwood House.

Ricoeur, P. (1970) *Freud and Philosophy*, trans. D. Savage, New Haven: Yale University Press.

——(1981) 'Narrative time' in W. J. T. Mitchell (ed.) *On Narrative*, Chicago and London: University of Chicago Press.

——(1984 – 86) *Time and Narrative*, 3 vols, Baltimore and London: Johns Hopkins University Press.

——(1991) 'Discussion: Ricoeur on narrative' in D. Wood (ed.) *On Paul Ricoeur: Narrative and Interpretation*, London: Routledge.

Riessman, C. K. (1993) *Narrative Analysis*, Thousand Oaks, CA: Sage.

——(2008a) *Narrative Methods for the Human Sciences*, London and New Delhi: Sage.

——(2008b) 'Concluding comments' in M. Andrews, C. Squire and M. Tamboukou (eds) *Doing Narrative Research*, Los Angeles and London: Sage.

Rimmon-Kenan, S. (1983) *Narrative Fiction: Contemporary Poetics*, London: Methuen.

Ritivoi, A. D. (2009) 'Explaining people: narrative and the study of identity', *Story-Worlds: A Journal of Narrative Studies*, 1: 25 – 41.

Rizzolatti, G., Fadiga, L., Gallese, V. and Fogassi, L. (1996) 'Premotor cortex and the recognition of motor actions', *Cognitive Brain Research*, 3: 131 – 41.

Roberts, A. M. (1993) 'Theories of the novel' in A. M. Roberts (ed.) *The Novel: From Its*

Origins to the Present Day, London: Bloomsbury.

——(1998) 'Introduction' in *Joseph Conrad*, Harlow: Longman.

Ronen, R. (1997) 'Description, narrative and representation', *Narrative*, 5 (3): 279-86.

Rosemont, F. (1978) *André Breton and First Principles of Surrealism*, London: Pluto.

Rosmarin, A. (1989) 'Darkening the reader: reader-response criticism and Heart of Darkness' in R. C. Murfin (ed.) *Heart of Darkness: A Case Study in Contemporary Criticism*, New York: St Martin's Press.

Ross, A. (1989) *No Respect: Intellectuals and Popular Culture*, London: Routledge.

Ryan, M.-L. (ed.) (2004) *Narrative Across Media: The Languages of Storytelling*, Lincolnand London: University of Nebraska Press.

——(2011) 'The interactive onion: layers of user participation in digital narrative texts' in R. Page and B. Thomas (eds) *New Narratives: Stories and Storytelling in the Digital Age*, Lincoln: University of Nebraska Press.

Said, E. (1994) *Culture and Imperialism*, London: Vintage.

Salkie, R. (2001) 'The Chomskyan revolutions' in P. Cobley (ed.) *The Routledge Companion to Semiotics and Linguistics*, London: Routledge.

Salt, B. (1990) 'Film form 1900-1906' in T. Elsaesser with A. Barker (ed.) *Early Cinema: Space, Frame, Narrative*, London: British Film Institute.

Sauerberg, L. O. (1991) *Fact into Fiction: Documentary Realism in the Contemporary Novel*, London: Macmillan.

Saunders, D. (1992) *Authorship and Copyright*, London: Routledge.

Saussure, F. de (1983) *Course in General Linguistics*, trans. R. Harris, London: Duckworth.

Scalise Sugiyama, M. (2001a) 'Food, foragers, and folklore: the role of narrative in human subsistence', *Evolution and Human Behavior*, 22: 221-40.

——(2001b) 'Narrative theory and function: why evolution matters', *Philosophy and Literature*, 25: 233-50.

——(2008) 'Information is the stuff of narrative', *Style*, 42 (2/3): 254-60.

——(2009) 'The plot thickens: what children's stories tell us about mindreading' in D. D. Hutto (ed) *Narrative and Folk Psychology*, Exeter: Imprint Academic.

——(2011) 'The forager oral tradition and the evolution of prolonged juvenility', *Frontiers in Psychology*, 2: Open access journal available at http://www.frontiersin.org/evolutionary_psychology_and_neuroscience/10.3389/fpsyg.2011.00133/abstract (Last accessed 31 March 2012).

——(2012) 'From theory to practice: foundations of an evolutionary literary curriculum' *Style*, 46 (3/4): 317-37.

Scalise Sugiyama, M. and Sugiyama, L. S. (2012) '"Once the child is lost he dies": monster

stories vis-à-vis the problem of errant children' in E. Slingerland and M. Colland (eds) *Integrating Science and the Humanities: An Interdisciplinary Disciplinary Approach*, New York: Oxford University Press.

Schafer, R. (1983) *The Analytic Attitude*, New York: Basic Books.

Schank, R. and Abelson, R. (1977) *Scripts, Plans, Goals and Understanding: An Inquiry into Human Knowledge Structures*, Hillsdale, NJ: Lawrence Erlbaum.

Schegloff, E. (1997) '"Narrative analysis" thirty years later', *Journal of Narrative and Life History*, 7 (1 - 4): 97 - 106.

Scholes, R. and Kellogg, R. (1966) *The Nature of Narrative*, Oxford: Oxford University Press.

Sconce, J. (2002) 'Irony, nihilism and the new American "Smart" film', *Screen*, 43(4): 349 - 69.

Scott, J. A. (1984) 'The Divine Comedy' in B. Ford (ed.) *Medieval Literature, Part Two: The European Inheritance*, Harmondsworth: Penguin.

Sebeok, T. A. (1979) 'Prefigurements of art', *Semiotica*, 27: 3 - 73.

——(1988) 'In what sense is language a "primary modeling system"?' in H. Broms and R. Kaufmann (eds) *Semiotics of Culture*, Helsinki: Arator.

——(2001) 'IASS' in P. Cobley (ed.) *The Routledge Companion to Semiotics and Linguistics*, London: Routledge.

Sebeok, T. A. and Danesi, M. (2000) *The Forms of Meaning: Modeling Systems Theory and Semiotic Analysis*, Berlin: Mouton de Gruyter.

Sebeok, T. A. and Umiker-Sebeok, J. (1980) '*You Know My Method*': *A Juxtaposition of Charles S. Peirce and Sherlock Holmes*, Bloomington: Gaslight Publications.

Seltzer, M. (1986) '*The naturalist machine*' in R. B. Yeazell (ed.) *Sex, Politics and Science in the Nineteenth-century Novel*, Baltimore and London: Johns Hopkins University Press.

Shang, B. (2011) 'Plurality and complementarity of postclassical narratologies', *Journal of Cambridge Studies*, 6 (2 - 3): 131 - 47.

Shaw, D. (2012) 'Digital drama: the technology transforming theatre' http://www.bbc.co.uk/news/technology-17079364 (27 March) (Last accessed 31 March 2013).

Sheriff, J. K. (1989) *The Fate of Meaning: Charles Peirce, Structuralism and Literature*, Princeton: Princeton University Press.

Sherratt, E. R. (1992) '"Reading the texts": archaeology and the Homeric question' in C. Emlyn-Jones, L. Hardwick and J. Purkis (eds) *Homer: Readings and Images*, London: Duckworth.

Shingler, M. and Wieringa, C. (1998) *On Air: Methods and Meanings of Radio*, London: Arnold.

Shklovsky, V. (1965) 'Sterne's Tristram Shandy: Stylistic Commentary' in L. T. Lemon and M. J. Reis (eds) *Russian Formalist Criticism: Four Essays*, Lincoln and London:

University of Nebraska Press.

Shotter, J. and Gergen, K. J. (eds) (1989) *Texts of Identity*, London: Sage.

Showalter, E. (1978) *A Literature of their Own: British Women Novelists from Bront? to Lessing*, London: Virago.

Silverman, K. (1983) *The Subject of Semiotics*, Oxford: Oxford University Press.

Simon, H. A., and Chase, W. G. (1973) 'Skill in chess', *American Scientist*, 61: 393 – 403.

Smith, B. and Sparkes, A. C. (2005) 'Men, sport, spinal cord injury and narratives of hope', *Social Science & Medicine*, 61: 1095 – 1105.

Smith, A. D. (1991) *National Identity*, Harmondsworth: Penguin.

Snead, J. (1990) 'European pedigrees/African contagions: nationality, narrative, and communality in Tutuola, Achebe and Reed' in H. K. Bhabha (ed.) *Nation and Narration*, London: Routledge.

Snow, C. P. (1978) *The Realists: Portraits of Eight Novelists*, London: Macmillan.

Snyder, I. (1998) 'Beyond the hype: reassessing hypertext' in I. Snyder (ed.) *Page to Screen: Taking Literacy in the Electronic Era*, London: Routledge.

Spence, D. (1987) 'Narrative recursion' in S. Rimmon-Kenan (ed.) *Discourse in Psychoanalysis and Literature*, London: Methuen.

Spigel, L. (1992) *Make Room for TV: Television and the Family Ideal in Postwar America*, Chicago and London: University of Chicago Press.

Steemers, J. (2010) *Creating Preschool Television: A Story of Commerce, Creativity and Curriculum*, London: Palgrave.

Stern, D. N. (1995) *The Motherhood Constellation: A Unified View of Parent-Infant Psychotherapy*, London: Karnac Books.

——(1998) *Diary of a Baby: What Your Child Sees, Feels, and Experiences*, New York: Basic Books.

——(2000) 'Introduction to the paperback edition' in *The Interpersonal World of the Infant: A View from Psychoanalysis and Developmental Psychology*, paperback edn, London: Karnac Books.

Stevens, B. (1995) 'On Ricoeur's analysis of time and narration' in L. E. Hahn (ed.) *The Philosophy of Paul Ricoeur*, Chicago and La Salle: Open Court. Stitch, L. (ed.) (1991) *Anxious Visions, Surrealist Art*, New York: Abbeville Press.

Stone, L. (1969) 'Literacy and education in England, 1640—1900', *Past and Present*, 42: 69—139.

Strawson, G. (2004a) 'Against narrativity', *Ratio* (new series), XVII: 428—52.

——(2004b) 'A fallacy of our age. Not every life is a narrative', *Times Literary Supplement*, 15 October: pp. 13—15.

Sutton-Smith, B. (1997) *The Ambiguity of Play*, Cambridge, MA and London: Harvard

University Press.

Swingewood, A. (1986) *Sociological Poetics and Aesthetic Theory*, London: Macmillan.

Thompson, E. P. (1968) *The Making of the English Working Class*, Harmondsworth: Penguin.

Thomson, D. (1966) *Europe Since Napoleon*, Harmondsworth: Penguin.

Thorburn, D. (1988) 'Television as an aesthetic medium' in J. W. Carey (ed.) *Media, Myths and Narratives*, Newbury Park and London: Sage.

Todorov, T. (1977) *The Poetics of Prose*, Ithaca: Cornell University Press.

Tolman, E. C. (1948) 'Cognitive maps in rats and man', *Psychological Review*, 55: 189–208.

Toker, L. (1993) *Eloquent Reticence: Withholding Information in Fictional Narrative*, Kentucky: University Press of Kentucky.

Travers, M. (1998) *An Introduction to Modern European Literature: From Romanticism to Postmodernism*, London: Macmillan.

Trevarthen, C. (1999) 'Musicality and the intrinsic motive pulse: evidence from human psychobiology and infant communication in rhythms, musical narrative, and the origins of human communication', *Musicae Scientiae*, special issue: 157 – 213.

Trevarthen, C. and Delafield-Butt (2012) 'Biology of shared experience and language development: regulations for the intersubjective life of narratives' in M. Legerstee, D. Haley and M. Bornstein (eds) *The Developing Infant Mind: Integrating Biology and Experience*, New York: Guilford Press.

Trevarthen, C. Delafield-Butt, J. and Schogler, B. (2011) 'Psychobiology of musical gesture: Innate rhythm, harmony and melody in movements of narration' in A. Gritten and E. King (eds) *Music and Gesture II*, Aldershot: Ashgate.

Tsivian, Y. (1994) *Early Cinema in Russia and Its Cultural Reception*, trans. A. Bodger, London: Routledge.

Turner, M. (1996) *The Literary Mind: The Origins of Thought and Language*, New York and Oxford: Oxford University Press.

——(2003) 'Double scope stories' in D. Herman (ed.) *Narrative Theory and the Cognitive Sciences*, Stanford: CSLI.

——(ed.) (2006). *The Artful Mind: Cognitive Science and the Riddle of Human Creativity*, Oxford: Oxford University Press.

Uexküll, J. von (2001a) 'An introduction to Umwelt', *Semiotica*, 134 (1/4): 107 – 10.

——(2001b) 'The new concept of Umwelt: A link between science and the humanities', *Semiotica*, 134 (1/4): 111 – 23.

Vološinov, V. N. (1973) *Marxism and the Philosophy of Language*, trans. L. Matejka and I. R. Titunik, New York: Seminar Press.

Walcutt, C. C. (1956) *American Literary Naturalism*, *A Divided Stream*, Minneapolis: University of Minnesota Press.

Walder, D. (ed.) (1995) *The Realist Novel*, London: Routledge.

Watt, I. (1963) *The Rise of the Novel: Studies in Defoe, Richardson and Fielding*, Harmondsworth: Penguin.

Watts, C. (1983) '"A bloody racist": about Achebe's view of Conrad', *Yearbook of English Studies*, 13: 196 – 209.

Waugh, P. (1984) *Metafiction*, London: Methuen.

White, A. (1981) *The Uses of Obscurity: The Fiction of Early Modernism*, London: Routledge and Kegan Paul.

White, H. (1973) *Metahistory: The Historical Imagination in Nineteenth-century Europe*, Baltimore and London: Johns Hopkins University Press.

——(1981) 'The value of narrativity in the representation of reality' in W. J. T. Mitchell (ed.) *On Narrative*, Chicago and London: University of Chicago Press.

——(1987) *Tropics of Discourse: Essays in Cultural Criticism*, Baltimore and London: Johns Hopkins University Press.

Williams, G. (1985) 'Newsbooks and popular narrative during the middle of the seventeenth century' in J. Hawthorn (ed.) *Narrative: From Malory to Motion Pictures*, London: Edward Arnold.

Williams, R. (1965) *The Long Revolution*, Harmondsworth: Penguin.

——(1970) *The English Novel: From Dickens to Lawrence*, London: Chatto and Windus.

——(1974) *Television: Technology and Cultural Form*, London: Fontana.

Wittmann, M. (2009) 'The inner experience of time', *Philosophical Transactions of the Royal Society B: Biological Sciences*, 364: 1955 – 67.

Woloch, A. (2003) *The One vs. the Many: Minor Characters and the Space of the Protagonist in the Novel*, Princeton and Oxford: Princeton University Press.

Wood, M. (1999) 'Modernism and film' in M. Levenson (ed.) *The Cambridge Companion to Modernism*, Cambridge: Cambridge University Press.

Young, P. (1966) *Ernest Hemingway: A Reconsideration*, University Park and London: Pennsylvania State University Press.

Ziff, L. (1987) 'The social basis of Hemingway's style' in L. W. Wagner (ed.) *Ernest Hemingway: Six Decades of Criticism*, East Lansing: Michigan State University Press.

Zunshine, L. (2008) *Strange Concepts and the Stories They Make Possible: Cognition, Culture, Narrative*, Baltimore and London: Johns Hopkins University Press.

——(2012) *Why We Read Fiction: Theory of Mind and the Novel*, (Kindle edition), Columbus: Ohio State University Press.

译后记

　　一直以来,我对翻译的印象主要还停留在本科三年级那并不怎么愉快的英汉翻译课上。自毕业到现在,我没有做过什么翻译,因为我总是预设自己不喜欢翻译,更不擅长翻译。然而我对自己的评估竟也没有错。

　　接到《叙述》一书的翻译任务时,我内心是复杂的。我真诚地对老师说,我从来没有翻译过,不知道自己行不行,但老师以为我是谦虚,因为一个英语语言文学博士哪能没做过点翻译。翻译《叙述》一书很大程度上是出于与作者的友谊。虽然与保罗·科布利相识时间不长,但却有幸与他成为朋友。没有想到这样一位国际知名的大学者如此亲切可爱,他常常开玩笑说自己最帅、最英明,而我深深觉得他的才华与智慧在其幽默风趣的言谈中表露无遗。能够翻译他的书我深感荣幸,只怕自己无法完美地传达其思想的精妙。当然接下这个翻译任务最重要的还是因为我对叙述学理论的偏爱。《叙述》一书是难得一见的好书,它将叙述放置于复杂的历史语境中,历时性地探讨了不同时期各种叙述方式的演变。在纵向讨论文学作品叙述策略的同时,《叙述》一书还引入符号学理论,以一种跨学科、跨媒介的理论视角来讨论叙述的演变和叙述理论的建构。

　　岁月飞逝,想来自己研习叙述学理论也已近十年,在这个过程中也读过不少原著,当然大部分读过的叙述学专著都是国内的中文译本。我在翻译此书时,非常想向各位前辈表达我深深的敬意。翻译学术专著可以说主要是为大众服务,把国外研究成果引进门,也为他人的研究打基础。对于译者来说能够心无旁骛地默默耕耘,潜心翻译,十分不易。这次我有了深刻的体会,也得到极大的鼓舞。以前常听人说,翻译是戴着镣铐跳舞,今天才知道镣铐的重量;以前只知道失语症患者要么是替换功能,要么是连接功能有问题,今天才发现自己是失语症的重患,整个翻译过程就是一个治疗失语症的疗程。

　　在这个过程中,有悲、有喜,更有太多人需要感谢。首先当然要感谢我的老师赵毅衡先生,感谢先生对我的信任及鞭策。老师总是鼓励我们,我们哪怕只取得小小的进步或成就,他都高兴万分。老师笔耕不辍,一直推着我们向前走，让我实在找不到不努力的理由。同时我也想借此机会感谢符号学－传媒学研究所的各位师长和同门，特别是陆正兰教授、唐小林教授、谭光辉教授、胡易容、饶广祥、彭佳、任伟、胡光金、赵星植等。因为他们太优秀，我也只能努力追赶，不允许自己太差。当然我也要感谢本书的作者保罗·科布利，谢谢他为喜爱文学和叙述学的读者贡献了如此优秀的作品，也感谢他大胆地选择了我作为译者。另外我也想感谢四川大学外国语学院的王欣师姐、王安师兄，还有四川师范大学的秦苏珏师姐，三位教授亦师亦友，永远是我心中的标杆和奋发的动力。最后，我当然要特别感谢一下我的几位闺蜜：彭佳、汤黎、单俊、韦足梅、庄严、胡沥丹等。谢谢彭佳在整个翻译过程中对我的"威逼利诱"，她为了让我坚持认真翻译无所不用其极，我收获了太多的"威胁"、免费的午餐和礼物，我只好封她为"老师的助手"；感谢汤黎在我觉得辛苦时，给我鼓励，想来在这个过程中我们一起上了好多自习；也感谢小韦、庄严、沥丹所有的陪伴和倾听，给予我最大的鼓励和感动；也谢谢我十多年的好朋友单俊，谢谢她辛苦为我校稿，感谢她一直陪我走在追梦的路上。最后，也要感谢此书的编辑，谢谢她的妙笔和所有的努力。

  翻译就这样告一段落了，虽然内心复杂，但能与翻译暂时说再见，对于预设不喜欢翻译的自己来说，也是可喜可贺的……

方小莉
2016 年 11 月 11 日